L'été d'un prince

*

Dans les bras d'un séducteur

KATRINA CUDMORE

L'été d'un prince

Traduction française de
CHRISTINE MAZAUD

AZUR

HARLEQUIN

Collection : Azur

Titre original :
SUMMER FLING WITH A PRINCE

HARPERCOLLINS FRANCE
83-85, boulevard Vincent-Auriol, 75646 PARIS CEDEX 13
Service Lectrices — Tél. : 01 45 82 47 47 - www.harlequin.fr
ISBN 978-2-2804-7814-4 — ISSN 0993-4448

Composé et édité par HarperCollins France.
Imprimé en juillet 2022 par CPI Black Print (Barcelone)
en utilisant 100% d'électricité renouvelable.
Dépôt légal : août 2022.

FSC www.fsc.org
MIXTE
Papier issu de sources responsables
FSC® C159065

Pour limiter l'empreinte environnementale de ses livres, HarperCollins France s'engage à n'utiliser que du papier fabriqué à partir de bois provenant de forêts gérées durablement et de manière responsable.

1.

Toni Clarke patientait depuis un bon moment dans le hall d'accueil des bureaux Monrosa en attendant la fin de la réunion du boss.

Des zones de repos avec des machines à café, des canapés souples et des fauteuils moelleux offraient à ceux qui en éprouvaient le besoin ou l'envie la possibilité de se détendre. Le décor se voulait résolument *cool*, avec des peintures hyper contemporaines accrochées aux murs en pierre apparente. Les membres de l'équipe qui assistaient à cette réunion, ainsi que la vingtaine d'autres attablés plus loin devant leurs ordinateurs portables, portaient des tenues décontractées en accord avec les lieux.

Les participants à la réunion parlaient en anglais mais, à leurs accents divers, elle aurait juré qu'ils n'étaient pas tous britanniques. Et la passion communicative qu'ils mettaient à la discussion n'avait, à son sens, qu'un but : impressionner leur P-DG, le prince Ivo de Monrosa, ancien athlète international et dorénavant le boss talentueux d'un fonds d'investissement privé.

Celui-ci était à première vue concentré sur ce que disaient les intervenants assis autour de la table de conférence, mais elle voyait son pied droit élégamment chaussé s'agiter discrètement sous la table. Soucieux de faire croire qu'il écoutait, il opinait de temps à autre, mais son attention était à l'évidence ailleurs.

Ivo de Monrosa ne passait pas inaperçu. Sa très grande

taille, son port altier, sa tenue impeccable, bref sa seule présence attiraient toute l'attention sur lui. De plus, il était incroyablement beau, avec un visage aux traits réguliers, virils – presque durs – qui le rendaient intimidant.

La chemise bleu ciel qu'il portait col ouvert, et son pantalon bleu marine étaient du sur-mesure, taillés et cousus dans une grande maison. Cela se voyait.

Il était brun, les cheveux bien dégagés au-dessus des oreilles et du front. Les pommettes hautes, la peau fine et bronzée, un style dynamique, on sentait encore en lui le sportif de haut niveau qu'il avait été.

Avec cela, son titre princier, sa fortune, sa carrière d'athlète reconnue, et maintenant cette réputation de tueur dans le monde sans pitié de la finance pour la finesse de ses analyses, il avait de bonnes raisons d'être distant. Il n'avait personne à impressionner.

Toni devait reconnaître qu'elle le trouvait sexy et à son goût…

Ivo de Monrosa ne lui était pas inconnu, elle l'avait rencontré au mariage d'Alice, sa meilleure amie, avec le prince Luis, deuxième frère d'Ivo. Elle était la demoiselle d'honneur d'Alice, et lui-même était le garçon d'honneur de son frère. C'était par le biais d'Alice qu'elle était devenue amie avec Kara, devenue princesse de Monrosa par son mariage avec l'aîné de la fratrie, le prince régnant Edwin, qui avait hérité le titre et la couronne quand leur père avait abdiqué.

Elle savait qu'elle serait amenée à revoir Ivo ce week-end, au baptême du premier bébé de Kara et d'Edwin, la petite Gabriela. Ça, elle pouvait gérer. Elle ne serait pas seule, il y aurait d'autres personnes avec lesquelles elle pourrait bavarder. Mais pour l'heure…

Grâce ou à cause de Kara, elle s'apprêtait à passer quatre jours pleins en compagnie d'Ivo de Monrosa, ce qui faisait une sacrée différence.

Le mariage d'Alice avait été célébré un an et demi plus

tôt, et elle était encore à ce jour mortifiée d'avoir lamentablement pleurniché sur son plastron de cérémonie. Cela avait semblé le décontenancer, et même lui répugner vu la distance polie qu'il avait ensuite maintenue entre eux…

Allons, tout allait bien. D'accord, le timing était terrible, et, oui, il l'avait vue pleurer, mais cet homme était une icône, et il avait les moyens de changer le cours de sa vie. Il la troublait, l'énervait, mais ce n'est qu'un homme ! La Machine, son surnom depuis qu'il avait gagné la médaille d'or au championnat du monde d'aviron, restait toujours de glace, qu'il soit sur la ligne de départ ou sur la première marche du podium. Sa beauté n'avait d'égal que son sérieux. Il ne donnait jamais d'interview. D'autres journalistes auraient payé cher pour pouvoir l'interviewer ne serait-ce qu'une heure, même au prix de quatre jours avec lui. Il lui fallait cette interview. Et il fallait qu'elle soit réussie.

Aie confiance. Il fallait qu'elle arrête de tout le temps douter de tout. Elle avait la chance de connaître des bribes de sa vie familiale. Tout le monde ne pouvait pas en dire autant. Ce n'était pas comme si elle allait se lancer dans une interview en partant de zéro, comme c'est le cas en général.

Mais son cœur qui battait comme un fou ne cognait pas parce que cette interview la stressait. Non, c'était l'idée de le revoir qui la mettait dans tous ses états.

Comment avait-elle pu laisser Kara la convaincre d'ignorer le nom de l'interviewé jusqu'à la dernière minute ?

D'accord, l'idée était de rendre l'interview plus vivante, puisque intervieweur et auditeur découvraient l'interviewé en même temps. Pas de questions préparées, impossible de commencer l'entretien avec des idées préconçues sur la personne. C'était du direct. Il n'empêche, c'était angoissant, d'autant plus que le *podcast* impliquait qu'elle passe quatre jours dans l'entourage de la personne interrogée. Ces interviews, avec leur caractère intime, rencontraient un fier succès. Kara et elle s'étaient mises d'accord pour que les premiers entretiens soient *soft*. L'objectif était, d'abord, de tester l'émission et d'en mesurer l'impact. Elle avait supposé que Kara, qui supervisait l'équipe organisatrice de ces entretiens, prolongerait l'expérience quelques mois encore avant de lui en proposer un…

Elle se trompait. Kara l'avait tout de suite mise dans le bain avec une interview qui aurait mis à l'épreuve les nerfs de la journaliste la plus aguerrie. À quoi Kara pensait-elle en faisant ça ? Elle savait sûrement par Alice qu'elle n'était pas au top en ce moment. Le mariage surprise de son ex, étalé à grand renfort de photos dans les réseaux sociaux, l'avait chamboulée.

C'en était fini depuis près de deux ans avec Dan. Elle avait continué sans lui avec la volonté de faire quelque chose de positif de son indépendance aussi nouvelle qu'imprévue, mais son récent mariage l'avait déstabilisée. Cela avait fait remonter les blessures, le choc et la vexation d'avoir été rejetée. Sans compter les regrets et la honte d'être restée avec lui toutes ces années, non par amour mais par crainte de se retrouver seule et parce qu'il lui assurait une certaine sécurité.

Elle soupira. Incapable de rester assise plus longtemps, elle se leva et alla à la fenêtre pour observer le port animé de Monrosa.

Des regrets, car elle s'était accrochée pour de mauvaises raisons aux vestiges d'une relation boiteuse.

La honte, parce qu'elle ne s'était pas méfiée. Durant toute son enfance, elle avait vu son père aller et venir dans leur vie et avait compris que l'amour est un sentiment fragile. Mais au lieu d'en tirer une leçon, au lieu d'être sur ses gardes et de se protéger, elle avait sauté à pieds joints à dix-neuf ans dans une aventure avec Dan, une aventure qui avait duré dix ans et dont le principal intérêt était qu'elle trouvait auprès de lui la sécurité qu'elle n'avait pas trouvée auprès de son père. Quand leur relation avait commencé à partir en vrille, quand Dan avait commencé à se montrer distant, fuyant, elle était tombée dans le même piège que sa mère avec son père. Elle ne comptait plus les fois où sa mère avait recueilli son père après des semaines, parfois des mois d'absence, avec l'espoir qu'un jour les choses changeraient et qu'il lui donnerait enfin l'amour qu'elle désirait et méritait.

Sachant cela, elle aurait dû faire preuve de plus de courage avec Dan. Mettre un point final à cette relation avant qu'il ne s'en aille. Elle avait eu tort de s'éterniser dans une liaison qui ne fonctionnait plus, de compromettre son bonheur et sa fierté au prétexte qu'elle avait peur de devoir se débrouiller seule.

Elle savait maintenant qu'elle devait s'occuper d'elle, s'endurcir pour être moins vulnérable. Par le passé, elle avait trop fait confiance aux autres. Le cœur sur la main, elle accordait de l'importance à l'amitié, sans se soucier de savoir si ses *amis* ne l'aimaient que pour se servir d'elle. Que de désillusions !

Quand Dan et elle avaient rompu, elle avait expérimenté ce que connaissent les femmes délaissées. Ses collègues qu'elle considérait comme des amis – ceux qui travaillaient avec eux deux dans la société de production de séries télévisées – lui avaient tourné le dos. Elle qui croyait ce genre de traitement réservé aux veuves… Elle en avait fait les frais aussi.

Cela n'aurait pas dû la surprendre. Dan était devenu une vedette, la star de captivants documentaires historiques qui faisaient année après année la fortune de la société de production. En tant que productrice assistante, elle-même n'était pas irremplaçable, même si c'était elle qui avait présenté Dan à ladite société quand celle-ci cherchait une voix off pour sa nouvelle série documentaire… Bref, on l'avait limogée.

Depuis, elle avait décidé que plus jamais personne ne lui ferait du mal. Bien sûr, elle continuait à sortir avec des hommes, mais elle les gardait à distance. Elle ne cherchait pas de petit ami, préférant mettre toute son énergie à réussir dans son métier de podcastrice.

Son podcast, *La personnalité-mystère*, était tout pour elle. C'était un moyen de se refaire un nom et une réputation au sein de *Jeunes adultes ensemble*. Cette émission en ligne lui donnait un but au quotidien. Elle ne pouvait pas laisser passer sa chance.

Son estomac se mit à gargouiller.

Elle n'avait rien avalé depuis le croissant de ce matin, quand elle s'apprêtait à aller prendre l'avion… Et encore, elle ne l'avait même pas fini à cause de Kara qui lui avait annoncé, tout excitée, qu'elle lui avait prévu cette interview pour le week-end.

— Pas possible, avait protesté Toni. Je pars voir Gabriela. Je prends l'avion…

Mais Kara ne l'écoutait même pas. Elle avait raccroché après lui avoir dit que le chauffeur habituel viendrait la prendre à l'aéroport.

— Il te dira le nom de la personne que tu dois interviewer lorsque vous approcherez du lieu du rendez-vous, avait-elle ajouté.

Dans le port, c'était toujours la même animation. Au bord de la marina, les employés de bureau avaient terminé leur semaine, et, lundi étant férié pour cause de fête nationale, ils célébraient le début de ce week-end exceptionnel aux terrasses des cafés devant des cocktails et des tapas.

— Mademoiselle Clarke ?

Elle sursauta, le cœur battant. Elle n'avait pas entendu Ivo approcher.

— Je vous prie de m'excuser de vous avoir fait attendre. Puis-je vous offrir quelque chose à boire ?

D'un geste de la main, il montrait le coin des rafraîchissements.

Mon Dieu, comme il était poli et guindé ! Et pas du tout

émue de la revoir. Mais sa voix grave et son léger accent avaient un charme fou.

Les battements de son cœur redoublèrent, et elle sentit qu'elle rougissait.

— Non, merci, Votre Altesse.

— Suivez-moi.

Elle alla prendre l'ordinateur portable qu'elle avait laissé près de son fauteuil et lui emboîta le pas.

Il l'emmena dans un bureau tout en verre. Par la grande baie vitrée, on voyait les yachts de milliardaires à quai, et le ferry reliant le port à la vieille ville de Monrosa laissait derrière lui un sillage d'écume blanche comme un trait dans le bleu dur de la Méditerranée.

— Asseyez-vous, je vous en prie.

Il la fixa un bon moment de derrière la table, de ses yeux gris extraordinaires.

Que faisait-il ? Il la testait ?

Elle lui sourit avec l'espoir qu'il en fasse autant, mais non, pas de sourire.

Elle sentit qu'elle rougissait de plus belle. Son regard devenait insoutenable. Le pouvoir qui l'auréolait, le silence qu'il faisait durer, cette espèce de distance… Elle chercha quelque chose à dire mais préféra se taire plutôt que poser la question absolument idiote qui lui trottait dans la tête.

« Aimez-vous faire l'amour debout ? »

Qu'est-ce qu'il lui prenait ? Pourquoi se débattait-elle en vain contre l'image d'Ivo la tenant contre un mur et lui murmurant de sa voix grave des mots incompréhensibles ?

— Quatre jours, cela me semble excessif, dit-il.

Pensait-il au sexe, lui aussi ?

Troublée, elle répéta comme un perroquet.

— « Quatre jours » ?

Il fronça les sourcils.

— Oui, pour l'interview. Kara dit que quatre jours seront nécessaires.

— Ah… Oui, J'en ai bien peur.

Elle inspira à fond.

Il fallait qu'elle reste concentrée. Certains interviewés regrettaient d'avoir accepté d'accorder des interviews et finissaient par refuser.

— Je vous promets d'être discrète. Je suis bien élevée, me semble-t-il. Il n'y a qu'une personne… Elle s'est plainte que j'accaparais la salle de bains trop longtemps le matin. Mais bon… Elle habitait un deux-pièces, pas un palais comme vous.

Elle rit, mais voyant son air coincé, se figea.

Bon, il était temps de commencer. Elle lui tendit la main à travers le bureau.

— Je suis heureuse de vous revoir, monsieur. Et merci d'avoir accepté d'être interviewé. Comme Kara vous l'a expliqué, je ne sais jamais qui je vais interviewer. Je ne l'apprends qu'en arrivant. C'est donc vous ! C'est un plaisir et une bonne surprise !

Une surprise, oui. Mais un plaisir… Pas sûr.

Il se pencha pour lui serrer la main

— Pourquoi un plaisir ?

Il la fixait avec insistance. C'était embarrassant. Il donnait l'impression de la jauger avant de décider, oui ou non, de donner suite.

Au lieu de tout faire pour le convaincre d'accepter, elle afficha un sourire vague et laissa son imagination l'égarer.

Comment dire ? Finalement, ça lui plaisait peut-être. Elle pourrait passer des heures à contempler le visage d'ange et le corps de dieu grec d'Ivo de Monrosa. Mais il lui faisait un peu peur. Les gens calmes l'énervaient. Elle aimait parler, plaisanter, chahuter. Elle aimait rencontrer à l'improviste des gens nouveaux, se situer par rapport à eux. En revanche, elle n'aimait pas les complications, ni se sentir mal à l'aise. Et avec lui… Ce n'était pas si simple.

Mais elle n'était pas là pour fantasmer. Au boulot !

Elle se redressa sur son siège.

— Vous vous en doutez, le fait que ce podcast vous soit consacré va nous attirer une plus large audience. Les gens vont vouloir connaître votre parcours…

Elle s'arrêta, réfléchit deux secondes.

Ça y est, elle savait comment l'appâter.

— Cette émission sur Internet, disons ce podcast, *La personnalité-mystère*, est un moyen de faire connaître JAE, *Jeunes adultes ensemble*, notre association reconnue d'utilité sociale pour aider à traiter les problèmes psychiques nécessitant des soins chez les jeunes gens. L'objectif est de récolter des fonds. Après chaque podcast, les lignes d'appels connaissent un pic. Parfois même, elles sont saturées. Les jeunes qui n'osaient pas appeler jusque-là, téléphonent. Savoir qu'ils ne sont pas seuls dans leur cas les rassure. Je suis certaine que votre interview sera bénéfique.

Il ne commenta pas. Elle le vit tourner les yeux vers le couloir vitré où passaient les personnels qui avaient fini leur journée de travail. Leur bavardage et leurs rires contrastaient avec le silence qui régnait dans le bureau.

Bon sang ! Allait-il se décider à répondre ?

Il était temps qu'elle prenne la situation en mains.

— Bien, dit-elle, sortant son ordinateur portable de sa housse, Kara vous l'a sûrement dit, mon premier entretien a toujours lieu dans les bureaux de la personne que j'interviewe. De cette manière, les auditeurs ont une idée de votre cadre professionnel. Et je commence tout de suite à enregistrer pour qu'ils se sentent partie prenante dans l'expérience.

Elle installa son matériel d'enregistrement sur la table, se pencha pour approcher un micro d'Ivo et releva la tête.

Là, devant elle, ses yeux gris…

Il ne les détournait pas. Elle aussi le fixait, et elle non plus ne détournait pas les yeux. Quelque chose de bizarre se passait. Une chose qu'elle n'aurait su nommer. Une attirance, peut-être…

— Vous êtes prêt pour moi ?

L'air étonné, il haussa un sourcil.

— Prêt pour…

Elle piqua un fard.

—… pour que je commence l'entretien ?

Un tout petit diamant dansait sur une chaîne autour du cou de Toni. Les trois boutons du haut de son chemisier étaient défaits, et son soutien-gorge jaune pâle se voyait un peu. Son parfum était toujours le même, léger, floral.

Agacé, Ivo soupira discrètement, frustré.

Depuis le mariage de Luis, il n'avait cessé de s'intéresser à ce qu'elle devenait, à ce qu'elle faisait. L'air de rien, il tendait l'oreille quand Alice et Kara parlaient d'elle. Il n'hésitait pas, s'il mettait la main sur un magazine, à le feuilleter. C'était ainsi qu'il avait appris sa rupture avec son ex, devenu riche et célèbre grâce aux émissions historiques à la télévision.

D'un geste faussement dégagé, elle coinça une mèche de ses cheveux derrière son oreille.

Elle avait de longs cheveux bruns, de la couleur de ses yeux, le nez droit et les lèvres gourmandes qu'il avait remarquées au mariage de son frère. Elle était un peu bronzée. Au mariage de Luis et Alice où elle était demoiselle d'honneur, elle portait une robe à sequins qui accentuait le bombé de ses seins et la finesse de sa taille. Quand elle avait remonté la travée de l'église, coiffée en arrière et les larmes aux yeux malgré le sourire plaqué sur son visage, il avait été incapable de détacher le regard de ce visage… Et de toute sa silhouette.

Elle était jolie. Plus exactement, exotique.

Depuis, il se disait qu'il ne s'intéressait pas plus à elle qu'à tout ce qui avait un lien avec sa famille, mais certaines nuits, seul dans le silence de sa *finca*, l'idée de reprendre contact avec elle le titillait. Pourtant, cette idée n'avait jamais dépassé le stade de l'envie. À quoi servirait cette démarche, sinon à lui compliquer l'existence ?

Et voilà qu'elle réapparaissait dans sa vie, presque à son insu !

Il fallait qu'il mette fin à cet entretien tout de suite, avant même qu'il ne commence. Il n'avait rien à raconter, rien à partager avec personne. Ce qui se passait chez lui, dans sa vie privée, ne regardait pas les autres.

Mais Kara avait insisté pour qu'il accepte cette interview, et il savait qu'elle profiterait à l'œuvre dans laquelle il était lui-même engagé.

D'accord, il allait la faire.

Mais ce serait lui qui contrôlerait le déroulement et y mettrait le point final. Il allait parler des sujets dans lesquels il était à l'aise, le sport et la finance. Il y avait de quoi dire sur ces deux thèmes et des leçons à en tirer.

— Parfait, dit-il enfin.

Toni parut reprendre espoir.

— Avant que nous ne commencions, dit-il, que les choses soient bien claires entre nous : je ne donnerai pas dans l'introspection, et je ne décortiquerai pas les événements qui ont jalonné ma vie. Je répondrai à vos questions, mais, s'il vous plaît, ne vous attendez pas à de grandes révélations.

Elle ouvrit la bouche pour parler… Et se tut. Petit haussement d'épaules, et elle se décida.

— Si on commençait ? Juste comme ça, pour voir. On est souvent surpris de ce qu'on append sur soi dans une interview.

Il fit une moue dubitative.

Nouveau haussement d'épaules. Sourire charmeur.

— Allons-y. J'enregistre.

Elle appuya sur un bouton.

— Chers amis, bonsoir. Je suis heureuse de vous retrouver dans notre série *JAE, La personnalité-mystère*. Je suis Toni Clarke, et, comme d'habitude, nous allons découvrir ensemble ce qu'il se cache derrière une célébrité et tirer des leçons de vie de son expérience.

Elle le regarda. Il ne cillait pas.

— Avant de vous présenter l'invité de la semaine, je vous donne quelques indices qui devraient vous permettre de deviner qui est la personne que je suis tout excitée à l'idée d'interroger. Écoutez bien :

Je fais partie du monde du sport et de celui de la finance.

Je suis issu d'une famille couronnée.

Je vis sur une île de la Méditerranée célèbre pour sa beauté, ses plages, ses cocktails.

Qui suis-je ?

Pendant que je vous parle, je suis assise dans un bureau agréablement climatisé alors qu'il règne un soleil de plomb dehors. Nous sommes entourés de galeries d'art, de bars et de restaurants. Nous sommes vendredi soir. Dehors, c'est la folie. Les gens sortent, s'amusent. En face de moi, j'ai mon invité. C'est un athlète. Il est médaillé d'or dans sa discipline – je ne vous dis pas laquelle. Il est aussi P-DG d'une entreprise florissante. Je crois pouvoir dire que nous savons tous qui il est, mais que peu d'entre nous le connaissent. Alors ? Vous avez deviné ? Oui, c'est le prince Ivo de Monrosa. Bienvenue dans cette émission, Votre Altesse.

Ivo inclina la tête et força un sourire sur ses lèvres.

— Merci.

Le style de Toni était vif, familier, bien en phase avec ses jeunes auditeurs. Il lui faisait craindre la suite.

C'est Kara qui l'avait convaincu d'accepter. Elle avait un talent certain pour arriver à ses fins. La veille au soir, elle était venue au palais avec Gabriela que l'on baptisait dimanche, sous prétexte de parler avec lui de son rôle de parrain. Alors qu'il portait Gabriela et s'émerveillait de toutes sortes de détails chez l'enfant – ses petits doigts effilés, ses oreilles bien ourlées, sa bouche en bouton de rose –, Kara en avait profité pour lui renouveler sa demande de participer à l'émission, arguant du fait que les batailles qu'il avait menées pour atteindre ses objectifs inspireraient les auditeurs.

Il avait d'abord décliné.

Les années passées, il avait négligé son rôle d'ambassadeur de JAE pour remplir à la demande d'Edwin les fonctions de consultant auprès du ministre des Finances de la principauté. Il ne pouvait pas être partout…

Kara avait alors précisé que l'intervieweur serait Toni Clarke et qu'il faudrait qu'elle séjourne quatre jours chez lui.

Être seul avec Toni pendant quatre jours !

La proposition était tentante, mais sa maison était sacrée. C'était son havre, et il ne le partagerait pour rien au monde avec personne. Il refusait – et c'était sans appel –, quand Gabriela s'était mise à pleurer. Marchant de long en large dans la pièce, son bébé dans les bras, Kara lui avait alors fait part de ses inquiétudes au sujet de Toni.

Au mariage de Luis, Toni l'avait épuisé avec son bavardage et son excitation, mais quand il avait dansé avec elle, il avait compris que cette exubérance intempestive cachait une personnalité complexe. Il avait découvert chez elle une fragilité insoupçonnable au premier abord.

— En fait, ce n'est pas la première fois que nous nous voyons… Certains parmi vous le savent, ma grande amie est Alice O'Connor, l'épouse du prince Luis. À leur mariage, j'étais demoiselle d'honneur, et le prince Ivo était garçon d'honneur.

Elle croisa son regard, les joues en feu.

— Ce mariage a été fabuleux, mais nous n'avons guère eu le temps de faire connaissance.

— Non…

Elle attendit qu'il poursuive.

Que pouvait-il dire ?

En fait, lorsqu'ils avaient dansé ensemble, étonné par son silence, il lui avait demandé si elle s'amusait bien. Elle lui avait répondu : « J'essaie ». Ému par la tristesse qu'il lisait dans ses yeux, il avait murmuré, sans réfléchir. « Ça va aller »... Et elle était partie brusquement.

Il avait dû dire *la* chose qu'il ne fallait pas !

Quand il l'avait rejointe dans les jardins du palais, il l'avait priée de l'excuser. À ce moment-là, fondant en larmes contre lui, elle avait trempé le plastron de sa chemise habillée. Impuissant à la consoler, d'autant qu'il ignorait la cause de son désarroi, il était simplement resté avec elle, jusqu'à ce qu'elle déclare qu'il fallait qu'elle aille téléphoner à son petit ami.

Il n'avait même pas imaginé qu'elle avait un amoureux, puisqu'elle assistait seule à ce mariage !

Toni meublait à présent la conversation.

— Quelle journée ! Que d'émotions ! J'ai dû verser plus de larmes de joie ce jour-là que pendant toute ma vie. Les mariages sont des événements tellement émouvants. Et Alice était une mariée si belle.

Elle s'arrêta pour reprendre son souffle, et, bavarde impénitente, enchaîna.

— Vous êtes le plus jeune des trois princes de Monrosa. On connaît vos exploits dans les courses d'aviron, mais, si vous deviez vous définir, que diriez-vous d'abord ?

Se définir. Exactement le genre de questions qu'il détestait. Comment répondre à ça ?

Il était discret, secret. Il ne coupait pas les cheveux en quatre. Il essayait de vivre le mieux possible sans perdre trop de temps à me regarder le nombril.

— Je suis un gros bosseur.

— D'accord. Mais à part ça ?

— J'ai des obligations envers la principauté et un rôle de conseil auprès du ministère des Finances.

Elle se cala au fond de son siège, fronça les sourcils.

Un silence plana.

Le responsable de la communication du palais, Raûl,

avait essayé à plusieurs reprises de le conseiller sur l'art de répondre aux interviews, mais il ne voyait pas ce qu'il y avait de mal à répondre *cash*. De cette façon, personne ne perd son temps. La vie des autres ne l'intéressait pas, il ne voyait pas pourquoi la sienne intéresserait qui que ce soit.

— Votre société, Pacolore Investments connaît un succès fulgurant. À quoi attribuez-vous ce succès ?

Enfin. Une question avec laquelle il était à l'aise.

— Au fait que nous avons recruté des personnels d'horizons très différents, et qui pensent donc différemment. C'est une richesse dans une entreprise. L'originalité rime avec la créativité. L'imagination avec l'innovation.

Tous les patrons ne partageaient pas cette analyse. Trop souvent, selon lui, les employés qui n'entraient pas dans le moule dérangeaient. On les placardisait.

— Vous considérez-vous vous-même comme différent ?

Avec les privilèges dont il jouissait et qu'il partageait avec ceux qui l'entouraient, certes, il se sentait différent d'eux.

— D'une certaine façon.

Elle attendit qu'il élabore. Comme rien ne venait, elle enchaîna.

— Avant la fac, quelle école avez-vous fréquentée ? Parlez-nous de votre enfance.

Son enfance ? Solitaire. Déroutante. Terrifiante parfois. Même s'il ne l'avait jamais dit à personne.

— On m'a mis en pension en Angleterre à dix ans.

— Et vous étiez heureux ?

— Je n'ai pas eu le choix.

Il vit le regard de Toni changer. La couleur de ses yeux s'éclaircit, elle devint plus douce, plus tendre.

— On vous a mis en pension après le décès de votre mère, la princesse Cristina. Ça a dû être dur pour vous.

2.

Ivo recula au fond de son siège.

— En fait, je ne me rappelle pas très bien cette époque…

Il attendit, redoutant que Toni ne lui pose des questions sur sa mère, sur son allure, sur les causes de sa mort. La presse s'en était largement fait l'écho. Il était seul avec elle quand c'était arrivé. Toni n'allait tout de même pas lui demander des détails sur cette journée maudite et sur le cauchemar des jours suivants ?

Le premier choc passé, son père était entré dans une rage folle. Il s'en était pris à tout le monde, au palefrenier, aux gardes du corps qui ne les avaient pas accompagnés dans leur randonnée à cheval. Il savait, pourtant, qu'elle aimait monter seule. Malade de culpabilité, soucieux d'assumer ce qu'il s'était passé, Ivo avait essayé d'expliquer à son père que c'était lui qui l'avait suppliée de l'emmener faire cette balade bien qu'elle se soit plainte de ne pas se sentir bien. Quelle panique quand elle avait chuté ! Il était parti en courant chercher de l'aide au lieu de rester auprès d'elle… Et elle était morte seule.

Incapable d'entendre son récit, pétri de chagrin, son père l'avait fait taire. Dans leur famille, rien n'avait plus été comme avant. Son père en voulait au monde entier. Edwin essayait de faire tampon contre sa colère. Luis avait trouvé refuge auprès d'amis, allant jusqu'à disparaître du palais plusieurs jours de suite.

Lui, Ivo, le plus jeune, il avait subi le drame de plein fouet.

Il aimait sa tranquillité et avait besoin de solitude. Sa mère le comprenait, et quand elle était morte, il n'avait pas trouvé cette compréhension chez son père. Il aurait aimé pouvoir pleurer, seul avec son chagrin, loin des obsèques nationales qui avaient été décidées. Il n'avait pas pu. Son père lui avait imposé un rôle dans les funérailles. Un rôle où il lui était interdit de montrer sa détresse. Interdit de pleurer. Devant les badauds en pleurs qui regardaient le cortège passer, lui devait rester digne.

Pour continuer à vivre, il s'était replié sur lui-même, coupé du monde, y compris de sa famille. Ce détachement s'était encore aggravé quand il s'était retrouvé pensionnaire. Dans ce monde étrange, sans échappatoire, la seule façon qu'il avait imaginée de survivre avait été d'intégrer l'équipe d'aviron de l'école. Ainsi occupé, il ne lui restait que peu de temps pour penser.

L'aviron lui avait donné un but dans la vie, lui avait permis de se construire et fourni une bonne excuse pour éviter les complications des amitiés envahissantes. L'équipe d'aviron l'avait accepté pour ses qualités physiques et sa rage de gagner. Rien d'autre. Aucune question sur les raisons de son silence, sur la distance qu'il mettait entre les autres élèves et lui, à l'inverse de sa famille qui vivait mal son apparente indifférence.

À l'affût sans doute d'une confidence si possible croustillante, Toni rapprocha le micro de sa bouche.

— Soyez gentil, ne vous éloignez pas du micro. Si vous regrettez certaines choses que vous avez dites, ou si elles déplaisent au palais, nous les couperons. Ne vous inquiétez pas, c'est *votre* podcast.

Elle lui fit un petit sourire.

— Maintenant, dites-nous, quelles sont vos ambitions pour l'avenir ?

Elle changeait de sujet… Ce n'était pas par hasard. Pourquoi faisait-elle cela ? Dans quel but ?

À force de fréquenter des gens dont il savait qu'ils souhaitaient modifier son comportement, il avait enregistré leurs manœuvres et développé une forme de méfiance à leur égard. Rien n'était jamais gratuit.

Son père d'abord. Il avait alterné promesses et menaces pour le faire sortir de sa chambre où il restait enfermé des heures. Quand il avait été envoyé de force en colonie de vacances, son père avait exigé des moniteurs qu'ils l'aient à l'œil. Il fallait qu'il s'intègre, qu'il sorte.

Les suggestions à peine déguisées d'Edwin pour qu'il voie du monde ne lui échappaient pas.

Quant à Luis, lors de ses visites à l'école, et plus tard lors de ses entraînements à l'aviron, il tentait de le dévergonder en l'emmenant dans les pubs les plus bondés et les plus bruyants de la ville. Lui qui ne vivait bien que dans le bruit et l'agitation, il ne pouvait pas comprendre son attirance pour les cafés ou les restaurants feutrés.

— Dans l'immédiat, je veux asseoir la réussite de Pacolore.

— Je pensais que vous voudriez vous développer.

— Ce n'est pas le moment.

— Pas de risque, alors. Vous êtes prudent de nature ?

— Je prends des risques calculés. Grandir trop vite n'est pas mon objectif. C'est l'analyse qui m'intéresse, les mouvements des marchés, prendre les bonnes décisions. J'aime voir mon personnel – comment dites-vous ? – « prendre son pied ».

Elle opina, se tut une seconde, puis une ombre flouta son regard, et elle relança son questionnement.

— Et votre vie personnelle ? Quelles perspectives ? Une ambition ?

Si c'était des confidences qu'elle comptait lui soutirer, elle se trompait de client !

— Pas de projet particulier.

— Pas de mariage ? Pas d'enfants ?

Bien sûr, il était sorti avec des femmes par le passé, mais

cela n'avait jamais abouti à rien de sérieux. Il n'était pas aveugle, il voyait bien qu'il plaisait aux femmes, mais il ne se berçait pas d'illusion. C'étaient son titre, sa fortune, ses succès et le glamour qui allait avec qui les attiraient. Peu d'entre elles étaient prêtes à accepter la réalité : il travaillait beaucoup, autant que lorsqu'il s'entraînait pour les championnats d'aviron, et il n'aimait pas faire la fête ni se trouver dans le feu des projecteurs. Si c'était pour le strass et les paillettes, les jeunes demoiselles avaient tout intérêt à passer leur chemin.

Il inspira profondément.

Elle commençait à l'agacer avec ses questions.

— Non. Rien de tout cela.

— Quelqu'un dans votre vie ?

— Non.

Un non net et catégorique. Elle aussi, elle pouvait circuler !

Il regarda ce qu'il se passait dans *l'open space*.

Tout le monde était parti pour le week-end. Il n'y avait plus qu'eux. Ils étaient maintenant seuls tous les deux, et ce, jusqu'au baptême de Gabriela, dimanche.

Il se demanda s'il n'allait pas craquer.

— Pourquoi avez-vous accepté cette interview ?

Penchée sur le bureau, Toni le fixait. Son regard n'était pas dur, il était même gentil. Il y avait dans sa voix une part de curiosité et une bonne dose de perplexité.

— Pour venir en aide à l'association de Kara. JAE. J'en ai été l'ambassadeur, mais le travail que j'ai accumulé les temps derniers m'empêche à présent de m'investir autant que j'aimerais. Donc, je me rattrape. Cet entretien entre dans ma contribution.

Si Kara et Edwin n'avaient pas autant insisté, il ne se serait pas embarqué dans cette galère. Mais il savait l'importance qu'avait JAE pour Kara.

Semblant douter de l'opportunité de la question qu'elle voulait poser, Toni fronça les sourcils, puis elle osa.

— Vous-même, avez-vous souffert dans votre vie de problèmes psychologiques ?

Il avait la réponse toute faite. Cette nuit, presque certain que cette question lui serait posée, il l'avait préparée. Devant l'air gentil de Toni et son regard attendri, il hésita un instant à lui dire la vérité – qu'il se sentait étranger au monde –, mais il se ressaisit à temps.

Il ne fallait pas qu'il se dévoile, il devait se protéger.

— Chez un athlète, la forme physique est aussi importante que le mental. Je me suis parfois battu, blessé, j'ai été évincé de l'équipe et j'ai perdu des courses. J'ai appris à accepter ce que je suis à l'instant T, à ne rien projeter de négatif pour l'avenir et à être satisfait de ce que j'accomplis.

Trouvant sa réponse quelque peu ambiguë, elle plissa le nez et, une nouvelle fois, changea de sujet.

— Où êtes-vous le plus heureux ? À quel endroit vous sentez-vous chez vous ?

— Écoutez. J'ai une *finca* au nord de l'île. J'y passe l'essentiel de mon temps libre.

La dernière personne qu'il y avait amenée était une ex-petite amie qui avait été incapable de cacher l'horreur que lui inspirait l'endroit. « C'est vraiment sommaire, avait-elle commenté, l'air dégoûté. Et puis, c'est au milieu de nulle part ».

Bref, il avait préféré écourter le séjour.

La même chose allait-elle se reproduire avec Toni ? Allait-elle porter un jugement sur le style de vie qu'il aimait, le critiquer ?

Il dégaina son téléphone portable.

— Si vous le permettez, j'ai quelques appels à passer avant notre départ.

C'était un désastre, reconnut Toni. Son interview traînait en longueur. Ses questions partaient dans tous les sens. Il fallait qu'elle redresse le tir, qu'elle mette un peu d'humour dans l'entretien, qu'elle brise la glace.

Empoignant son carnet, elle chercha la page avec la liste-type des questions préparées d'avance, à poser si un entretien se languissait.

— Avant que vous ne passiez vos appels, puis-je vous proposer de répondre à un quiz ? Ce sera rapide. Et fun.

— Oui, à condition que je puisse vous poser quelques questions, moi aussi.

Pourquoi voulait-il faire ça ? Elle ne pouvait pas refuser, mais le sentiment de ne plus être maître de la situation lui était désagréable.

— D'accord, mais je commence. Pomme ou orange ?

Il croisa les bras et la regarda, l'air interrogateur. Si c'était ça, le niveau…

— Orange.

— Sans quoi ne pourriez-vous pas vivre ?

— Mes chiens.

Ah, il avait des chiens.

— C'est chouette, les chiens.

Elle faillit parler toutous, mais ce n'était pas le moment. Le quiz devait aller vite.

— Quand avez-vous menti pour la dernière fois ?

— Hier soir. La princesse Gabriela a vomi sur moi, et j'ai dit que ce n'était pas grave.

Le motif la fit rire.

— Je ne l'ai pas encore vue. Est-elle aussi mignonne que sur les photos ?

— Encore plus.

La douceur de sa voix la toucha. Son regard aussi. C'était peut-être un tendre, finalement ?

À cet instant, sa façon de la fixer lui rappelant quand ils avaient dansé ensemble au mariage d'Alice, elle se troubla.

Dan ne la regardait jamais comme ça. Elle ne se souvenait

même pas d'avoir pleuré dans ses bras comme elle l'avait fait avec Ivo, ce jour-là. Pauvre Ivo, il n'avait rien dû comprendre.

Sentant qu'elle avait les joues rouges, elle piqua du nez sur ses questions.

— Qu'est-ce qui vous agace ?

— Les gens qui ne respectent pas les choix des autres.

Que voulait-il insinuer ?

Elle scruta son visage. Il s'était durci. Mieux valait ne pas s'étendre sur ce terrain-là. En tout cas, pas maintenant.

— Votre souvenir le plus cuisant ?

— Être tombé à l'eau pendant le championnat du monde junior en attrapant un crabe.

Elle écarquilla les yeux.

— Vous êtes tombé à l'eau à cause d'un crabe ?

— Non, c'est une expression chez les rameurs quand la lame de rame se coince dans l'eau.

Son air étonné le fit sourire.

— Bière ou vin ?

— Vin.

— Si vous aviez une devise ?

— « Être vrai avec soi-même ».

— Avez-vous déjà eu des peines de cœur ?

— Oui, mais rien de méchant.

Bizarrement, sa réponse la soulagea.

— Qu'est-ce qui vous rend heureux ?

— Marcher avec mes chiens le soir dans les champs d'oliviers de ma finca. Ça doit être à cause du silence et de l'impression de liberté que j'éprouve. Je ne sens aucun poids sur mes épaules dans ces moments-là.

À quel poids faisait-il allusion ? Son travail ? Ses obligations de prince ? Elle lui aurait volontiers posé mille autres questions, mais elle n'avait jamais interrogé de personne aussi réfractaire. Peut-être n'avait-il pas confiance en elle ? Peut-être devait-elle se montrer plus patiente ? Il était sombre, introverti et compliqué, le type d'homme qu'elle ne parviendrait jamais à sonder réellement.

Pas grave.

Elle ferma son carnet.

— Voilà, c'est fini pour mes questions. À vous, si vous le voulez.

Il enchaîna directement.

— Poire ou ananas ?

— Poire à table, ananas dans un cocktail.

— Ville ou campagne ?

— Ville. Sans hésitation ni murmure.

Il haussa les épaules comme s'il s'en doutait.

— Un mot pour vous définir ?

— Curieuse.

À son tour, elle haussa les épaules.

— De l'huile d'olive sur votre ice-cream. Oui ou non ?

Elle crut que c'était une blague.

— Sûrement non. Ça existe ?

— Vous n'avez jamais essayé ? Je vous ferai goûter, un jour.

Sans prêter attention à sa mine dégoûtée, il continua.

— Cocktail sur la plage ou rando en montagne ?

— Facile ! Cocktail sur la plage.

De nouveau, il haussa les épaules, exprimant sans le dire qu'il désapprouvait.

Elle fit la moue.

Elle ne pouvait pas répondre autre chose ! Était-il contre toutes les bonnes choses de la vie ?

Mais à quoi s'attendait-elle de la part d'un ex-athlète international de haut niveau devenu patron d'un fonds d'investissement ? C'était des métiers sérieux, pas des boulots de saltimbanques, comme disent certains à propos du journalisme. Savait-il profiter de ce qu'offre la vie ? Faisait-il quelquefois la fête ? Trouvait-il des moyens pour échapper de temps à autre à la réalité du quotidien ?

— Un deuxième mot pour vous décrire ?

Sans réfléchir, elle lança.

— Susceptible.

Elle s'esclaffa pour lui faire croire qu'elle plaisantait, mais Ivo, prenant sa réponse pour argent comptant, n'esquissa même pas un semblant de sourire.

— Qu'est-ce qui vous plaît en vous ? enchaîna-t-il tout de suite.

Ce qu'elle aimait chez elle ? Elle faillit dire « mes cheveux », mais quand il lui sourit enfin, d'un sourire aussi désarmant qu'inattendu, elle ravala le sarcasme qu'elle avait sur le bout de la langue et s'entendit répondre,

— Je ne lâche rien, même si j'en meurs d'envie.

Cela n'avait aucun sens pour lui mais, pour elle, cela signifiait quelque chose. Après sa rupture avec Dan, quelques collègues, gênés par la situation entre elle et son ex-amoureux, avaient pris leurs distances. La lâcheté de ses collègues et de Dan, avec lequel elle tombait souvent nez à nez dans les couloirs, lui était devenue insupportable. À la fin, dépitée, elle avait décidé de chercher un nouveau travail ailleurs. Malgré son dépit, et grâce à sa volonté, elle ne s'était pas laissée abattre. Elle avait rebondi, le cours normal de la vie avait repris. C'était tout à son honneur, non ?

Le voyant sourire, elle s'étonna. Son cœur se mit à cogner.

— J'aime la détermination chez une personne, dit-il très bas.

Son ventre commença à gargouiller. Gênée, elle se tortilla.

— J'espère que vous le direz encore dans quatre jours…

Elle s'arrêta. Les auditeurs ne devaient pas comprendre, mais elle ne pouvait pas leur dire que quelque chose venait de se produire. Quelque chose d'impalpable qu'eux seuls pouvaient avoir ressenti. Un courant, une complicité.

Il arqua les sourcils.

— Dîner avec des amis ou en tête à tête ?

Elle crut que son cœur s'arrêtait.

— Dîner à deux… Bien sûr, cela dépend avec qui.

Hé, elle n'exagérait pas un peu, là ? Elle était venue pour l'interviewer, pas pour flirter avec lui.

Intrigué, il réfléchit à sa réponse.

Elle avait dû l'amuser car ses yeux frisaient. Mais riait-il avec elle ou riait-il d'elle ?

— Votre pire crainte ?

Vaste sujet. De ne pas faire ce qu'il fallait pour se protéger. Elle ne l'avait pas fait avec Dan en ne décidant pas de rompre avec lui. Idem avec son père. Elle aurait dû prendre ses distances avec lui beaucoup plus tôt, sachant qu'il était imprévisible, et qu'en déboulant et en sortant de sa vie à sa guise, il la détruisait à petit feu. Il n'y avait pas que sa mère qui se laissait prendre à ses excuses. Elle préférait ignorer les faits, sa façon désinvolte de faire surface sans crier gare après des mois sans donner de nouvelles – et se raccrocher à l'espoir que, cette fois, il allait rester, que leur famille allait se recomposer, que les yeux de sa mère brilleraient de nouveau. Celle-ci était incapable de lui résister. Elle prétendait qu'elle ne voulait plus entendre parler de lui, mais, Toni avait beau être toute jeune, elle voyait qu'ils étaient attirés sensuellement l'un par l'autre et que le désir que sa mère éprouvait pour lui la rongeait comme un ver dans une pomme.

Ce constat – le comportement de son père – lui avait appris que l'amour est volatil, que s'engager n'était qu'un mot. Sa plus grande peur était de manquer de jugement, de ne pas savoir se protéger à l'image de sa mère. Il fallait qu'elle s'endurcisse, qu'elle soit moins émotive. Qu'elle avance dans la vie en restant sur ses gardes dans ses relations amoureuses et amicales. Elle devait prendre l'existence plus à la légère, en profiter mais ne pas s'investir sentimentalement.

Il était hors de question qu'elle raconte tout ça à Ivo. Alors elle répondit ce qui lui vint à l'esprit.

— La peur d'être obligée d'avaler un ice-cream nappé

d'huile d'olive ce week-end… À ce propos, je reste avec vous jusqu'à mardi matin. Vous avez un projet pour cette fin de semaine, à part le baptême de Gabriela, dimanche ? Je suis ravie d'y assister, mais j'ai aussi envie de profiter de la vie nocturne de Monrosa. Les plus fidèles de nos auditeurs doivent se rappeler que je suis accro au cocktail *Paradise City* que j'avais goûté quand j'étais venue ici pour le mariage d'Alice.

— Non. Il n'y a pas de vie nocturne là-bas.

Comment cela ? Il y avait des bars et des clubs huppés parfaitement dignes de princes et de rois, et tout près du palais, en prime.

— On ne séjournera pas au palais ?

— Non, nous allons nous installer dans ma *finca*, San Jorbo. Et il n'y a pas de boîtes de nuit là-bas.

Bien que cette perspective lui déplaise, elle essaya de faire bonne figure. Elle devait se conformer au plan.

— Ah bon ? J'aimerais bien visiter un peu Monrosa, tout de même. On m'a dit qu'il y a des petites villes et des villages pittoresques au nord de l'île.

— C'est exact.

Elle débrancha le micro.

— Votre *finca*… Elle est près de quelle ville ? Il y aura d'autres personnes avec nous, là-bas ?

— Il y a une ville de l'autre côté du port. Mais non, nous serons seuls.

— Même pas vos gardes de sécurité ?

— Non. Mais soyez sans crainte, la police passe régulièrement. Elle ne nous dérangera pas pendant les interviews.

Ce n'était pas ce qui l'inquiétait. Il avait beau faire l'ingénu, il le savait très bien, se trouver seule avec lui pendant quatre jours… Dans quoi mettait-elle les pieds ? Arriverait-elle à cacher combien il la mettait mal à l'aise ? Parviendrait-elle à le décontracter ? Jusqu'à présent, leurs échanges avaient dû ennuyer les auditeurs. Cela manquait tellement de spontanéité…

Et il y avait plus grave. À moins que son imagination ne la trompe, elle avait senti comme un courant passer entre eux. Si elle n'avait pas rêvé, que se passerait-il quand ils seraient seuls ?

— Si vous préférez séjourner au palais, pas de problème. On se verra dimanche, au baptême. L'interview d'aujourd'hui plus une autre plus longue dimanche, cela devrait suffire pour votre podcast, non ? Envoyez-moi votre liste de questions demain, et je préparerai les réponses à l'avance.

Son manque d'empressement ne lui échappa pas. Elle n'était pas la seule à redouter ces quatre jours de cohabitation.

— Ce n'est pas comme cela que ça fonctionne, dit-elle plaquant un sourire sur son visage. Je suis censée passer un certain temps avec vous…

Elle s'arrêta.

Cet échange prenait un drôle de tour. Il sonnait comme une peine de prison, alors qu'elle aimait tellement son métier, d'habitude. Fouiller dans la vie des gens lui plaisait. Flattés qu'on s'intéresse à eux, les interviewés se laissaient volontiers décortiquer. D'ailleurs, elle avait gardé le contact avec tous ceux à qui elle avait tendu son micro.

Avec Ivo, ça ne serait sans doute pas le cas.

— Je sais que vous êtes passée par des moments difficiles, Toni. Restez au palais, passez du temps avec Alice et Kara.

Sans répondre, elle ramassa la housse de son micro et le rangea.

Zut, zut, et zut. C'était clair, il était au courant de ses malheurs, de la gifle qu'elle avait reçue avec le mariage récent de Dan. C'était maintenant celui qu'on surnommait « la Machine » qui la plaignait ! Avait-il pitié d'elle ? Elle n'aimait pas faire pitié.

— Écoutez, passez vos coups de fil. Pendant ce temps-là, je vais me chercher un *Paradise City* dans le bar le plus proche. Venez me chercher quand vous serez prêt à partir. Je vous offrirai un verre avant que nous ne nous enfoncions dans « la jungle, terrible jungle »…

Elle rit toute seule en pensant aux paroles de la chanson et s'en alla, laissant derrière elle un prince absolument pas impressionné.

Elle était désinvolte, et lui manquait peut-être même de respect, elle le savait. Mais la perspective de ces quatre jours seuls ensemble lui mettait les nerfs à fleur de peau. Quand elle était dans cet état, elle se connaissait : elle avait besoin de bruit, de s'agiter et d'un maximum de distractions.

3.

Le SUV qui les suivait depuis Monrosa City s'arrêta, après avoir franchi les grilles de la propriété, devant la loge des gardiens où deux chiens les accueillirent dans un concert d'aboiements.

Ivo continua jusqu'à la maison, se gara et descendit de voiture. Sous ses caresses, les chiens, qui les avaient suivis se calmèrent aussitôt.

Une fois leurs consommations avalées au bar, ils avaient pris la route pour la *finca,* San Jorbo. Une route sans histoire pendant laquelle elle avait espéré faire plus ample connaissance avec Ivo. Mais les réponses lapidaires à ses questions l'avaient lassée, et ils avaient continué en silence. Tournée vers la vitre, elle avait regardé les paysages défiler.

Au loin, des villages accrochés aux flancs de la montagne pelée. Plus près, des forêts de résineux et d'eucalyptus au milieu desquelles serpentaient d'étroits sentiers de terracotta, une terre poussiéreuse brûlée par le soleil. Ils avaient traversé plusieurs villages où des locaux, assis aux terrasses des cafés, les avaient salués d'un signe de tête en regardant passer leur convoi. Ivo avait conduit calmement, sans jamais s'énerver derrière les charrettes qui les ralentissaient, surtout dans les épingles à cheveux de la fin du trajet.

Il était maintenant temps pour elle de se mettre au travail.

— Je peux commencer à enregistrer ? lui demanda-t-elle. Vous voudrez bien me faire faire la visite guidée de la propriété ? Mes auditeurs adorent voir le cadre de vie de mes interviewés.

Ivo répondit à peine.

Elle brancha son appareil.

— Bien, nous sommes maintenant dans la *finca* d'Ivo. Une *finca* est un domaine agricole, sur une parcelle rurale, évidemment…

Rires.

—… avec une maison et souvent une ferme adossées à une montagne, et une forêt.

Le petit Jack Russell lui mordilla le mollet. Elle sursauta.

— Ce n'est rien, c'est l'adorable petit chien d'Ivo. Coucou, Doggy.

Elle poursuivit.

— Autour de nous, vous l'avez compris, c'est la campagne. Une route descend à pic dans la vallée. De chaque côté, ce sont des champs et des champs d'oliviers. La mer et les plages sont en bas. Est-ce que vous entendez les cigales ?

Elle fit tourner son micro en l'air.

— Je vais vous montrer votre chambre, dit Ivo.

Ses chiens les avaient suivis, et le plaisir qu'il prenait à les caresser se lisait dans ses yeux. Pour un peu, elle aurait dit qu'il rayonnait.

Mais avait-il oublié qu'il lui avait promis de lui faire faire le tour de la *finca* ?

— Tous ces oliviers sont-ils à vous ?

— Oui, il y en a cinq cents.

Elle lui jeta un coup d'œil.

— Ça fait beaucoup d'olives à manger pour une personne seule.

Il ne réagissait pas ou faisait semblant…

Elle s'approcha d'un arbre, toucha le tronc torturé et noueux.

— On se demande comment ces arbres peuvent pousser ici. La terre est tellement sèche. C'est miraculeux !

— Non seulement ils poussent, mais ils vivent vieux. Certains d'entre eux ont plus de trois cents ans.

— Je vois que vous avez aussi des citronniers, et des figuiers. C'est un pays de cocagne… Oh ! Et même un potager !

Il devait avoir du personnel pour s'occuper de toutes ces cultures. Ils ne seraient donc pas tout seuls pendant ces quatre jours. Elle était sauvée.

— C'est immense… Vous devez avoir du monde pour vous aider. Un majordome ? Un jardinier ?

Debout dans l'escalier de pierres, son ombre s'allongeant sur les marches dans le soleil déclinant, Ivo rétorqua qu'il ne comprenait pas le sens de sa question. Puis, d'un ton toujours aussi détaché, il ajouta qu'il avait une femme de ménage.

— Elle vient pendant la semaine, précisa-t-il. Sinon, je fais tout, tout seul.

— Tout seul ! Ce n'est pas possible !

Son expérience de jardinière s'était limitée à un plant de tomate sur le rebord de sa fenêtre de cuisine, plant qu'elle avait tellement arrosé qu'il était mort du mildiou.

— Je vois que vous cultivez des piments… et des poivrons… et des concombres… Ah ! Et des haricots…

Elle s'approcha.

— Oh ! Des tomates aussi ! Je ne peux pas résister. Je peux vous en voler une ?

Elle croqua dedans.

— Mon Dieu, qu'elle est bonne ! Le goût des tomates d'autrefois ! Je peux vous en piquer une autre ?

Il ne sourit pas, ne manifesta aucune émotion, se contentant de faire oui de la tête.

— Je n'aurais jamais cru que vous ayez le temps de jardiner. Ni que cela vous intéresse.

Toujours aussi froid, – peut-être même agacé par ses commentaires –, il lui montra les coteaux de chaque côté de la finca. Ils s'étiraient sur des kilomètres, sans un village, sans une ferme, sans une maison.

— C'est vide à des kilomètres à la ronde. Je dois vivre en autarcie.

Ils revinrent vers la maison.

La main en visière sur le front pour se protéger du soleil de plus en plus bas sur l'horizon, elle le suivit sans rien dire.

Au loin, très loin, elle aperçut des bateaux.

— C'est un port ? Il y a une ville à côté ?

— Oui. Laredo. Mais ce n'est pas tout près.

— Vous êtes vraiment loin de tout, ici.

— Oui. C'est ce qui me plaît.

À son ton, elle sentit qu'elle l'agaçait. Mais tant pis, il avait accepté l'entretien, et elle avait la curiosité de ses auditeurs à satisfaire.

Il ouvrit enfin la maison.

Il faisait frais dans l'entrée. Les épais murs de pierre faisaient tampon entre la chaleur extérieure et l'intérieur.

— Vous venez souvent ici ?

— Quatre ou cinq soirs par semaine.

Elle s'arrêta pour regarder un portrait d'ancêtre accroché au mur.

— Pourquoi ? Vous préférez ?

Comparée aux appartements du palais, la finca était petite.

— Je suis seul. Je n'ai pas besoin de centaines de pièces. Ce qui compte pour moi, c'est la nature.

Il continuait d'avancer. Ils traversèrent la cuisine, puis le salon, jusqu'à de grandes baies vitrées. Celles-ci ouvraient sur une terrasse couverte d'où l'on apercevait la Méditerranée, d'un bleu souverain.

— J'ai acheté San Jorbo pour la vue et la proximité de la mer. J'aime nager et faire du bateau.

— Le petit chemin qui part, là, à droite, descend vers la

mer ? Vous avez une plage privée ? Avec un ponton pour votre bateau ?

— Venez. Sortons.

Sur la terrasse, des vasques profondes débordaient de plantes exotiques. Il coupa une inflorescence fanée dans un des pots, tâta la terre autour de la plante.

— Elle manque d'eau… Oui, un bateau. Il me faut trente-cinq minutes pour aller en voiture à Laredo, mais je mets dix minutes en bateau.

Il se pencha pour examiner une autre plante mal en point.

— On voit que vous aimez la nature.

Pas de réponse. Ivo avait pris un sarcloir et émiettait méthodiquement la terre à la surface des vasques.

Elle vint s'asseoir sur le muret de la terrasse et posa son matériel à côté d'elle, les yeux sur son hôte.

La délicatesse de ses gestes étonnait chez cet homme grand et fort dont les muscles tendaient la chemise chaque fois qu'il se penchait. C'était un ex-athlète, cela se voyait à sa carrure impressionnante. Sa peau était bronzée, ses cheveux bruns striés de mèches dorées, probablement décolorées par le soleil et le sel lors de ses sorties en mer…

Une envie la prit. Une envie folle : plonger la main dans sa chevelure, l'attirer à elle.

D'où lui venait cette idée saugrenue ?

C'était son silence qui la perturbait, le mystère qu'il entretenait autour de lui, une manière comme une autre – peut-être – d'éloigner les autres et de s'imposer. Sa façon à lui, en tout cas

Finalement, la finca, les chiens, la nature, Ivo… Tout, ici, était intimidant. Jamais aucun entretien ne lui avait fait cet effet. Avec lui, rien n'était facile. Il était aussi distant que sa maison était loin de tout, ce qui n'était pas peu dire.

— Je crois que ce sera bon pour aujourd'hui, déclara-t-elle. On poursuivra demain.

Il s'arrêta de gratter la terre, la regarda. Elle le regarda, elle aussi.

Moment étrange. Sans une parole. Juste leurs yeux qui ne se lâchaient pas. Et son cœur de fille émotive qui battait comme un fou.

Avec ses airs absents, il lui donnait envie de vraiment le connaître. De savoir ce qui se cachait sous son apparente indifférence, sous cette froideur qu'elle avait prise au départ, pour de la suffisance et qui le lui avait rendu franchement antipathique.

— J'ai toujours vécu à Londres. Je n'ai jamais habité dans un coin aussi reculé.

Elle s'arrêta de parler. Elle avait le chic pour en dire trop et le regretter ensuite. Ce fut lui qui la relança.

— Et qu'en dites-vous ?

— Je pense que j'aurais beaucoup trop de temps pour penser, justement.

Il vint s'asseoir près d'elle. Tous les deux dos à la mer, lui, les coudes plantés dans les cuisses et la tête tournée vers elle, ils se regardaient.

— Vous n'êtes pas obligée de rester ici, vous savez. Je ne vous retiens pas.

Le ton n'était pas aimable, seulement courtois. Il ne lui demandait pas de s'en aller. Simplement, il la libérait.

Oubliait-il que c'était elle qui avait demandé cette interview ?

Elle s'apprêtait à le lui rappeler, quand il enchaîna.

— Le confort de la *finca* est sommaire.

D'un geste de la main, il montra la maison.

— C'est basique, je sais. Mais ça me plaît comme ça. En revanche, je comprends que ça puisse rebuter certaines personnes.

La maison était simple, en effet, et jolie. Pierres blanchies par le soleil, volets bleus décolorés eux aussi, des étendues sauvages, des terrasses domestiquées, un potager, des fleurs.

La finca, dans son apparente simplicité était en harmonie avec la nature sauvage environnante.

— En tout cas, moi ça me plaît, s'exclama-t-elle avec un enthousiasme qui la surprit elle-même. Et si vous êtes d'accord, je reste.

— À cause du podcast ?

Avec ses autres interviewés, elle livrait quelques détails de sa vie pour jouer la copine et les mettre en confiance. La ruse fonctionnait. Toute distance abolie, rassurés, ils se racontaient. Avec Ivo, cela ne faisait aucun doute, mieux valait qu'elle s'y prenne autrement. Pourquoi ne pas être franche, tout simplement ?

— Oui, pour mon émission… Et aussi pour moi. Je sens qu'un court séjour ici me fera du bien. Cette semaine ne m'a pas épargnée. Voir les photos de mariage de mon ex m'a fait remonter des souvenirs que je préfère refouler.

Et voilà ! Une fois de plus, elle avait trop parlé. Il n'allait pas manquer de lui poser des questions.

Elle courba le dos, attendit.

— Je crois que vous avez raison. Un peu de temps ici vous fera du bien. San Jorbo est l'endroit idéal pour panser ses plaies.

Ouf ! Pas d'interrogatoire ! Elle pouvait respirer !

Ivo, en revanche, semblait regretter d'en avoir trop dit.

Elle en profita.

— Vous venez… vous guérir ici ?

Il haussa les épaules.

— J'aime la solitude, elle me laisse du temps pour penser. Il y a beaucoup trop de bruit en ce monde. On sous-estime les bienfaits du silence.

Elle aurait aimé acquiescer, mais franchement ça lui était impossible. Elle ne pouvait pas passer une journée sans voir du monde, papoter. Le silence la paniquait.

— Vous savez quoi ? Je me rends compte que je n'ai jamais vécu seule.

— Jamais ! ?

L'étonnement d'Ivo, l'intérêt qu'il semblait soudain lui porter la surprirent. Elle le regarda.

Aïe, aïe, aïe, il était magnifique ! Au mariage d'Alice, elle l'avait trouvé très chic et très beau, mais elle avait encore Dan dans la tête.

Elle sauta du muret pour caresser Paco et Lore.

— Ça peut vous sembler bizarre, mais c'est vrai. Je suis passée des bras de ma mère à ceux de mon ex. Nous étions encore à l'université quand j'ai emménagé avec lui. Ensuite, quand on a rompu, je suis retournée chez ma mère, pas trop longtemps. On s'entend bien, mais il ne faut pas que ça dure. Il paraît que je suis très désordre. C'est ce qu'elle dit. Maintenant, je vis avec une coloc…

Elle se tut. Ivo n'avait pas besoin de savoir à quel point elle était brouillonne. C'était sa coloc qui le disait.

— Pardon, je parle beaucoup de moi. Dites-moi plutôt, à part le jardin, la natation et le bateau, que faites-vous ?

Ivo allongea les jambes devant lui.

— Ça a duré combien de temps, avec votre ex ?

— Dix ans.

Il fit la moue.

Pas étonnant, tout le monde réagissait toujours comme lui. Et ensuite, on la plaignait.

— Vous êtes toujours amoureuse ?

Prise de court et troublée par le regard qu'il portait sur elle, elle se mit à bafouiller.

— Non… Je ne l'aime plus, mais… Comment dire… Il me… Je suis triste de ne plus le voir. Nous étions bons amis.

Il se leva – se déplia plutôt, tant il était grand – et s'approcha d'elle.

— Les amis ne font pas de mal comme il vous en a fait.

— C'est notre relation qui avait changé. Ce n'est pas sa faute.

— Ni la vôtre.

Punaise ! C'était qui l'intervieweur ?

— Ce n'est pas ce que je dis.

— Vous méritez mieux, Toni. Vous quitter après dix ans sans explications, sortir avec une autre fille quelques jours plus tard, et l'épouser dans la foulée sans avoir la décence de vous le dire. Vous méritez vraiment mieux que ce… type !

Elle recula, scruta son visage.

— Comment savez-vous tout ça ? C'est Alice ?

Mini-haussement d'épaules.

— Non ? Alors, c'est Kara. Pourquoi vous a-t-elle raconté mes malheurs ?

Très en colère, elle se reprit.

— Et puis non, ne me dites rien ! Pas besoin que vous vous apitoyiez.

Il croisa les bras, sembla la narguer.

— Tant mieux, parce que je n'en ai pas l'intention. Maintenant, venez, je vais vous montrer votre chambre. Et pendant que vous irez vous baigner, je préparerai le dîner.

Il la précéda dans la maison, prit sa valise dans le hall, longea un petit bout de couloir et entra dans une chambre. La valise posée près du lit, il se tourna vers elle.

— Bon bain.

Après avoir écouté les cours de Bourse de New York et adressé un courriel à son équipe nord-américaine, Ivo soupira.

Non, il n'allait pas, une fois encore, regarder dehors !

Toni avait mis son bikini noir et argent à sécher dans le jardin, sur une branche d'olivier. Et, c'était plus fort que lui, son regard était comme aimanté par ces petits triangles de tissu.

Son bain terminé, elle était remontée à la *finca*, une serviette nouée au-dessus de la poitrine et ses cheveux mouillés épinglés sur le sommet de la tête.

Nue sous son drap de bain !

Debout dans la cuisine en train d'émincer un poivron, lui, d'habitude si détaché, il avait failli se trancher le pouce.

Il n'était pas sorti avec une fille depuis des mois. Cette abstinence expliquait-elle qu'il ne parvienne pas à la quitter des yeux ? Pendant tout le dîner, il l'avait regardée jouer avec la mie de main qu'elle s'amusait à émietter sur la table. À la fin, son toc les avait fait rire aux éclats. Ce qui les avait décrispés. Ils en avaient besoin. Il régnait une certaine tension dans la *finca*.

Pendant ce dîner, il avait répondu aux questions qu'elle lui posait sur Monrosa, son histoire, sa géographie. Il avait même fini par lui dessiner une carte de l'île en soulignant les coins secrets qu'il fallait qu'elle voie.

À la fin du dîner, Toni s'était excusée pour appeler sa mère et Alice. « J'en ai pour deux secondes », avait-elle dit.

Il y avait au moins une heure de cela.

Les deux chiens, l'un allongé sur le canapé, l'autre en rond sur un coussin, dressèrent l'oreille et grognèrent.

Toni se tenait à la porte du salon dans une robe-crayon turquoise qui lui arrivait à mi-cuisses.

Superbe.

— Ah, vous êtes là ! Je me demandais où vous étiez passé. Alice vous dit bonjour. Luis et elle ont une soirée, demain soir. Ils proposent qu'on se joigne à eux.

— Vous savez que je n'aime pas sortir. Mais rien ne nous empêche de demander une voiture pour vous.

Faisant mine de croire qu'il plaisantait, elle rit et lui demanda si c'était un prétexte pour ne pas sortir avec elle.

— Je sais que je parle beaucoup et que je pose trop de questions, ajouta-t-elle. C'est une sale manie et une habitude qui me vient de mon ancien métier de productrice. Mais, promis juré, je peux arrêter… Enfin, je peux essayer.

Nouvel éclat de rire. D'elle seulement.

— Vous pensez que vous m'agacez ?

— Un peu… Mais…

Elle s'esclaffa.

— Vous m'impressionnez. Sans rire ! Mais je crois comprendre que c'est une image de vous que vous aimez entretenir : « La Machine », impénétrable.

Cette fois, ce fut lui qui rit.

Depuis qu'il avait quitté l'univers de l'aviron où la rudesse était de mise, histoire d'impressionner les compétiteurs, il vivait dans un monde où, au contraire, on s'aplatissait devant lui.

— J'insiste, dit-elle. Pourquoi n'aimez-vous pas sortir ?

— parce que les conversations de salon m'ennuient.

Elle le regarda un instant puis fixa les toiles et les pinceaux posés sur la table derrière lui.

— Vous peignez ?

Il hocha la tête, vaguement gêné.

Peindre était son échappatoire, une facette de sa vie qu'il ne voulait partager avec personne.

Tout petit déjà, il aimait créer, peindre. Sa mère l'avait encouragé dans cette voie tandis que son père dénigrait son penchant pour le dessin et la peinture, estimant qu'il y avait mieux à faire. Après le décès de sa mère, il s'était mis à peindre des petits soldats de plomb. La précision et la concentration que demandait ce travail l'apaisaient, mais son père était intervenu et l'avait envoyé en pension. Quand il était revenu à la maison à la fin du premier trimestre, son matériel de peinture avait été fichu à la poubelle, et son père avait décrété qu'il n'avait plus le droit de passer du temps seul dans sa chambre. Ensuite, dans son club d'aviron, on se moquait de lui, on le surnommait Rembrandt. pour éviter les plaisanteries pas toujours bienveillantes de ses coéquipiers, il avait posé ses pinceaux, et personne ne savait qu'il avait recommencé.

— Je m'apprêtais à sortir les chiens, dit-il pour se donner une contenance.

Toni s'approcha, souleva la feuille de papier de riz sur laquelle il avait travaillé la veille.

— C'est beau, ce que vous faites. Où avez-vous appris ?

— Il y a quelques années, à New York, j'ai vu une exposition de dessins à l'encre de Chine d'un artiste de Shanghai. J'ai décidé d'essayer.

— J'aimerais essayer, moi aussi.

À la fois emballé et freiné par son enthousiasme, il hésita.

— L'encre est indélébile. Si vous tachez vos vêtements…

Elle lissa sa robe sur ses hanches et rit, l'air emprunté.

— Vous devez me trouver endimanchée ! En fait, je pensais séjourner au palais. C'est pour cela que je n'ai pris que des tenues habillées. Mais tant pis, j'ai vraiment envie d'essayer. Je vais faire attention.

— Attendez, je vais tâcher de vous trouver quelque chose de moins fragile.

Il alla chercher dans son armoire un T-shirt brodé d'un logo de son club, qu'elle enfila.

— Vous deviez être fier de représenter votre pays en sport.

— Ce sont les Monrosiens qui ont été fiers. C'était la première fois qu'on gagnait une médaille d'or dans une compétition internationale.

Il approcha une seconde chaise de la table, prit deux feuilles de papier de riz et des pinceaux, et il s'assit à côté d'elle.

— Ça doit vous manquer, l'aviron.

— Non, pas spécialement. Entre les entraînements et les déplacements, les avions, les hôtels, je n'avais plus de vie à moi.

Elle regarda par la fenêtre les champs d'oliviers à perte de vue, sur lesquels la lune répandait une lumière blanche fantomatique.

— Drôle de parcours, déclara-t-elle. Cela doit vous faire bizarre d'être passé de ce monde-là à… À celui-ci.

Il tripota la fine touffe de poils de blaireau du pinceau qu'il tenait.

— Franchement, non. Cette vie-ci me convient mieux.

— Pourquoi ne pas avoir arrêté plus tôt, alors ?

Il y avait songé. Plus d'une fois.

— Je voulais remporter l'or.

— Pour vous ?

— Et pour les autres.

Il voulait montrer à son père et à ses frères qu'il n'était pas que ce garçon mutique qui les irritait tant.

— Plongez doucement le pinceau dans l'encre et tracez des formes sur votre papier.

De son côté il se mit à dessiner des signes, lui montrant comment, en appuyant plus ou moins fort, cela créait des formes différentes.

Elle plissa le nez.

— Je n'y arrive pas.

— Je vais vous aider.

Il posa la main sur la sienne et la guida.

— Laissez aller. Ne réfléchissez pas. Ressentez.

Quand il ôta sa main, il se rendit compte qu'elle détournait les yeux.

Avait-elle perçu elle aussi ce qu'il avait ressenti ?

— Toni…

Elle lui rendit son regard. Ses grands yeux noirs avaient changé d'éclat. Ils étaient voilés.

— C'est…

Il attendit.

Visiblement incapable de formuler une phrase, elle inspira profondément.

— C'est compliqué, dit-elle.

Elle caressa la feuille de papier.

— Je suis ici pour mon travail. Sachez que, à part ce que j'enregistre, rien ne sortira d'ici. Tout est *off*. Vous me faites confiance, au moins ?

Il faillit s'esclaffer.

Elle l'ignorait sans doute, il ne faisait confiance à personne ou presque. Il avait compris très tôt que, en cas de besoin, les gens vous trahissent dès que cela sert leurs intérêts.

— Vous avez produit des films. C'est ce que vous m'avez dit. Pourquoi des podcasts, maintenant ?

À part des bribes de conversations surprises entre Kara et Alice, il ne savait pas grand-chose d'elle. Allait-elle accepter de lui parler de son passé ?

Elle fit la moue, resserra sa queue-de-cheval.

— Quand Dan m'a quittée, j'ai démissionné de la société de production où nous travaillions tous les deux. Je me suis mise à mon compte, et j'ai décroché un premier contrat d'une agence de pub avec laquelle je travaille toujours, en free-lance.

Elle soupira.

— Au début, j'ai regretté mon ancien boulot, mais aujourd'hui j'adore ce que je fais. Je suis curieuse – pas fouille-poubelle – hum, pardon ! J'aime les gens, j'aime les entendre cheminer dans leur histoire. Il y a beaucoup à apprendre des autres, vous savez.

Elle soutint son regard.

— Si les gens voulaient bien essayer de se comprendre eux-mêmes, le monde n'en serait pas là aujourd'hui…

Elle se tut. Pas longtemps, elle en était incapable.

— Je dis ça, mais parfois je m'en veux de trop parler. J'ai tendance à en dire trop. Je suis comme ça, une bavarde impénitente. Je l'ai toujours été. Quand j'étais plus petite, maman me disait tout le temps : « Tais-toi donc un peu. Tu parles pour entendre le son de ta voix ».

— Pas très gentil.

— Non. J'étais un cauchemar en classe. Je sais que trop parler n'est pas toujours recommandé. Je le dis… Et regardez ce que je fais en ce moment !

Elle éclata de rire, les yeux brillants.

Il ne rit pas. Il sentait les battements de son cœur redoubler. L'air semblait se raréfier dans la pièce.

Pourquoi n'avançait-il pas la main pour prendre la sienne ? C'était facile, il venait de la lâcher. Et pourquoi ne se rapprochait-il pas d'elle ?

— Je suis désolé qu'il vous ait fait tant de mal.

— Quand il m'a quittée, j'ai eu un gros choc, l'impression qu'un rouleau compresseur me passait sur le corps. Il est vrai que notre relation avait changé. D'amants, nous étions devenus des amis. On riait beaucoup ensemble, mais ça ne suffisait pas. Une nuit où je n'arrivais pas à dormir, je suis sortie du lit. J'ai écouté un podcast sur une chanteuse qui racontait comment son mariage avait capoté. Elle regrettait de pas avoir rompu avant, mais elle avait eu peur de se retrouver seule…

Toni prit un pinceau encore plus fin, le plongea dans la bouteille d'encre et poursuivit, presque à voix basse.

— J'ai pris conscience cette nuit-là que le seul fait d'imaginer que je quittais Dan me terrorisait. Alors, le quitter pour de bon… Je savais que je n'étais pas heureuse, mais la peur de l'inconnu… J'aime la sécurité.

Elle était désarmante. Sa beauté, sa franchise, son naturel, et cette complicité qu'il sentait naître entre eux…

Sans réfléchir, il passa un bras sur ses épaules et lui embrassa les cheveux.

Attention ! À quoi jouait-il ? C'était dangereux. Le séjour de Toni chez lui ne devait pas déborder d'un plan strictement professionnel. Elle méritait qu'il soit franc envers elle. Il ignorait ce que les jours à venir leur réservaient, mais il voulait qu'elle sache exactement ce qu'elle pouvait attendre de lui.

Il recula et se leva.

— Quant à moi, je ne suis pas quelqu'un qui entretient facilement des relations avec les autres. J'aime mon indépendance, et vivre seul.

Elle haussa les épaules avec un faible sourire.

— Compte tenu de mon expérience désastreuse avec

Dan, je fais ce que je peux moi aussi pour apprendre à me suffire à moi-même.

Il lui sourit en retour.

— Il va y avoir un feu d'artifice à Laredo parce que c'est la semaine de la *feria*. Je vais promener les chiens avant qu'il ne commence.

Toni se tourna vivement sur sa chaise.

— Je vous accompagne.

Il fit non de la tête. Il avait besoin d'être tranquille.

— Restez là et peignez.

Il siffla les chiens en faisant semblant de ne pas voir qu'elle était déçue.

Quelque chose lui disait qu'il commençait à apprécier sa compagnie. Entre ce ressenti et le fait qu'il commençait à la désirer, il n'y avait qu'un cheveu.

4.

Des filets de lumière filtraient par les lames des volets clos. Dehors, les chiens aboyaient furieusement.

D'un coup de pied, Toni repoussa le dessus-de-lit. Intriguée par le bruit, elle ouvrit les baies vitrées et les volets qui donnaient sur la terrasse, et elle sortit.

Le soleil brillait déjà fort. La pierre déjà chaude lui brûla les pieds.

Clignant des yeux, elle tendit l'oreille.

Les aboiements provenaient de la plage.

Un problème ? Les chiens ? Ivo ?

Prenant ses jambes à son cou, elle descendit.

Paco et Lore couraient dans le sable et aboyaient aux vagues qui déferlaient à leurs pattes.

Ils aboyaient de plus en plus fort. C'était inquiétant. Était-ce Ivo qui était en difficulté ?

La main en visière, elle scruta la mer. Ne voyant personne, elle s'affola.

Elle scruta une dernière fois la mer avant de courir chercher le gardien, quand elle vit un bras se lever, puis un autre. Puis des pieds qui éclaboussaient l'eau.

C'était Ivo.

D'émotion, elle tomba assise dans le sable.

Mon Dieu ! Comme elle avait eu peur !

— Gentils, les chiens, dit Ivo en sortant de l'eau.

Un doigt de leur maître en l'air, Lore et Paco se turent sur-le-champ.

Elle se leva.

Ivo était magnifique dans son short de bain porté bas sur les hanches, qui faisait ressortir la minceur de sa taille. Sa poitrine était une cascade de muscles, ni trop ronds ni trop plats, comme une succession de vagues sous une peau bronzée à faire pâlir d'envie les accros aux cabines de bronzage.

C'était un péché, un corps aussi parfait. Un crime ! Comment respirer normalement, maintenant qu'elle le voyait presque nu ? Comment ignorer cette envie de passer la main dans le fin duvet de sa poitrine ? Comment ne pas fantasmer ?

— Ils vous ont réveillée. Je suis désolé.

Remarquant le regard qu'il portait sur sa tenue, elle remonta la bretelle de son haut de pyjama et tira sur son short.

— J'ai eu peur qu'il ne soit arrivé quelque chose, répondit-elle, gênée d'être vue dans cet ensemble un peu intime.

Il hocha la tête.

— Ils deviennent fous quand je me baigne. Merci de vous être dérangée, ajouta-t-il avec un sourire d'ange.

Pétrie d'émotion, elle lui rendit son sourire.

Dire qu'elle avait devant elle le prince Ivo presque nu ! Une chance incroyable. Il fallait qu'elle savoure chaque seconde de la présence, qu'elle mémorise chaque détail de son corps, chaque sourire, chaque regard… Ces souvenirs seraient des trésors dans les mois et les années à venir. Ce week-end garderait toujours un goût de nostalgie.

— Je pourrai vous interviewer, ce matin ?

Il alla prendre une serviette sur un des transats ouverts sur le sable.

— Je dois travailler. Le samedi, je réponds aux messages que j'ai reçus et je fais mon administration. Pourquoi ne profiteriez-vous pas de la plage ? Dans la cahute, là-bas, il y a des tas de choses à grignoter et à boire. Servez-vous.

Elle ne dit rien mais traduisit : il avait trouvé un prétexte pour échapper à un nouvel entretien.

Il fallait qu'elle en prenne conscience, elle ne pourrait pas travailler avec lui comme avec ses interviewés précédents. Il était fermé comme une huître. Il ne lui fallait s'adapter à son caractère pas facile.

— Attendez. Si on passait un marché ? Pas d'interview jusqu'à lundi, mais vous traînez avec moi les deux jours qui viennent.

— Pardon ? Traîner ?

— Je veux dire qu'on passe du temps ensemble. On va à la plage, on nage, on bavarde, bref, on apprend à se connaître. On se dore au soleil.

Il ne la quittait pas des yeux.

— Votre peau est trop fragile pour l'exposer directement au soleil. Protégez-vous. Il y a des parasols dans la cahute.

Cette voix suave pour évoquer la fragilité de sa peau… Elle rougit, et son estomac se mit à gargouiller, comme toujours lorsqu'elle était nerveuse.

— Les crèmes solaires ne sont pas faites pour les chiens, rétorqua-t-elle

Son ton effronté dut amuser Ivo, car il éclata de rire.

Allons, le cas n'était peut-être pas désespéré.

— Ce serait bien que vous restiez. Vous pourrez me tartiner aux endroits que j'ai du mal à atteindre.

Le courant qu'elle avait déjà senti passer entre eux la fit frissonner. Leur échange prenait une tournure qu'elle n'avait pas prévue. Ils dérivaient vers une sorte de flirt qui ne disait pas son nom.

Étonné et amusé, il la regarda.

— Si je dois renoncer à travailler aujourd'hui, il faut que cela en vaille la peine. Ça ne sera pas pour me prélasser au soleil sur la plage.

Sur ces mots, il s'en alla vers le sentier qui remontait vers la *finca*.

— Eh, attendez-moi. Que cela en vaille la peine ? Qu'est-ce que vous voulez dire ? l'interpella-t-elle.

Il ralentit.

— Je vais appeler le magasin d'articles de sport pour faire livrer ce qu'il vous faut. Dans une heure, tout sera là. On partira aussitôt après, pour ne pas marcher durant les heures les plus chaudes.

Marcher ! Il faisait déjà un soleil de plomb ! Et puis, la randonnée et elle…

Sa serviette sur l'épaule, Ivo avalait le sentier comme s'il avait été en descente. Évidemment, avec ses grandes jambes… Elle ne réussirait jamais à le suivre.

L'idée qu'elle se faisait d'une grande marche était, à tout casser, les dix minutes qu'elle mettait pour se rendre de chez elle à l'arrêt de bus le plus proche.

Quel ennui ! Il fallait qu'elle parvienne à le convaincre que son idée n'était pas bonne.

Mais pour le lui dire, il faudrait qu'elle le rattrape.

Le voir avancer devant elle n'était pas déplaisant. Il était souple, avec une carrure d'athlète et une démarche élastique. Son dos était musclé, large aux épaules et descendant en V vers les hanches. Les fesses étaient rondes et hautes. Bien fermes. Un spécimen magnifique, assurément ! Un homme à faire rêver…

Comment se comporterait-il au lit ? Serait-il doux, brutal, exigeant ? Aurait-elle un aperçu de sa vraie personnalité, celle qu'il s'ingéniait à cacher au monde ? Révèlerait-il l'homme qu'il était vraiment ?

À la vue du serpent, Toni poussa un cri perçant qui déchira l'air.

Ivo se retourna et se précipita vers elle.

Elle agita le bras frénétiquement.

— Un serpent ! Il vient de traverser le sentier. Il est parti par là.

Il scruta l'endroit qu'elle pointait du doigt.

— Les serpents sont utiles. Ils contribuent à l'équilibre de notre écosystème.

L'écologie ! À tort peut-être, elle s'en fichait.

Elle le bouscula et partit en rouspétant. Après une dizaine de mètres, elle s'arrêta et se retourna.

— Ça fait des heures que l'on marche. Vous m'aviez promis que ce ne serait pas long !

Agacée, elle tourna la vieille casquette de base-ball qu'Ivo lui avait donnée pour se protéger la tête.

— Cela fait moins d'une heure. Et, regardez ! La vue en vaut la peine, non ?

La main dans l'encolure de son T-shirt, elle ronchonna, en nage.

— C'est trop serré ! Ça me donne chaud.

Quand le coursier avait livré les vêtements du magasin de sport, elle avait tout de suite vu que rien n'était à sa taille, et elle l'avait dit. Mais Ivo n'avait pas relevé, et maintenant elle était obligée de porter ce T-shirt et ce short qui moulaient à coup sûr ses rondeurs féminines.

Il lui tendit la gourde qu'il venait de sortir de son sac à dos.

— Tenez ! Mais je crains que ce ne soit pas un *Paradise City* !

En plus, il se moquait !

— Je ne l'aurais pas bu, l'alcool déshydrate, rétorqua-t-elle.

Elle avala une gorgée d'eau.

— Quand je pense qu'on pourrait être en train de déjeuner dans un restaurant climatisé ou, encore mieux, allongés sur la plage…

— C'est sûr ! Mais vous ne verriez rien des coins secrets de Monrosa que vous avez tellement envie de découvrir, selon ce que vous m'avez dit hier soir.

Elle haussa les épaules.

— Bon, dit-il. Il vaudrait mieux avancer si on veut retrouver Paco et Lore. Avec vos cris, ils ont eu peur et se sont enfuis.

Se sentant coupable, elle partit devant et les retrouva, allongés à l'ombre d'un pin géant.

— Pardon de vous avoir effrayés, gentils toutous, dit-elle se penchant pour les caresser.

Hum ! Ce short était vraiment trop serré.

Ivo arrivait, regardant ailleurs.

— Bien, on avance, dit-il. Mais, dites-moi, y a-t-il d'autres animaux qui vous font hurler aussi fort ? Les lézards, les araignées ? De grosses araignées, noires et velues, prennent des bains de soleil tout le long de la côte… C'est une spécialité de Monrosa !

Il se moquait. Vexée, elle faillit lui tirer la langue.

— Vous vous moquez de moi, c'est ça ? Qui aurait cru que La Machine avait le sens de l'humour ?

— Je réserve mes plaisanteries à mes proches. Mes *très* proches.

— En ce cas-là, je suis flattée. Mais qui sont-ils, ces gens proches de vous ? Parlez-moi de votre réseau.

Ivo fit semblant de se concentrer sur la passerelle en bois qu'ils allaient emprunter pour franchir le ruisseau qui descendait vers la mer.

— Mon réseau…

Elle crut qu'il allait changer de sujet, mais non.

— Me croirez-vous, dit-il d'un ton bougon, si je vous dis que je n'ai aucune attache avec personne ? J'aime autant me débrouiller seul dans la vie. Je n'ai pas de réseau, et je n'en éprouve pas le besoin.

Puis il se remit à marcher devant elle, un peu plus vite.

Il semblait contrarié. Qu'avait-elle dit qui l'agaçait ?

Piquée dans la curiosité, elle le rattrapa. Elle voulait le comprendre.

— Ivo ! Vous savez que j'admire votre capacité à vivre seul. J'aimerais, comme vous, me suffire à moi-même.

Il haussa les épaules.

— Vous êtes bien la première personne à me dire ça !

— C'est vrai, je trouve qu'il y a beaucoup de mérite à vivre sans s'entourer, et à se trouver bien dans sa peau dans la solitude que l'on a choisie. Dans le passé, je courais après le bonheur, je le cherchais partout, dans les mondanités, le travail, avec Dan. Sauf en moi. Je m'affirmais de cette façon alors que, en fait, je n'avais pas confiance en moi. C'est pathétique, non ?

Il s'arrêta, la regarda.

— J'aurais voulu être plus ferme, ajouta-t-elle. Prendre la vie pour ce qu'elle est, ne pas lui en demander trop. Vous voulez que je vous dise ? Je voudrais être comme vous.

Il se passa la main dans les cheveux.

— Non. Restez comme vous êtes. Moi, je me suis battu pour m'accepter. Vers douze, treize ans, on me comparait tout le temps à mes frères. Les gens se demandaient pourquoi je n'étais pas comme Luis, avec une cour autour de moi. Ou comme Edwin, le brillant Edwin. Avec le temps, j'ai fini par admettre que j'avais le droit d'être différent.

Il ne marchait plus, il la regardait. Avec une telle insistance qu'elle se troubla.

— Soyez honnête envers vous-même, Toni. Vous avez des atouts, servez-vous-en. Ma façon de voir la vie… comment dire ? Ce n'est pas celle qui convient à tout le monde. Moi, j'ai besoin de ma bulle. De me concentrer. Ce n'est pas pour rien que je me suis lancé dans les finances… Il faut du calme pour analyser les faits avant d'investir, et je suis obsédé par les chiffres. Vous, vous êtes une étoile montante dans le monde des podcasts. Vous pensez que vous devez votre réussite à votre sensibilité à fleur de peau. C'est vous qui le dites. Moi, je dirais à votre empathie.

Elle éclata de rire.

— Une étoile montante ! Comme vous y allez ! Et qui vous a dit ça ?

— Kara. Et j'ai écouté vos précédents podcasts. Je voulais savoir où je mettais les pieds.

— Et alors, vous en avez pensé quoi ?

Il reprit sa marche. Elle lui emboîta le pas.

— Que vous faites du bon travail. Votre personnalité passionnée transparaît dans vos interviews. Vous êtes chaleureuse, extravertie, cela se sent. Ne vous flagellez pas. Acceptez-vous telle que vous êtes. Comme je viens de vous le dire, soyez honnête envers vous-même.

Pourquoi parlait-il si bas, sur le ton de la confidence ? Elle avait presque l'impression qu'il lui faisait l'amour avec sa voix.

Il se tourna vers elle, lui remit sa casquette à l'endroit et lui effleura la joue avec un doigt tout en la dévisageant.

Avec les yeux aussi, il lui faisait l'amour. Son regard était si tendre… Le regard qu'elle imaginait chez un homme amoureux. Vraiment amoureux. Pas comme Dan, qui ne l'avait en fait jamais aimée.

Il se pencha pour ramasser une pierre, se redressa.

Croyant qu'il allait l'embrasser, elle retint son souffle… Mais non.

— Vous voyez, en bas, c'est Almijara.

Sous le choc, elle souffla.

— Ah oui. C'est joli, répondit-elle à la hâte.

— C'est un village qui se mourait et que des familles ont fait renaître. Elles ont rénové les maisons abandonnées et se sont installées. On a ouvert une épicerie, un restaurant et d'autres petites boutiques… Les touristes affluent maintenant. C'est une résurrection. Juste un hic, il n'y a pas d'école.

— Pourquoi avait-on déserté les lieux ?

— À cause d'un glissement de terrain. Les villageois se retrouvaient coupés du monde. Ils ne sont jamais revenus.

Ils continuèrent à marcher sur le chemin qui descendait vers le village. Elle avait les jambes en compote. Elle n'en pouvait plus.

— Ivo !

Au niveau de la première maison, derrière un mur de pierre bas, une femme d'âge mûr venait de se lever.

— Ah, Carmen ! Toni, je vous présente Carmen. Vous devriez l'interviewer, elle vous parlerait mieux que moi de l'histoire de ce village. Elle est à l'origine du renouveau d'Almijara. Tu y es née, n'est-ce pas Carmen ?

— Oui, mais c'est grâce à Ivo que ce projet a vu le jour. il a généreusement contribué financièrement à la reconstruction.

— Intéressant, déclara Toni.

— Et ce n'est pas tout, déclara Carmen. Le prince Ivo…

Ivo s'éloigna pour faire boire ses chiens, les laissant bavarder toutes des deux.

Après avoir salué la vieille femme, Toni rejoignit Ivo.

— Pourquoi avez-vous soutenu ce projet en particulier, Ivo ?

— Parce que la campagne se meurt. Il y a encore cinquante ans, Monrosa était une île essentiellement rurale. Mais peu à peu les villages se sont vidés, surtout ici, au nord de l'île. À ce rythme-là, nous aurons bientôt perdu toutes nos traditions, notre culture.

Le soleil était maintenant au zénith. La chaleur devenait intenable, même sous la casquette, trop grande pour elle qu'Ivo lui avait prêtée. Si ses chaussures de marche étaient de la bonne pointure, en revanche, son haut et son short, lui collaient à la peau.

En bas, encore loin, la mer lui faisait les yeux doux.

— Si on allait se baigner ? hasarda-t-elle.

Ivo haussa un sourcil interrogateur.

— Vous avez pris votre maillot de bain ?

— Non, mais je peux me baigner en culotte. Vous y voyez un inconvénient ? Rien ne l'interdit, si ? Qu'en dit le protocole princier ?

— Le prince Ferdinand a passé au XVIIe siècle une loi autorisant les bains, nus. Donc, libre à vous.

Elle remarqua son sourire coquin.

À quoi pensait-il ? Quelle idée fantasque lui passait par la tête ? Le prince Ivo semblait réservé comme ça, en surface, mais sous le vernis il semblait accumuler des tonnes de testostérone !

Ils continuèrent leur descente. Les muscles de ses cuisses, en feu, la faisaient souffrir pire qu'à la montée. C'était un supplice qu'il lui infligeait.

Fatiguée mais le suivant sans rien dire, elle réfléchit.

Pourquoi offrait-il au monde un visage fermé, une image de lui qui le desservait ? Personne ne pouvait se douter de son empathie, de l'humour qu'il cachait. Peut-être, en forçant un peu son talent, réussirait-elle à le dépapilloter ?

Mais fallait-il insister ou lui ficher la paix ?

Elle accéléra le pas pour arriver à sa hauteur.

— Pour quelqu'un qui est aussi renfermé que vous, et qu'on a baptisé la Machine, je vous trouve plutôt gentil et tourné vers les autres.

Pas de réponse.

— J'ai compris que vous avez aussi financé la plantation des oliviers d'Almijara et que le produit de la cueillette ruisselle sur la collectivité. Pourquoi faites-vous tout ça, Ivo ? Pour vous faire aimer ? Pour tout contrôler ? Pour dominer ?

Il but une longue gorgée d'eau puis remit la gourde dans son sac à dos et continua à marcher.

Sans un mot. Sans un mot. Sans un mot.

Exaspérée, elle brisa le silence.

— Vous n'êtes vraiment pas bavard !

— Pardon, je pensais à ce que vous venez de dire. Vous avez peut-être raison.

— Et donc ?

Pas de réponse.

Le silence s'éternisant, elle éclata de rire.

— Vous êtes décidément impossible.

Pourquoi riait-elle ? Elle n'en savait rien elle-même. Il y avait chez Ivo une capacité à rester silencieux, à accepter ce qui se disait sans chercher à argumenter, ce qui était rafraîchissant, comparé au besoin qu'elle avait de parler tout le temps.

De retour à San Jorbo, ils empruntèrent un petit chemin qui aboutit à une plage privée.

Oh ! En fait, vous aviez tout prévu !

Un plaid ouvert sur le sable et une glacière les attendaient, et aussi un jet-ski qui se balançait au gré d'une petite houle.

Ivo eut un mince sourire, visiblement satisfait de son effet.

— Alors ? Toujours partante pour vous baigner ?

— Oui… Si vous vous baignez vous aussi !

Ivo inspira un grand coup puis souffla lentement.

Comment résister à ce regard suppliant ? À ce sourire charmeur ?

Quand Toni lui avait demandé s'il attendait quelque chose des autres, il avait répondu non sans hésiter. La vie était tellement plus simple quand il tenait les gens à distance. L'ennui, depuis qu'elle était là, c'était qu'il ne réfléchissait plus comme avant. C'était une pipelette, d'accord, mais elle était solaire, ouverte, et physiquement très séduisante. Au fil des heures, l'attirance qu'elle exerçait sur lui devenait de plus en plus obsédante.

Mais il y avait des choses qu'il voulait lui dire.

— Vous êtes encore blessée… Je ne veux pas que vous regrettiez quoi que ce soit de ce week-end.

Elle pointa le menton crânement.

— Vous savez, moi, ce que je veux, c'est m'amuser.

— Mais encore ?

D'un geste de la main, elle montra ce qui les entourait.

— Tout ça, c'est déjà pas mal ! Le soleil, une plage magnifique et une charmante compagnie. Que vouloir de plus ?

Elle posa sa casquette sur le plaid et commença à soulever son haut, découvrant une bande de peau très blanche.

— Alors, vous venez ?

Il ne bougea pas.

Elle laissa retomber son haut.

Comment ne pas fondre devant ce sourire malicieux ? Elle était diabolique.

N'hésitant plus, il enleva son polo.

Les yeux écarquillés, elle fixa ses pectoraux, ses abdominaux…

Croisant les bras, il attendit.

Elle hésita puis, d'un geste vif, enleva son haut.

Dessous, elle portait un soutien-gorge vert pâle et blanc en dentelle.

Le sang cogna à ses tempes, lui chauffa les reins. C'était presque douloureux. Il regarda Toni – ses jolis seins dans leurs bonnets de dentelle –, suivit des yeux les mouvements de ses doigts qui déboutonnaient son short, découvrant une petite culotte vert pâle assortie au soutien-gorge.

De plus en plus troublé, il inspira de nouveau profondément, tentant d'absorber le choc que lui faisait la vue de ce corps nu sous la dentelle vert pâle et blanche.

De nouveau, elle releva le menton et, mi-crâneuse, mi-défiante, lui sourit. Ses yeux noisette brillaient, débordant de désir et… amusés.

Il s'approcha.

Elle voulait jouir de la mer, du soleil, de la plage… De la vie. Lui aussi, finalement. Il était trop sérieux, trop dans le contrôle. L'énergie incroyable de Toni, sa spontanéité, son appétit de vivre lui faisaient subitement envie.

— Moi aussi, j'ai envie de m'amuser.

Il baissa la tête et, les yeux dans ses yeux, prit sa bouche.

Ses lèvres étaient tendres et tièdes.

En soupirant, il la serra contre lui. Elle le prit par le cou. Il approfondit son baiser. Il laissa ses mains courir sur son dos, descendre, caresser ses hanches, puis ses fesses. Quand il tira sur l'élastique de sa culotte, Toni commença à se tortiller, gémit, ondula contre lui.

Encouragé par ses gémissements, il faillit tout précipiter.

Il allait la déshabiller et l'allonger là, sur le sable, pour lui faire l'amour.

Non ! Il perdait la tête. Il ne fallait pas.

Il réussit à reculer. Haletant, il enleva son short et, lui prenant la main, courut avec elle dans la mer.

Ils plongèrent, sortirent la tête de l'eau et s'embrassèrent. Riant comme des enfants, ils s'éclaboussèrent, plongèrent encore pour mieux s'embrasser en émergeant.

Mais ce n'était pas assez.

Ses cheveux mouillés plaqués en arrière, les yeux pétillants, brillant comme les reflets du soleil sur la mer, Toni était ravissante, infiniment désirable.

Il se pencha sur son visage, cueillit sur le bout de la langue les gouttes d'eau accrochées à sa peau et serra ses jambes autour de ses hanches.

Et il recommença à l'embrasser.

Cette femme avait le magnétisme d'un aimant. Son goût, son parfum, sa peau… Il était séduit, envoûté. Irrémédiablement attiré. C'était une sirène maléfique, et lui un prince ensorcelé par la magie de son chant. Il fallait qu'il résiste.

S'armant du peu de courage qu'il lui restait, il la posa sur ses pieds, la prit par la main et sortit de l'eau avec elle. Il déplia un drap de bain, le lui jeta sur les épaules et la sécha en la tapotant doucement.

Elle souriait, respirait le bonheur.

Ils tirèrent le plaid à l'ombre d'un arbre pour pique-niquer à l'ombre, grignotèrent, s'embrassèrent, picorèrent encore, se caressèrent, de moins en moins timides, de plus en plus curieux de l'autre, leur désir tempéré par le souci de ne rien brusquer, pour savourer avec lenteur le plaisir sexuel que leurs sens leur laissaient entrevoir…

Même si ce n'était que pour quelques jours volés à leur quotidien.

5.

Toni lança une balle en l'air.

— Allez, Paco, attrape la baballe !

Mais, lassé de courir, Paco lui tourna le dos et partit rejoindre Lore au bord de l'eau.

Plus de chiens à amuser, et le jour qui baissait. Elle n'avait aucune raison de ne pas remonter à la *finca*.

Sauf une : elle avait peur de faire des avances à Ivo.

Elle n'arrêtait pas de penser à lui et à tous les plaisirs que son corps magnifique lui laissait entrevoir.

Tout à l'heure, sur le jet-ski, la tête collée contre son dos, dans le creux de ses épaules, la joue contre sa peau, elle l'avait empoigné par la taille et, dans l'exaltation de ce contact, avait failli le lâcher.

Plus tard, au dîner, elle s'était comportée comme une sotte, gauche, sur les nerfs, parlant bêtement pour ne rien dire, comme aurait dit sa mère. Elle avait dû l'horripiler avec son babillage.

Quand, enfin, il lui avait dit qu'il allait s'enfermer quelques heures dans son bureau pour travailler, elle avait d'abord été soulagée, mais, à la réflexion, elle s'était dit que c'était une fuite. Elle avait dû le lasser. Peut-être regrettait-il leur après-midi ?

Elle, elle avait adoré. L'émotion, la sensualité, ses regards tendres sous lesquels, lui avait-il semblé, couvait la passion, comment ne pas le voir avec des yeux émerveillés ?

De l'autre côté de la baie, un hélicoptère se posait, sans

doute dans une propriété privée. Des voiliers croisaient au large. Il y avait beaucoup d'animation. Paco et Lore remontaient déjà vers la *finca*.

Elle ne pourrait jamais passer la soirée seule avec Ivo. Elle était trop perturbée. Il fallait qu'elle se remette les idées en place.

Arrivée en haut, elle alla tout droit frapper à sa porte.

Il n'était pas dans son bureau.

Elle longea le couloir et entendit du bruit dans la salle de gym.

Il était là, sur le rameur. Son short et son T-shirt bleu marine lui collaient à la peau. Les va-et-vient réguliers de ses gestes gonflaient les muscles de ses bras et de ses cuisses. Il était puissant.

Une pensée folle lui traversa la tête : aimerait-elle le sentir peser sur elle ?

Elle n'avait couché avec aucun homme depuis Dan. C'était sans doute le manque qui expliquait son excitation…

Le manque ? Ou le corps prometteur de ce bel athlète qui la poussait à imaginer des jeux érotiques auxquels elle n'avait jamais pensé jusqu'alors ?

D'un geste, elle balaya ces images. Souffla et, reprenant sa respiration, entra dans la salle de sport.

— Je suis épuisée rien qu'à vous voir.

Il ralentit deux secondes mais reprit vite le rythme.

— Ça vous dirait, un cours particulier ?

C'était exactement ce qu'elle détestait, cette espèce de flirt qui ne disait pas son nom.

— Il y a beaucoup d'animation sur l'eau, du côté de Laredo. Que se passe-t-il ?

— Federico, le chanteur, a une propriété à Laredo. Il donne une soirée tous les ans au moment de la feria.

— Federico ! J'avais le béguin pour lui quand j'étais plus jeune.

Cette fois, Ivo arrêta de ramer.

— Oui, il est sympathique. C'est dommage, mais son chirurgien esthétique l'a complètement raté. C'est une horreur, il est méconnaissable.

— Ce n'est pas possible ! Il était beau comme tout ! Mais… Ça doit faire dix ans qu'il ne se produit plus. Vous le connaissez ?

— C'est petit, Laredo. il arrive qu'on se croise.

— Vous êtes invité à sa soirée ?

— Oui, mais ça ne m'intéresse pas.

Il prit une serviette et se frotta la nuque, puis tout le visage.

— Vous avez tort. C'est chouette de faire de nouvelles connaissances…

Visiblement agacé, il se leva.

— Je ne vous comprends pas, reprit-elle. Vous devriez y aller. Vous n'êtes pas obligé de vous éterniser. Une heure ou deux hors de chez vous. Ce n'est pas la mer à boire.

Il s'approcha d'elle, et là, contre toute attente, il happa sa bouche.

Il était moite. Il la serrait contre lui, et elle aimait ça. Elle aimait même l'odeur de transpiration que son corps dégageait…

Elle sut qu'elle était perdue. S'il la désirait autant qu'elle le désirait, elle se donnerait à lui, sans frein, sans réserve.

Mais il lâcha ses lèvres et recula.

— Vous ne comprenez pas que la seule chose que je veux…

Il lui caressa tendrement les cheveux.

— C'est rester ici, seul avec vous.

— Seul avec moi ? releva-t-elle. Raison supplémentaire pour que nous y allions…

— Je vais prendre une douche.

Sa voix était rauque, troublante. Il marmonna encore quelques mots inintelligibles et s'éloigna.

Ivo se frotta la tête puis ouvrit l'eau à fond.

Tout à l'heure, incapable de se concentrer sur ses finances, il s'était jeté sur son rameur dans l'espoir de se dépenser physiquement. Ça ne l'avait pas calmé.

Il commençait à peine à se détendre, quand Toni avait surgi dans son paréo rouge moulant, et tous ses efforts avaient été anéantis.

Ce qu'il s'était passé à la plage lui était revenu. Leurs jeux faussement innocents, leurs baisers, leur complicité… Elle était vraiment trop désirable. Un péché !

Avec ses précédentes conquêtes, il n'avait eu aucun problème. Leurs relations se réduisaient à des jeux au lit. Aucun sentiment dans leurs ébats, juste un plaisir physique. Un parfait détachement.

Avec Toni, c'était différent. Il avait envie d'elle, besoin de la toucher, de bavarder, de la taquiner, toutes choses qui ne lui ressemblaient pas d'ordinaire. Perdait-il le contrôle ? Raisonnait-il mal ?

Il se sécha, passa un pantalon et une chemisette et la rejoignit sur la terrasse.

Elle avait les yeux tournés vers Laredo, des écouteurs sur les oreilles.

Elle enleva ses jambes de la table basse, s'assit correctement sur le canapé et retira ses écouteurs.

Il s'assit en face d'elle.

— J'aime la vie que je mène. Je n'ai pas besoin d'aller à des soirées.

Ni question, ni protestation. Le silence.

Alors il poursuivit.

— Je me contente de moi. Mon entourage a du mal à l'accepter. C'est frustrant de devoir tout le temps se justifier.

— C'est pour cela que vous préférez rester seul, parce que vous vous sentez obligé de vous justifier ?

— Oui… non… enfin… C'est si difficile d'admettre que

je puisse être heureux comme ça ? Je suis bien à San Jorbo, je n'ai besoin de rien d'autre.

Pourquoi lui racontait-il ça ? Cela ne servait à rien.

— Mais votre famille, elle ne vous manque pas ?

— Oh ! Nos relations familiales sont compliquées. Mes frères et moi avons été mis en pension très jeunes. Finalement, on ne se connaît pas beaucoup.

— Vous le regrettez ?

— Ça servirait à quoi ? On ne réécrit pas l'histoire.

— Je sais. Il n'empêche. Je prends mon cas. Moi, il y a des choses que je regrette.

Quelque chose dans sa voix le toucha. Sans réfléchir, il lança, la voix blanche.

— J'étais seul avec elle quand elle est tombée.

Pourquoi, mais pourquoi parlait-il de ça ? Cela lui avait échappé. C'était ridicule, il n'avait qu'à s'excuser et partir.

Au lieu de s'éclipser, il resta assis là, silencieux, les yeux perdus dans le vague.

Et, brusquement, cela sortit.

— Ma mère… Nous étions à cheval. Je trottais devant. Je me suis retourné, et j'ai vu Cassini, son cheval, qui galopait vers moi, sans elle. Je suis revenu en arrière et l'ai retrouvée par terre, inconsciente.

Il ferma les yeux. Cette scène cesserait-elle un jour de le hanter ?

— J'ai essayé de la ramener à elle, mais elle ne réagissait pas. J'ai couru chercher de l'aide. J'aurais dû rester. Elle ne serait pas morte seule.

Il attendit que Toni commente, qu'elle lui dise s'il avait bien ou mal réagi, comme son père l'avait fait.

« Arrête d'y penser. » « Ça ne sert à rien de ressasser. » « Tu ne pouvais rien faire. »

Peut-être, mais il y avait une chose que son père n'avait pas comprise. Il savait bien qu'il ne l'aurait pas sauvée, mais l'idée qu'elle soit morte seule, sans personne à côté d'elle, le rongeait.

Avait-elle su qu'elle était seule ? S'était-elle sentie abandonnée ? Quelle avait été sa dernière pensée ? Pourquoi avait-il fallu qu'elle meure, seule, sans personne pour lui tenir la main, pour lui dire qu'on l'aimait ?

Toni vint s'asseoir près de lui. Il attendit qu'elle parle, mais au lieu de dire quelque chose, elle posa la main sur la sienne.

— Avez-vous pu parler avec votre famille comme vous venez de le faire avec moi ?

Immédiatement, l'envie de hurler et de partir le submergea comme une lame de fond.

Ce n'était pas lui, ça. Il ne se répandait jamais en souvenirs. Il ne parlait jamais de son passé.

Il repoussa sa main. Tendu, il ricana.

— Dans ma famille, on a un mot d'ordre : « Moins on en parle, mieux on se porte ».

Elle reprit sa main, la serra.

— Elle vous manque ? Votre mère.

Le poids qu'il avait sur la poitrine s'aggrava encore.

— Elle me comprenait. Elle comprenait mon côté secret et le fait que j'aie besoin d'être seul…

Il hocha la tête.

— Je sais. Il y a mieux comme qualité quand on est appelé à une sorte de vie publique.

— Sur ce plan-là, Luis compense ! plaisanta-t-elle.

Sa remarque le fit rire, mais sa tristesse lui écrasant de plus en plus la poitrine, il souffla.

— Quand j'étais plus jeune, je tolérais la vie publique, mais après sa mort…

Il laissa sa phrase en suspens.

— Quand votre mère n'a plus été là…

— Je ne voulais plus quitter ma chambre. Je créais des mondes imaginaires avec mes soldats de plomb. Ça rendait mon père fou.

— Vous avez été victime d'un traumatisme violent. Vos soldats de plomb ont été votre thérapie.

— J'avais besoin qu'on me laisse tranquille, de pouvoir pleurer sans qu'on me voie. Au lieu de ça, j'ai été obligé de m'exposer avec mon chagrin devant le monde entier. La foule, les badauds, les caméras de télévision, tous ces voyeurs… J'aurais tout saccagé.

Elle se tourna entièrement vers lui pour mieux le voir.

— Je suis triste pour vous, Ivo. Je ne comprends pas qu'on ne vous ait pas laissé en paix. J'aimerais pouvoir dire, faire quelque chose qui vous réconforte, mais je ne sais pas…

Il vit ses yeux briller. Des larmes. Elle était émue.

— J'avoue n'y avoir jamais pensé avant, mais le jour où ma mère…

Elle se tut, pensive, et reprit un instant plus tard.

— Je veux être là quand elle mourra, et je suis triste pour vous que vous ne l'ayez pas pu.

Il ne dit rien mais la rapprocha de lui et la serra.

Sa compassion, sa compréhension, sa gentillesse n'étaient pas données à tout le monde. Il les appréciait d'autant plus.

Quelque chose, pourtant, le retenait de le lui dire. Une panique sourde le gagnait sournoisement.

À cause de sa délicatesse, de son écoute, le détachement derrière lequel il se retranchait commençait à s'effriter.

Non et non, il ne serait plus jamais fragile et vulnérable ! Il ne voulait plus souffrir ni être déçu. Il ne voulait plus ni se battre ni avoir à négocier avec quiconque.

Il s'écarta d'elle et se leva. Fit un signe de tête vers Laredo.

— Allons à la soirée de Federico. Vous avez raison, il faut qu'on bouge.

Sur la route qui passait en contrebas de la propriété de Federico, dans les battements des tambours et au son de l'ocarina, la parade de la *feria* avançait à pas lents. Elle arrivait du port et se dirigeait vers le centre-ville. La statue du saint local, grandeur nature, portée sur une plate-forme en bois par quatre hommes en tenue d'apparat, ouvrait la marche. Suivaient les jeunes filles de Laredo dans des robes chatoyantes, leurs cheveux noirs ramassés en chignon. Venaient ensuite des cavaliers, des pêcheurs poussant un bateau sur un chariot, et une flottille de voitures dans lesquelles s'étaient entassés quelques belles brunes et tout ce que la ville semblait compter de jolis garçons.

Le cortège était heureux, les spectateurs aussi. D'un côté à l'autre de la route, on s'interpellait, on se congratulait, on applaudissait et chantait. On s'adressait des baisers et des encouragements. C'était chaleureux et bon enfant.

Toni rayonnait.

Elle avait sa fête ! De quoi distraire son attention d'Ivo et des fantasmes qu'il lui inspirait.

La propriété de Federico était pleine à craquer d'invités, sophistiqués pour la plupart, mais le niveau des voix et de la musique était assourdissant. C'était une soirée comme celles auxquelles elle était souvent conviée, mais en beaucoup plus glamour, plus bruyante… Plus excessive en tout. Le champagne coulait à flots, ce qui n'était pas pour lui déplaire. Apprenant qu'elle était une amie d'Alice, Federico l'avait présentée à Carolina, l'assistante personnelle d'Alice, qui l'avait prise sous son aile et présentée à un réseau étourdissant d'autres invités. Tout était plus, plus, plus ! Elle était à son affaire…

Enfin, presque. Car cette soirée, tout ébouriffante qu'elle était, ne la satisfaisait pas totalement.

Elle voulait être avec Ivo.

Le bruit, l'agitation, le champagne, tout qu'elle pensait aimer tant, cela ne cachait-il pas, en fait, une faiblesse, un sentiment qu'elle refusait d'admettre ?

Avec Dan, elle s'était abrutie dans le travail et les sorties pour ne pas voir les problèmes de son couple. Depuis leur rupture, elle n'avait fait que travailler, travailler, travailler, sans jamais s'autoriser de plage de temps silencieux, sans jamais admettre ni accepter la solitude.

Elle savait qu'il valait mieux qu'elle continue à s'amuser, à bavarder, à boire… à s'étourdir pour oublier de penser à ce qui l'empêchait d'être elle-même. Pour éviter d'être tentée de se rapprocher d'Ivo au prétexte de mieux le connaître. Qu'elle n'écoute pas la petite voix qui lui soufflait de lui dire qui elle était vraiment. Il fallait qu'elle soit raisonnable et qu'elle reste !

Peine perdue. Presque mécaniquement, elle remonta l'escalier du jardin. Le cœur battant, elle fixa Ivo des yeux, attendant qu'il la voie.

Il s'excusa auprès des invités avec lesquels il discutait et vint la rejoindre.

Il était beau, c'était indiscutable. Elle en avait le souffle coupé. Ses doigts la démangeaient, mais elle ne pouvait pas caresser ses cheveux, son visage, son corps long et souple plein de promesses exquises. C'était une torture. Si un jour il la prenait dans son lit…

Un concert de klaxons venant de la route l'interrompit dans son rêve. Elle releva la tête.

— Si on rentrait ? s'entendit-elle murmurer.

Le bateau glissait sur une mer éclairée par la lune, l'air du large leur fouettait le visage, fraîcheur bienvenue après la journée étouffante.

Ivo aurait voulu comprendre. Savoir pourquoi Toni avait voulu rentrer. Mais elle restait murée dans le silence.

Elle avait retiré ses sandales à talons et était pieds nus. La main sur la cuisse, elle essayait d'empêcher sa robe turquoise de remonter. Cette robe qui soulignait ses formes, le bombé de ses seins et ses fesses rondes et hautes.

Ils allaient bientôt accoster à San Jorbo. Qu'allaient-ils faire, une fois arrivés ?

Une idée lui passa par la tête, et il dévia de sa route.

Voyant qu'ils approchaient d'une crique où brillaient quelques lumières pâlottes, elle s'inquiéta.

En guise de réponse, il dit,

— Je vous emmène prendre un dernier verre.

Interloquée, elle rit, sans faire de commentaire.

Leur bateau heurta le vieux ponton qui desservait le bar à flanc de falaise, accessible uniquement par la mer.

Il y avait là une dizaine de clients, des habitués, car il fallait être du coin pour connaître ce refuge.

Après avoir présenté Toni à Antonio et Dolorès, les propriétaires, il lança :

— Un *Paradise City* pour mademoiselle !

Antonio ouvrit de grands yeux. Cela faisait des dizaines d'années qu'il n'avait pas changé un iota aux consommations qu'il proposait.

— C'est facile, lui dit gentiment Toni.

Et, devant un Antonio incrédule, elle énuméra les ingrédients nécessaires à la confection de son cocktail.

— Bon, eh bien ce sera une bière, alors, conclut-elle. Comme Ivo.

Leur chope à la main, ils sortirent.

Il y avait quelques oliviers accrochés à la falaise dont on se demandait comment ils avaient pu pousser là. Sur les quelques tables installées sur ce qu'on appelait pompeusement la terrasse, des petites bougies vacillaient dans la brise. Du jukebox de l'intérieur sortait la lamentation d'un flamenco, que le bruit des vagues venant s'écraser contre la falaise couvrait par moments.

— J'ai l'impression que nous sommes le sujet de conversation de tout le bar, dit Toni. Vous savez pourquoi ?

— Parce que c'est la première fois qu'on me voit ici avec une femme.

— Pourquoi ne pas m'avoir présentée comme une journaliste venue là pour vous interviewer ?

Il recula sur sa chaise et l'étudia.

Elle jouait avec ses cheveux, mais c'était sa bouche et son regard qui le fascinaient.

— Pourquoi ? Parce que j'aurais menti, non ? Vous sentez bien que notre relation ne s'arrête pas à la nécessité de faire votre métier. Osez me dire que je me trompe !

Elle plissa le front.

— Pourquoi m'avez-vous amenée ici ?

Il s'était dit que ce serait une façon de donner du temps au temps… Le temps de reprendre ses esprits, le temps de calmer le désir qu'elle lui inspirait et qu'il craignait de ne pas pouvoir contrôler. Il rêvait de coucher avec elle, mais il ne voulait rien précipiter. Il devait d'abord être certain qu'elle en avait aussi envie que lui.

— Pour prendre un dernier verre et pour vous montrer le genre d'endroits où j'aime aller, quand, par extraordinaire, je sors.

Il balaya d'un geste de la main le bar rustique, les quelques clients attablés qui bavardaient discrètement, et l'étendue d'eau sombre et bruissante, à peine éclairée par les lumières des maisons de l'autre côté de la baie.

— C'est moi, ça. C'est ce que j'aime. Évidemment, pour ceux qui aiment que ça brille, ça peut paraître ennuyeux. Moi, c'est ce qui me rend heureux.

Elle pencha la tête de côté et l'observa, songeuse.

— Vous pensez quoi ? Que je vais porter un jugement sur vos goûts ?

— Non, mais les gens en général n'aiment pas ce que j'aime.

Des papillons dans le ventre, Toni essayait de réfléchir. Qu'est-ce qu'il lui arrivait ?

Ivo lui avait déjà parlé de sa mère, et il se livrait encore. C'était une marque de confiance, et ça lui faisait plaisir. À elle, dorénavant, de ne pas poser de questions embarrassantes qui le pousserait à replonger dans le silence.

Mais elle ne savait pas encore grand-chose de lui, et elle avait vraiment envie de le connaître.

— Les gens en général, comme vous dites, ne savent pas toujours ce qu'ils veulent car ils ne prennent la peine d'y réfléchir. Ils suivent comme des moutons ce que les médias leur désignent comme étant le bonheur. Quand j'étais avec Dan…

Elle regarda Ivo.

Il l'écoutait.

— Si on m'avait demandé si j'étais heureuse, j'aurais dit que oui. J'avais un bon métier, de l'argent, une belle maison et un amoureux. Je me rends compte maintenant que c'était ce que je voulais croire, mais ce n'était la réalité. Au départ, j'ai aimé Dan, mais notre relation s'est effritée bien des années avant qu'on ne se sépare.

Elle se tut et réfléchit à ce qu'avait été sa vie avec lui. En fait, il n'y avait pratiquement pas eu d'amour dans cette vie-là.

— En ce cas, pourquoi êtes-vous restés ensemble ?

— Bof ! L'habitude. Et peut-être de la paresse de ma part.

L'air de ne pas comprendre, Ivo haussa les sourcils.

— Dan a émis l'idée qu'on se sépare à plusieurs reprises, mais j'ai chaque fois refusé. Je me moquais même de ce qu'il suggérait. Je répétais à Dan que notre destin était de vieillir ensemble…

Elle frotta ses joues brûlantes.

Pourquoi lui racontait-elle ça ? Elle ne l'avait jamais avoué à personne, même pas à elle-même. À Alice non plus, elle n'avait jamais rien dit. Elle avait honte d'elle, en fait !

— Quel manque de dignité ! Je ne supportais pas la perspective d'être seule. Ça me terrifiait.

Il se pencha vers elle.

— Pourquoi ?

Elle resta à le regarder, sans répondre, fascinée par le creux à la base de son cou, par sa peau cuivrée dans le V de son col ouvert et, plus bas, par la rangée de petits boutons de sa chemise…

L'envie d'approcher la main la prit. Sa peau devait être tiède et douce. Elle n'avait qu'à la caresser… juste pour voir.

Elle reprit ses esprits et croisa son regard.

— Parce que, quelquefois, j'ai besoin de sécurité… Je sais, ce n'est pas brillant, je le reconnais. Mais si je peux être comme ça, j'évite quand même de retomber dans le piège d'une relation toxique.

— Vous n'aimiez plus Dan. Pourquoi ?

Elle y avait réfléchi, mais pas trop.

Elle plissa le nez.

— Il est très intelligent et sait ce qu'il veut, mais il est terriblement désorganisé et distrait. Encore pire que moi. Quand il a commencé à très bien marcher dans son métier, il a stressé. C'est devenu infernal. On ne discutait plus, on se disputait. Il était devenu impossible… Je hais les affrontements.

Ivo hocha la tête.

— Pourquoi ?

Le son grave de la guitare flamenco la fit frissonner malgré la chaleur de la nuit.

— Je…

Elle essaya de rire.

— Je vous l'ai déjà dit, je suis à fleur de peau. Je ne plaisante pas ! Je déteste l'idée de me disputer parce que j'ai une peur quasi viscérale de contrarier les autres, j'ai peur qu'ils n'aient une mauvaise opinion de moi ou qu'ils ne veuillent plus me voir.

— Vous pensez vraiment que des gens comme ça sont indispensables à votre bonheur ? Des gens incapables de respecter vos points de vue ?

Elle tourna la tête de droite à gauche comme si un col la grattait. Elle cherchait en réalité quoi répondre.

— Ce que je veux dire, c'est que j'aime avoir de bonnes relations, que ce soit avec ma famille ou mes amis. Je ne veux pas non plus me priver. Depuis que je suis toute petite, j'ai toujours vu maman gratter les fonds de tiroirs pour trouver trois sous. C'est une artiste, mais elle devait faire des petits boulots annexes pour joindre les deux bouts. Je ne savais jamais à quelle heure elle reviendrait de son travail. Je ne compte pas les soirées que j'ai passées toute seule à la maison. Et je détestais ça. Ado, je squattais chez des amies. Plus tard, quand j'ai rencontré Dan, on était en fac tous les deux, et on a tout de suite habité ensemble. Je me rends compte aujourd'hui que j'aurais fait n'importe quoi pour être avec quelqu'un, pour ne pas me sentir seule.

— Et votre père ?

— Ah, lui… Il allait et venait, comme ça lui chantait. Lui aussi était artiste. Il bougeait beaucoup. Il a vécu en Italie, en France. Il venait nous voir de temps en temps et essayait de convaincre ma mère de reprendre la vie commune. Mais ça ne marchait jamais. Ils se disputaient pour tout. Pour l'argent, pour les femmes, qu'il draguait effrontément… Il est arrivé que j'aille me coucher le soir et que je ne le retrouve pas le lendemain matin. Parti, volatilisé !

— Et aujourd'hui ? Vous le voyez ?

— Il est mort il y a cinq ans. On l'a appris quand sa partenaire de l'époque, une Française. Elle a écrit à maman pour la prévenir plusieurs semaines après son enterrement. Si je l'avais su, je serais sûrement allée à ses obsèques. Il n'avait pas été un bon père, mais c'était *mon* père.

Elle releva la tête et regarda Ivo.

L'air songeur, celui-ci considérait ses mains qu'il avait posées à plat devant lui sur la table.

— Et vous ? Parlez-moi un peu de vous. Vous avez eu beaucoup d'amies ?

— Rien qui ait duré plus de quelques mois…

Montrant leurs verres vides, il proposa de partir.

Ils redescendirent vers la mer. Comme il faisait nuit et que le chemin était scabreux, Ivo lui prit la main. Tiède et rassurante, elle scellait une amitié naissante.

En bas du chemin, il s'arrêta et la fixa d'un air étrange. Elle, le cœur serré, ne bougea plus, attendant qu'il parle.

La beauté de la mer inondée de l'éclat du clair de lune ajoutait à la magie du moment.

Mais il ne parlait toujours pas.

Il finit par lui sourire, un sourire d'une tendresse infinie.

— Vous devriez être avec quelqu'un, déclara-t-il.

Attendant la suite, elle ne posa pas de questions, mais il ne dit rien d'autre.

Pourquoi lançait-il de telles affirmations sans poursuivre ? Elle voulait des détails, qu'il s'explique ! Comment pouvait-il dire une chose pareille aussi platement, alors qu'il tenait sa main dans la sienne et la serrait très fort ? Avait-il oublié quand ils étaient allongés côte à côte sur la plage ?

— Pourquoi ?

« Et avec qui ? », pensa-t-elle.

— Pour être avec une personne qui vous offrirait la sécurité qui vous manque.

— Je vous croyais contre le fait d'avoir quelqu'un dans sa vie.

— Pour moi, oui, mais pas pour les autres. Je pense à mes frères, leur bonheur ne m'échappe pas.

Elle serra les dents.

Elle voulait faire semblant d'être cool, mais cette conversation touchait un point sensible.

Du calme ! Elle ne voulait personne dans sa vie en ce moment, et sûrement pas un homme aussi compliqué que lui. Elle deviendrait dingo avec ses valses-hésitations, un pas en avant, deux en arrière. Ça rimerait à quoi, une aventure avec un type qui, justement, ne voulait s'attacher à personne, qui ne voulait ni liaison ni aventure, et surtout pas de mariage. Tout ça, c'était pour rire. Rien de plus. À prendre comme une étape pour elle, une façon de se connaître soi-même et de faire la lumière sur ce qu'elle attendait de la vie. Elle n'allait pas flancher à la première occasion en tombant amoureuse du premier type qui l'embrassait !

— Vous avez peut-être raison… Peut-être pas. Je ne cherche pas tout le temps à savoir qui je suis. J'ai juste envie d'apprendre à être heureuse seule. Pour ce qui est de retrouver un petit ami, je verrai plus tard.

Elle partit vers le ponton en bois où il la rejoignit.

— J'ai envie de m'amuser. Un point, c'est tout. Je ne cherche rien d'autre. Vous en pensez quoi ? minauda-t-elle.

Il la regarda et, réponse inattendue, lui adressa un sourire complice.

— Si c'est ce que tu veux…

Alors qu'elle faisait oui de la tête, il la prit brusquement par la taille et la serra contre lui.

Sous leurs pieds, le ponton tangua.

S'enhardissant, il resserra son étreinte et, de sa main libre, caressa son sein droit, puis sa hanche, et ses fesses.

La douleur sourde qui ne la quittait pas depuis des heures disparut sur-le-champ. Elle lui sourit, aux anges.

Ils reprirent le bateau pour regagner San Jorbo. Assise près de lui, Toni ne sentait plus ses jambes. Comment allait-elle remonter jusqu'à la *finca* avec ce cœur qui battait comme un fou et ces jambes en coton qui ne la portaient plus, tant ses caresses l'avaient troublée ?

Ils entrèrent en silence dans la *finca*, et Ivo referma soigneusement la porte derrière lui.

Enveloppée dans la quasi-obscurité du hall, elle attendit qu'il allume, mais il ne bougea pas.

Elle savait qu'il se tenait près d'elle. Elle ne le voyait pas distinctement, mais elle sentait sa présence. Son magnétisme.

Enfin, il la toucha. Du bout des doigts, il effleura son cou puis descendit vers la vallée creusée entre ses seins, jusqu'à l'échancrure de son décolleté et plus bas.

Elle sursauta. La main sur sa poitrine, elle essaya de ralentir les battements de son cœur qui cognait tellement fort.

Elle voyait ses dents briller dans l'ombre. Souriant de plaisir, il fit glisser le tissu élastique de ses épaules, dévoilant ses dessous, qu'il dévora du regard.

Il inspira alors très fort, comme s'il manquait d'air, se pencha sur ses seins et les embrassa. La tiédeur de sa langue à travers la dentelle du soutien-gorge la fit ronronner de plaisir. Elle se cambra, mais il la ramena contre lui et déposa une pluie de petits baisers sur son cou.

Elle lui prit la tête dans ses mains et, passant les doigts dans ses cheveux, la tira en arrière. Elle avait chaud partout, elle avait envie de lui, envie de plus, de beaucoup plus. Elle ne voulait plus attendre.

Le percevant, il lui prit la main et l'entraîna dans sa chambre. Sans qu'elle sache comment, sa robe tomba à terre. Il l'allongea alors sur le lit et alla ouvrir la baie vitrée qui donnait sur la terrasse, repoussa les volets.

Aussitôt, la lumière de la lune et le roulement hypnotique du ressac emplirent la pièce.

Il enleva sa chemise, son pantalon et s'allongea à côté d'elle. Relevé sur un coude, il la regarda,

— Es-tu certaine que… ?

Il laissa sa phrase en suspens, car, impatiente, elle l'attirait déjà à elle.

Elle voulait sa chaleur, son poids sur elle. En elle.

Il dégrafa son soutien-gorge, embrassa ses seins, et très vite elle sentit sa main descendre le long de ses hanches, repousser sa culotte et caresser intimement le creux entre ses cuisses. Il commença à la caresser, tendrement d'abord, puis avec des gestes plus appuyés, bien que toujours maîtrisés.

Elle ne savait plus où elle était. Elle gémissait, se tordait, s'exclamait.

Oui… Non… Ivo… Oh oui…

Encouragé par ses suppliques, il lui enleva sa culotte et se déshabilla complètement. Totalement nu, il s'allongea sur elle et, sans attendre, la pénétra.

Elle poussa un cri et se tendit pour sentir les délices de cette chair tiède et lisse qui allait et venait en elle.

C'était exquis, elle n'avait jamais rien connu d'aussi fort, d'aussi merveilleux. Elle avait envie de hurler son plaisir, de l'appeler par son nom et de lui dire qu'elle l'aimait.

Il donna un nouveau coup de reins, plus violent que les autres et, dans un râle de plaisir, retomba sur elle, qui criait elle aussi son bonheur.

Reprenant peu à peu ses forces, il roula sur le côté, l'entraînant avec lui.

— Tu ne regrettes pas, au moins ?

6.

Ivo n'avait pas dormi tard.

Toni était touchante dans son sommeil. Elle souriait. Cela l'avait bouleversé.

Mais pourquoi, bon sang ? Il ne fallait pas qu'il se laisse émouvoir. Il ne devait pas l'oublier, leur aventure n'était qu'une passade, une parenthèse dans laquelle s'offrir un peu de bon temps. Rien de compliqué. Rien qui mette en péril sa paix jalousement gardée.

Embêté de se rendre compte qu'il aimait se réveiller près d'elle, il s'était levé et était descendu se baigner à la plage.

— Ivo ! J'ai vu ton mot. Que se passe-t-il ?

Il remonta ses lunettes sur sa tête et la regarda s'approcher en sautillant car le sable était déjà brûlant.

Elle était délicieuse dans son bikini noir et argent, avec sa queue-de-cheval qui dansait d'un côté à l'autre de ses épaules.

— Tu as dit que tu voulais passer du temps à la plage, alors j'ai pensé qu'on pourrait y prendre notre petit déjeuner et s'y prélasser ce matin avant d'aller au baptême de Gabriela.

— Ah ? J'avais cru comprendre que, pour toi, rester sur la plage était synonyme de passer des heures en enfer.

— Cela dépend avec qui.

Il alla prendre deux matelas dans la cabine et les posa sur les transats. Puis il ouvrit le parasol. Et enfin la glacière.

— J'espère que tu as faim, dit-il. Regarde…

Surprise, elle le regarda sortir ce qu'il avait apporté.

Des tranches d'ananas et du raisin, des croissants, des cocktails de jus de fruits…

Il lui en tendit un.

— Ma version de *Paradise City*, plaisanta-t-il.

Elle goûta et ronronna de plaisir.

La nuit passée, entre deux soupirs, elle avait ronronné de la même façon, ce qui l'avait enchanté. C'était une jouisseuse.

Elle se passa la langue sur ses lèvres et posa la question qui le taraudait lui-même.

— Pourquoi fais-tu ça, Ivo ?

— J'ai pris conscience que je ne me suis jamais permis de passer du temps à la plage. Ce qui est idiot. Et puis, je veux te remercier pour la nuit dernière. En plus, tu vois, j'aime être avec toi.

Elle haussa les épaules en riant.

— Bien que je parle trop ?

— Je n'ai jamais dit ça.

— Non, mais au mariage de Luis et Alice, j'ai bien vu que je t'exaspérais parce que je n'arrêtais pas de jacasser !

— Tu étais très excitée.

— Pas vrai. J'étais nerveuse, c'est tout. Et tu veux savoir pourquoi ? Parce que tu étais là !

— Pourquoi donc ?

— Tu étais tellement sérieux et… tellement beau. Et moi, je me trouvais tellement moche. Tu sais que tu fais cet effet aux gens ?

Amusé par son explication, il admit que, parfois, ça lui avait rendu service.

— Et maintenant ? Je te rends toujours nerveuse ?

Toni prit un air sérieux mais plein d'autodérision.

— Oh non ! Je crois que je commence à être immunisée.

Il se pencha vers elle et lui toucha le genou du bout des doigts.

— Tu es immunisée contre moi… Et contre ça aussi ?

Il avança la main et lui caressa l'intérieur de la cuisse.

La douceur de sa peau lui donna envie de poursuivre, mais il se raisonna et s'arrêta juste à temps.

— Immunisée à cent pour cent, répondit-elle, crânant d'autant plus.

Puis elle pouffa de rire, les mains sur ses joues devenues d'un seul coup adorablement rouges et sûrement très chaudes.

— À ce que je comprends, sous son air honnête, la Machine est un bel exemple de lubricité. Je me trompe ?

À son tour, il rit.

— On ne le remarque pas, généralement, mais tu as un talent fou pour faire ressortir ma face cachée !

Elle reprit sa respiration.

— Et notre petit déjeuner ? l'interrogea-t-elle.

Elle avait raison. Il avait complètement oublié.

Un peu plus tard, lorsqu'ils eurent fait honneur au contenu de la glacière,

de la glacière, elle le fixa avec plus de sérieux.

— Qui t'a surnommé la Machine ? Et pourquoi ?

Il soupira intérieurement

— Mon coach d'aviron. C'est une longue histoire. Pour la faire courte, le coach m'avait éliminé de l'équipe, et je l'avais très mal vécu au début. Mais plutôt que de ruminer ma déception, j'ai décidé de m'entraîner comme un fou pour lui prouver qu'il avait eu tort et que j'étais digne de faire partie de l'équipe. Quand il m'a revu, il a constaté que je ramais plus vite, plus fort et plus régulièrement qu'une machine. D'où mon surnom. Ça m'est resté.

— Dans les affaires aussi ?

— Oui. Les clients aiment ça. Ma réactivité les rassure.

— Et ton équipe de Pacolore ? J'ai remarqué vendredi que ton personnel te tient en haute estime. Ce n'est pas facile, pourtant, d'entretenir de bonnes relations avec une équipe, que ce soit dans le cadre professionnel ou personnel. Il faut être franc et se parler. Si Dan et moi avions été plus francs l'un envers l'autre, nous n'en serions pas là aujourd'hui.

C'est comme avec mon père. Je lui faisais croire que ses absences ne me faisaient rien, ce qui était faux, évidemment. Si je lui avais dit combien j'en souffrais, il aurait peut-être fait un effort, et nous aurions eu de meilleures relations…

Elle chercha son regard et ajouta tout bas, presque sur le ton de la confidence.

— C'est souvent plus facile de ne rien dire, mais c'est une erreur. On a tort.

Il détourna les yeux

Après le décès de sa mère, il avait essayé de parler avec son père, mais celui-ci n'avait pas eu envie d'écouter et l'avait éconduit. Que serait-il arrivé s'il avait insisté ? S'il avait forcé son père à l'entendre ? S'il lui avait expliqué ce qu'il ressentait, sa solitude lors de l'accident, l'horreur devant sa mère mourante, sa culpabilité totale et entière dans ce drame ?

Sa relation avec son père ressemblait à celle qu'il avait eue avec son équipe d'aviron. Il avait gardé ses distances, ne se fiant qu'à lui-même et mal à l'aise à l'idée de demander de l'aide à quelqu'un. Se serait-il senti moins seul, moins délaissé par ses camarades s'il avait eu le courage de leur parler ouvertement de son stress les jours de course, ce stress qui le paralysait, ou de ses nerfs qui le lâchaient. Quelle dose d'orgueil fallait-il qu'il ait pour avoir toujours refusé de leur parler de sa frustration et des peurs qu'il avait eues tout au long de sa carrière à cause de sa blessure à l'épaule.

On ne refait pas l'histoire, mais, avec Toni, il pouvait parler franchement.

— Quand on ne se sent pas sûr de soi, en général, on parle beaucoup. Moi, je me tais.

La tête penchée sur le côté, elle l'interrogea du regard.

— Je ne comprends pas où tu veux en venir.

Il ouvrit la bouche pour parler, s'arrêta, sourit, rouvrit la bouche.

— Au mariage de Luis, tu m'as… Je suis resté sans

voix. Je parle quand même plus, d'habitude. Mais tu étais incroyable !

Elle écarquilla les yeux.

— Moi ? J'étais moche ! Avec des yeux de biche larmoyante.

— Pas pour moi. J'ai pensé qu'il fallait que je te le dise.

Son air étonné, son sourire timide l'émurent.

— Merci beaucoup !

Elle se moquait de lui, ce qui le fit rire.

Toni retint sa respiration.

C'était déjà difficile de résister à Ivo quand il était sérieux et bougon, mais voir son sourire tendre et repenser à ses caresses de la nuit passée… Il y avait de quoi y laisser sa raison. Que diraient Kara et Alice si elles savaient ce qu'il se passait entre eux ?

Elles seraient peut-être un peu inquiètes pour elle, mais ravies de la voir reprendre goût à la vie. Et puis, elle ne faisait de mal à personne. Ivo et elle, ce n'était qu'un intermède. Rien de plus qu'une attirance physique et l'occasion de s'amuser un peu.

Au réveil, ce matin, elle avait été déçue qu'il ne soit plus au lit, mais elle n'avait pas voulu se poser de questions.

Il ne lui devait rien, elle ne lui devait rien, elle n'allait pas décortiquer chacun de ses gestes, chacun de ses pas ! Il faisait ce qui lui plaisait, quand il voulait, comme il voulait. Il était libre. Exactement le genre de personne qu'elle rêvait d'être, relax, insouciante, quelqu'un qui ne se prenait pas la tête.

Elle se leva et ferma le parasol.

— Tu veux bien me passer de la crème dans le dos ?

Elle enleva son haut puis son short et nota qu'il suivait des yeux chacun de ses mouvements avec gourmandise.

Rougissante, elle s'allongea sur la chaise longue, la tête tournée sur le côté pour le voir.

Il avait ouvert le tube et déposait une noix de crème dans le creux de sa main. Elle ferma les yeux et attendit. Le contact de la crème froide sur sa peau tiède, puis le poids de sa main sur son dos la firent sursauter. Instinctivement, elle se cambra. Sentant qu'il soulevait légèrement le bord de son bikini pour passer de la crème sous l'élastique, elle tenta de retenir un frisson. Le soleil était chaud en cette belle matinée, il ne la croirait pas si elle prétendait qu'elle avait froid…

— Toni.

Elle se raidit, le cœur battant.

Il faisait des ronds avec ses doigts sur le bas de son dos.

— Je vais faire tes jambes, dit-il, posant la main sur une de ses cuisses. Par sécurité, car le soleil tape.

Il avait les yeux brillants, presque fiévreux.

Il ne pouvait pourtant rien se passer entre eux sur la plage…

— Non, ça va. Je peux me débrouiller, répondit-elle très vite.

Mais elle ne s'était pas trompée.

Il eut un sourire qui en disait long sur les pensées qui lui trottaient dans la tête – un sourire diabolique –, et il déposa un filet de crème sur une de ses chevilles. Puis sur l'autre. La crème glissait, sous ses grandes mains, sur ses jambes, entre ses jambes. Elle sentit le plaisir qu'il mettait à l'étaler, à la faire pénétrer.

Elle aimait ses mains, la pression qu'elles exerçaient en remontant, lentement, de ses pieds vers le creux de ses genoux où elles s'attardaient, puis vers le haut de ses cuisses. Elle en éprouvait une émotion physique violente, jouissive, qu'elle contenait mal mais s'interdisait de laisser exploser.

— Arrête, s'il te plaît.

Les joues en feu, incapable de supporter plus longtemps le ballet de ses mains sur ses jambes, elle se retourna.

Leurs regards s'accrochèrent. Leur désir l'un pour l'autre si évident qu'il n'était plus question de faire semblant.

Ivo posa un doigt à la base de son cou et, tout doucement, l'effleurant à peine, caressa sa poitrine.

Elle retint son souffle. Ses seins se dressèrent dans leurs petits triangles d'étoffe.

Il descendit plus bas, s'amusa à dessiner des cercles autour de son nombril. Il continua de descendre, frôla le bord de son bikini et la regarda dans les yeux, lui posant tacitement LA question.

La gorge nouée par l'émotion, elle hocha la tête.

Oui.

Son doigt ne bougea plus. Le regard voilé par le désir, il se pencha et prit ses lèvres, qu'il embrassa tendrement.

Elle sentit l'émotion lui serrer la gorge, lui coupant le souffle,

Il releva la tête sans la quitter des yeux. Ses doigts glissèrent sur son bikini.

Automatiquement elle souleva les hanches et écarta un peu les jambes.

Il n'exerçait plus de pression sur elle, au contraire. Ses mains l'effleuraient à peine, aussi légères que des ailes de papillon. Des plumes…

Elle se laissa faire. Les yeux fermés, le sourire aux lèvres, elle savourait la douceur de ses gestes. Elle serait restée comme cela des heures, sans bouger, sans penser, dans cette bulle presque irréelle, s'il ne l'avait ramenée à la réalité en reprenant ses lèvres.

Elle gémit, rouvrit les yeux et plongea les mains dans ses cheveux. L'attirant à elle, elle caressa son cou, ses épaules, son dos athlétique.

— Tu as un corps incroyable, dit-il. Il est tellement doux, tellement sensuel.

Elle cligna des yeux.

Mais non, son corps n'avait rien d'incroyable ! En dix ans de vie commune, Dan ne le lui avait jamais dit.

Elle voulut répliquer mais ne trouva rien à dire. Ivo semblait tellement sincère en lui faisant ce compliment que, pour un peu, elle l'aurait cru.

il la regardait, l'air grave, comme s'il réfléchissait au prochain plaisir qu'il voulait lui donner.

Tout excitée au souvenir de la veille, elle se dressa sur son matelas de plage, trouva sa bouche et retomba avec lui.

Il était allongé sur elle, maintenant. Il frottait ses hanches contre les siennes, et son sexe dur appuyait sur son ventre, ce qui l'excitait. Elle n'allait pas pouvoir endurer cela très longtemps.

Elle se cambra, passa les bras derrière son dos et le serra très fort. Elle écarta les jambes, gémit et, ne se contrôlant plus, pinça son dos, griffa ses épaules. Elles étaient musclées et dures d'avoir tellement ramé. Elles étaient aussi tellement rassurantes.

Elle ne pouvait plus bouger. Il pesait lourd… Mais elle aimait ce poids et l'impression qu'il lui donnait de lui appartenir. Il dut le sentir car, sans la lâcher, il se retourna. Sur le dos maintenant, il écarta les bonnets de son soutien-gorge et embrassa ses mamelons qui durcirent sur sa langue.

Allongée sur lui, elle sentait le feu du soleil sur sa peau et la brise de mer lui caresser le dos. Elle sentait aussi les mouvements de ses hanches contre les siennes et le plaisir qu'il semblait prendre à la torturer.

Quand il fit glisser son doigt jusqu'en bas de son dos, un long frisson la parcourut. Il tira sur la bretelle de son haut et chuchota,

— Assieds-toi.

Quand elle fut assise, il s'assit lui aussi et, petit à petit, souleva son haut de bikini, buvant des yeux la beauté de ses seins.

— Approche, dit-il, prenant ses fesses dans ses mains.

Comme elle se serrait contre lui, il mordilla un à un ses mamelons, les yeux levés vers son visage pour jouir de sa réaction.

Elle trembla violemment, tant la sensation était intense.

Il s'écarta d'elle, mais son visage trahissait un désir au moins égal à celui qu'elle éprouvait pour lui.

Comment un tel délire était-il possible ? Quels démons les égaraient ?

Il rabaissa son top sur sa poitrine et le renoua dans son dos sans rien dire.

Muette de stupéfaction, elle le fixa. C'était tout ?

La prenant alors par les hanches, il la rallongea sur le matelas.

— Pas maintenant, murmura-t-il lui caressant les cheveux. Nous avons un petit déjeuner à honorer.

7.

La réception organisée pour les personnes conviées au baptême de Gabriela avait lieu dans la grande serre du palais. De somptueux bouquets de roses blanches ornaient l'immense verrière qui surplombait le port de Monrosa.

Assis près de son oncle Johan, Ivo essayait de s'intéresser aux problèmes financiers de son oncle qui se lamentait d'avoir fait de déplorables investissements, mais son attention était attirée par Toni, qui se tenait de l'autre côté de la serre et qui n'hésitait pas à se présenter aux invités, surpris et charmés par sa beauté et son aisance.

Dans une très jolie robe rose pâle qui lui arrivait aux genoux, ses cheveux retenus en arrière par une pince en écaille de tortue, elle était ravissante. Les beautés explosives et refaites qui le dévoraient des yeux depuis quelques heures pouvaient aller se rhabiller, elles ne lui arrivaient pas à la cheville. Il n'était pas intéressé par leur pseudo-élégance, il aimait le naturel de Toni, sa sensualité. Il la voulait nue, offerte. Sans frein. Il voulait lui faire l'amour.

Sur la plage, il s'était fait violence pour ne pas aller plus loin alors qu'il ne pensait qu'à se débarrasser de ces bouts de tissu qui l'empêchaient de caresser ce qu'elle avait de plus sensible, de plus secret, de plus précieux.

Sa peau, son odeur, la façon dont elle se mouvait, ses gémissements le rendaient fou. Il n'avait jamais rien expérimenté de pareil. Sa façon de se blottir contre lui, ingénument, sa féminité adorable, sa sensibilité... tout en elle représentait à ses yeux ce qu'il y avait de plus épatant dans la vie.

C'était pour cela, parce que ça n'avait aucun sens, qu'il s'était interdit d'aller plus loin.

Pour l'heure – il la regarda du coin de l'œil –, elle se dirigeait vers Edwin et Kara. Elle semblait préoccupée.

Elle l'aperçut, lui sourit, mais il détourna les yeux.

C'était invivable cette envie d'être avec quelqu'un. Cela ne lui était jamais arrivé. Lui qui était si jaloux de sa solitude...

Il inspira profondément et rappela à Johan quelques statistiques sur les mouvements des marchés mondiaux, les prévisions de la Banque Mondiale et du Fonds monétaire international, tout en suivant des yeux Toni en grande conversation avec Edwin, qui affichait un bonheur sans partage depuis la naissance de Gabriela.

Kara, qui portait sa fille dans ses bras, parlait avec Luis, qui faisait des *areu areu* à sa nièce. L'enfant regardait son oncle, sous le charme, comme toutes les filles qui avaient l'occasion de l'approcher, Kara y compris.

Edwin et Luis travaillaient ensemble. Edwin dirigeait, Luis était son bras droit. Il s'occupait plus précisément du tourisme, pan important de l'économie du pays. Maintenant qu'il collaborait avec Edwin et qu'il avait fait, comme son frère, un mariage heureux, le lien entre eux s'était resserré.

Quand Johan se leva, Ivo ne bougea pas.

Que pouvait dire Luis à Toni qui la fasse rire autant ?

Agacé, jaloux peut-être, il regarda ailleurs, des picotements dans la nuque.

Malheur ! Ces picotements, c'était son père ! Il était là. Assis près d'une débauche d'orchidées, la passion de sa mère, il écoutait Alice, intarissable sur l'histoire de Monrosa. Mais son attention était ailleurs, cela se voyait.

Brusquement, faussant compagnie à Alice, il se leva et vint vers lui.

Que lui voulait-il ? Pourquoi le fixait-il avec cette insistance ?

Son père changeait. Depuis son abdication et la naissance de son premier petit-enfant, il s'était adouci, et Ivo ne savait plus trop comment se comporter avec lui maintenant. Il ne savait surtout pas comment régler les étranges demandes de son père sur la situation de Pacolore. Le mois dernier, il avait fait irruption à la *finca*, et ils avaient passé une heure ensemble, mal à l'aise, à parler de son portefeuille en bourse. En partant, son père semblait mécontent, comme s'il n'avait pas accompli ce pour quoi il était venu.

Ivo n'était pas idiot, il comprenait que son père voulait renouer. Mais comment retisser un lien après vingt années de silence ?

Voyant son père se diriger vers lui, il se leva, dans l'intention d'aller parler à Toni pour échapper à son père.

Zut ! Elle aussi venait vers lui, rayonnante, le bébé dans les bras.

Comme son père approchait, il se précipita vers elle.

— Partons ! Dit-il.

Toni lui tendit le bébé.

— Non, pas tout de suite. Prends donc un peu Gabriela dans tes bras.

Et, se tournant vers l'ex-souverain, elle sourit.

Pendant la cérémonie du baptême, Ivo avait reçu Gabriela des bras de son père et l'avait tenue au-dessus des fonts baptismaux. Puis il s'était tenu un peu à l'écart, muré dans le silence comme d'habitude. Gabriela réussirait-elle à resserrer les liens entre Ivo et sa famille ?

Pour l'instant, ce n'était pas gagné.

Il n'empêche… Il semblait sensible à l'innocence de sa nièce et lui souriait.

Mon Dieu ! La Machine, amadoué par le gazouillis d'un bébé !

— J'ai appris que vous êtes là pour interviewer mon fils Ivo.

— C'est exact, Votre Altesse.

— Vous en sortez quelque chose ?

Elle baissa les yeux, gênée d'être prise à témoin devant Ivo.

— Oui… Il me surprend à plus d'un titre. Ce sera sûrement la meilleure interview que j'aurai faite. Votre fils est un homme vraiment bien. C'est un plaisir de l'interroger. Il pousse à réfléchir.

D'abord étonné, l'ex-souverain regarda Ivo, puis une expression triste assombrit son visage.

— En ce cas, je l'écouterai. Qui sait ? J'apprendrai peut-être quelque chose !

Ivo fronça les sourcils.

— Tu écouteras ?

— Bien sûr.

Surpris, Ivo regarda l'enfant qu'il avait toujours dans les bras et déclara qu'il n'avait pas encore tout dit.

— Puisque le but de ce podcast est d'éveiller l'attention sur les maladies mentales chez les jeunes, j'ai l'intention de parler de mère et des conséquences que son décès a eues sur moi.

L'air sembla se raréfier dans la serre. La tension entre Ivo et son père devint presque palpable.

— Les affaires de notre famille ne regardent personne.

Ivo voulut rétorquer, mais son père balaya d'un geste la réplique qu'il avait sur la langue.

— Mais je comprends que tu veuilles en parler. Il est temps de régler les comptes avec le passé. Je n'ai sans doute pas toujours pris les bonnes décisions en ce qui concerne ma famille, et mes enfants en ont peut-être payé le prix. Une chose est certaine cependant, si j'ai pris ces décisions c'est que je les croyais les meilleures pour vous, mes trois fils.

Sur ces mots, il se retourna et partit.

De plus en plus sombre, Ivo regarda Toni, l'air furieux.

Elle n'avait rien fait de mal. Pourquoi, en ce cas, la regardait-il comme une ennemie ?

— Tu peux me dire pourquoi tu es contrarié ?

Ivo accéléra encore plus. Agrippé à son volant, il bouillait et ruminait les mots qu'il aurait dû dire mais n'avait jamais osé prononcer.

Tout changeait, et il ne savait comment réagir. Il se vantait d'être cool, de savoir laisser filer ce qui le dérangeait. Pour l'heure, ce n'était plus le cas. Il était débordé par sa colère et par d'autres émotions.

— Tu veux bien ralentir, s'il te plaît ?

De mauvaise grâce, il décéléra.

— Je ne vais pas vite.

— Si tu me laissais conduire ?

Soupir exaspéré.

— Non !

— Qu'est-ce que tu as ? Je vois bien que ça ne va pas.

— Je vais très bien.

Il mentait. Il en avait assez. De tout. De Toni. De ses questions. De sa vie. D'être incapable d'exprimer ses sentiments. D'être un emmuré vivant. Un handicapé de la vie.

— Je suis un outsider.

Elle écarquilla les yeux.

— Étranger à ma propre vie, si tu préfères.

Étonné de s'entendre parler, surtout de lui, il se referma.

— Ah ?

— Spectateur de ma vie, si tu veux, reprit-il. J'ai l'impression de la regarder de loin. Je me demande comment on peut être autant détaché de soi.

Estimant qu'il avait trop parlé, il poussa un soupir que Toni dut interpréter comme de l'irritation.

Elle posa la main sur son siège, près de sa cuisse, délicatement.

— C'est nouveau, ou ça a toujours été le cas ?

Malgré lui, les mots se formèrent.

— Avant la mort de ma mère, je n'étais pas comme ça… Enfin, il me semble. C'est tellement vieux ! Après, je n'ai plus su vers qui me tourner, à qui me fier. Je me suis dit que le plus sûr, c'était de ne compter que sur moi.

— Tu avais ton père, tes frères…

— Ils avaient leurs trucs à régler, eux aussi.

Comment expliquer qu'il suffoquait de culpabilité quand il pensait à la mort de sa mère ? Comment expliquer qu'il s'était interdit d'être un poids pour les autres ? Qu'il avait été terrorisé à l'idée de pleurer devant les milliers de badauds qui regardaient passer le cortège funèbre ? Une démonstration de chagrin en public aurait horripilé sa famille. Pire que tout, il aurait déçu sa maman en faisant étalage de son chagrin au lieu de la respecter en restant digne dans sa peine.

— Tu as dû te sentir très seul, à l'époque.

Un poids dans la poitrine, il haussa les épaules.

— À l'époque ? C'est vieux, mais c'est comme si c'était hier.

Sa mémoire était là pour lui rappeler les journées passées seul, enfermé dans sa chambre dont il ne parvenait pas à sortir. Pour lui rappeler sa famille qu'il voyait aller et venir dans le palais alors qu'il désespérait de voir quelqu'un entrer dans sa chambre, s'asseoir près de lui et le consoler. Mais non, au lieu d'une oreille secourable, c'était un aide du palais que son père lui avait adressé pour le persuader de quitter sa chambre !

— Compte tenu de ce qu'a dit ton père tout à l'heure, tu peux peut-être essayer de te rabibocher avec lui ?

— Peut-être.

— Pourquoi ne parles-tu pas ? Pourquoi ne dis-tu pas aux gens ce que tu attends d'eux ? Tu as peur de quoi ?

— Peut-être que je n'en ai pas envie.

Toni attendit qu'il ait fini de contourner un groupe de cyclistes et se tourna vers lui.

— Je comprends que tu es un vrai solitaire, mais la vie ne marche pas comme ça, Ivo. Il faut sortir, parler, se faire des relations, les entretenir. Évidemment, il faut bien choisir. Ensuite, faire confiance et te dire que personne ne te fera de mal intentionnellement.

Il la regarda par en dessous.

— Je peux te faire confiance, à toi ?

Si sa question la blessa, elle fit en sorte qu'il ne puisse pas s'en rendre compte.

— J'aurais pensé que tu avais la réponse. Mais puisque tu me le demandes, oui, tu peux me faire confiance.

Elle inspira une grande bouffée d'air.

— Mais ce n'est pas moi, l'important, c'est ta famille, les gens qui jouent un rôle dans ta vie. C'est à eux que tu dois t'ouvrir. Je sais, cela ne sera pas facile car il y a plein de non-dits chez vous, mais j'ai constaté ce soir que tu es attaché aux tiens. Le moment est venu de faire bouger les choses, non ?

Sa colère était retombée, remplacée par une espèce de découragement.

Ils arrivaient aux grilles de San Jorbo. Il les franchit et fila jusqu'à la maison sans dire un mot aux gardiens comme il le faisait d'habitude.

— Je ne saurais même pas par quel bout commencer, souffla-t-il.

— Passe du temps avec eux. Invite ton père ici, va voir Gabriela. Tu es tellement heureux avec elle. Nouvelle génération égale souvent nouveau départ. Pour tout le monde. Les choses peuvent changer, les gens peuvent changer.

— Même moi ?

— Oui, si tu le décides. Es-tu prêt à te rapprocher de ta

famille avec tout ce que cela suppose de négatif et de positif ? Ou es-tu plus heureux tout seul, ne te reposant que sur toi ?

Sourire en coin, il la fixa.

— Et si je te retournais la question ?

Ils se regardèrent et rirent.

— Oh… Moi, j'ai ma mère et mes amis !

— Ça te suffit ?

La voiture s'arrêtant devant la *finca*, Toni se pencha pour prendre son sac sous ses jambes.

— Tu veux que je te parle franchement ? Si je cherchais un compagnon, tu serais la dernière personne que je voudrais. OK, tu as plein d'atouts, tu fais l'amour divinement, tu réussis, tu es intelligent, etc. etc. Mais tu es beaucoup trop compliqué pour moi. Tu me rends folle avec tes silences. J'ai besoin de quelqu'un d'ouvert, de direct, quelqu'un qui dise ce qu'il pense… Éventuellement ce qu'il a sur le cœur.

Elle reprit son souffle.

— Je serais une enquiquineuse, toujours à me demander ce que tu ressasses, à quémander ton amour. Tu ne me supporterais pas longtemps. Et, très franchement, moi non plus !

Après réflexion – devait-il se sentir offensé, ou être soulagé ? –, il hésita à répondre. Que dire ?

La première chose qui lui passait par la tête lui échappa.

— Pourquoi me dis-tu ça ?

— Pour que les choses soient bien claires et qu'on sache exactement où l'on se situe l'un vis-à-vis de l'autre.

— Comment cela ?

— On a couché ensemble, et ensuite, à la plage, tu as littéralement décampé…

Vexé par sa réponse, il tenta de s'expliquer.

— Partis comme on était partis, – rappelle-toi hier soir –, j'ai eu peur qu'on n'arrive pas à temps au baptême de Gabriela… Mais je te prie de m'excuser.

Toni se mordit la lèvre.

Oh là là ! Terrain miné ! Pourquoi s'était-elle engagée dans cette voie-là ?

Pressée de descendre de voiture, le cœur battant, elle fila vers l'entrée, où elle attendit Ivo qui semblait s'ingénier à prendre son temps.

Son cœur cognait, elle était étourdie, et il fallait qu'elle joue la femme détachée !

Elle s'en sentait incapable.

À cet instant, Ivo la rattrapa, la regarda de ses beaux yeux gris. Sans rien dire. Et resta sans bouger devant elle.

Excitée par sa présence corporelle et déjà énervée par son silence, elle sentit qu'il ne lui restait plus qu'une chose à faire : prendre ses jambes à son cou et déguerpir. Loin. Et tant pis pour les interviews…

Ce fut à ce moment-là qu'il la saisit par la taille.

Ce qu'elle se rappelait de la suite se résumait à trois choses : elle s'était retrouvée sur les épaules d'Ivo. Il descendait vers la plage en la portant comme un sac, semant ses sandales en chemin.

— Qu'est-ce que tu fais ?

— Je crois que ce serait pas mal qu'on se calme un peu tous les deux, dit-il.

Arrivé à la plage, il la déposa au bord de l'eau et, sans dire un mot, la fit pivoter, défit sa fermeture Éclair et l'embrassa dans le cou.

Au lieu de se calmer, elle se tendit vers lui. Il souleva alors son soutien-gorge en dentelle et caressa ses seins. Puis, lui mordillant l'oreille, fit glisser sa robe, qui tomba dans le sable.

Stressée, elle inspira une grande bouffée d'air.

— Mais… On va nous voir.

— Il fait trop noir, dit-il en riant. Pourquoi dis-tu cela ? Tu ne veux plus ?

Et sans attendre sa réponse, il déboutonna sa chemise et

la jeta par terre. Ses chaussures et son pantalon suivirent. Moulé dans son caleçon, il était terriblement excitant. Elle ne résista pas longtemps.

Il tomba à genoux, la déséquilibrant, mais il la rattrapa par les hanches et la ramena à lui.

Tombant à genoux à son tour, elle entrouvrit la bouche.

Elle voulait ses lèvres sur les siennes. Tout de suite !

Penché sur elle, il happa ses lèvres, décuplant son excitation. Elle gémit, gémit plus fort.

Encouragé par son enthousiasme, il fouilla sa bouche. Mais elle voulait encore plus. Elle voulait tout. Il s'écarta, se leva, l'aida à se relever, la déshabillant du regard.

— Je te veux nue, dit-il.

Elle hésita, mais son regard fiévreux sur sa poitrine et sur ses hanches la décida. Elle dégrafa son soutien-gorge, fit glisser les bretelles sur ses bras tout doucement pour le faire languir. Dans l'air froid de la nuit, ses seins pointèrent.

Se délectant de la sensualité de la scène qu'elle jouait sous ses yeux, Ivo, soupira de plaisir.

Il prit un de ses seins dans sa main, en titilla le mamelon et, excité de la voir se tortiller, sourit.

Elle avait envie qu'il la prenne maintenant. Qu'il l'allonge sur le sable et lui ôte sa culotte. C'était fou, elle n'avait jamais autant désiré un homme.

— Tu es sûre que… ?

Elle recula pour mieux le voir.

— Pourquoi ? Pas toi ?

— Si, mais je veux être certain que tu en as vraiment envie.

— Tais-toi, dit-elle. Arrête de parler. Pour une fois, c'est moi qui te le demande.

Il rit et reprit le bout de son sein dans sa bouche, le mordilla. Sa langue était râpeuse, elle décuplait son plaisir. Elle se cambra. Mais, vite, il s'arrêta. Il leva le visage vers elle, l'air soudain grave.

— Je veux que tu saches que ce que je fais là, je ne l'ai jamais fait auparavant, commença-t-il. Qu'avant toi, je n'avais jamais fait l'amour à une femme sur cette plage. J'en ai toujours rêvé, mais jusqu'à ce que je te connaisse, je n'ai jamais rencontré quelqu'un qui me donne envie de vivre ce fantasme.

— Dois-je prendre ça comme un compliment ? souffla-t-elle.

— Absolument.

Elle vit qu'il cherchait ses mots.

— Comment dire… ? Je veux que tu saches que tout ceci est… n'est pas la norme pour moi. Qu'avec toi, tout est différent.

Le cœur battant comme un fou, elle ne réagit pas, n'osant accorder du sens à ce qu'elle entendait.

Ivo sentit qu'il fallait qu'il s'explique.

— Avec toi… Mon besoin d'être avec toi est quelque chose de nouveau. Une chose que je n'avais jamais connue. C'est un besoin violent. intense. C'est… Comment dire ? Indomptable. C'est le mot, indomptable. Tu vois ce que je veux dire ?

Toni fit oui de la tête, ses yeux sombres l'attirant dans un univers empli de chaude compréhension.

Il l'embrassa, tendrement maintenant, et la tenant par la main, il entra dans la mer. Quand l'eau arriva aux épaules de Toni, il la souleva et, serrant ses jambes autour de ses reins, l'embrassa de nouveau. Puis il la reposa sur le sable. Elle se dégagea de ses bras et l'entraîna vers le bord. Là, elle lui enleva son caleçon et le caressa. À son tour, il lui ôta son slip et la plaqua contre lui, violemment.

Serrés l'un contre l'autre, échangeant des baisers passionnés tout en se balançant d'avant en arrière, ils sentirent qu'ils n'allaient plus contrôler longtemps leur désir.

— Viens, remontons à la *finca*, dit-il.

Elle secoua la tête.

— Non, je veux être ton fantasme ! Je veux faire l'amour ici, en pleine nature. C'est vrai et c'est beau.

Il la ramena dans la mer, et là, il la pénétra.

Elle poussa un cri, sa tête retomba sur son épaule. Il se retira et recommença, de plus en plus vite, en rythme avec elle, qui se cambrait pour mieux s'offrir.

Brusquement, elle rejeta la tête en arrière et, poussant un long gémissement, trouva l'apaisement.

Il la regarda jouir et, convulsé par un plaisir comme il n'en avait jamais connu, il se libéra lui aussi.

8.

Elle se réveilla, les jambes d'Ivo et les siennes emmêlées, et ne s'étonna pas de se trouver dans son lit.

Qu'y avait-il de bizarre à être allongée près de lui ? À le découvrir penché sur elle, lui souriant ?

— Bonjour…

Il caressa l'ourlet de son oreille aussi tendrement qu'il lui avait fait l'amour toute la nuit… Hier soir, à la plage, incapable de résister, il l'avait prise comme un fou. Leur étreinte avait été torride. Une fois remis, ils étaient revenus à la finca, s'étaient douchés et avaient refait l'amour. Au lit, cette fois.

— Tu as du sable dans l'oreille.

Sa voix encore endormie était rauque et sensuelle. Il avait les cheveux en bataille. Et elle, elle était au septième ciel.

Pour l'instant, car dans vingt-quatre heures, ces quelques jours volés à sa routine seraient du passé. De l'histoire ancienne.

Inutile d'y penser. À quoi bon se faire du mal ? Au contraire, elle devait en profiter jusqu'à la dernière minute, paresser sans réfléchir sauf au bonheur de se vautrer dans le plaisir. Cela faisait tellement de bien !

Elle fit rouler Ivo sur le dos et s'allongea sur lui. Le nez dans le creux de son cou, elle inspira son odeur. Un mélange de musc, de fatigue et de drap fraîchement lavé.

— Tu as des mains incroyables, dit-elle les sentant courir sur son dos.

Elle releva la tête et rit.

— Si un jour tu en as assez de ton métier, deviens masseur. Tu ferais ça très bien.

Il la fit rouler sur le côté et l'embrassa.

— Tu as un corps… Je ne serai jamais rassasié de toi, murmura-t-il.

Elle sentit son cœur faire un bond.

Elle savait, pourtant, le peu d'importance qu'elle devait accorder à ce qu'il venait de dire. Ces mots-là avaient déjà échappé à Ivo dans le feu de leurs étreintes. Il n'y entrait pas de sentiments – pour sa part à lui, car de son côté elle se sentait de plus en plus attachée, comme par un lien invisible, une émotion qui ne disait pas son nom. Mais cela ne changeait rien à ce que l'un et l'autre attendaient de cette aventure. Depuis le début, il avait été clair, il n'était question que de plaisir, celui d'être ensemble le temps d'un week-end prolongé.

Elle glissa sur lui, embrassa sa poitrine. La faute à leurs ébats, sa peau avait un goût de sel. Elle glissa plus bas, sentit son sexe dur, gonflé de désir.

Il la ramena vers lui, la retourna et s'allongea sur elle. Très vite, ses doigts palpèrent le creux entre ses cuisses.

— Tu es prête ? s'inquiéta-t-il, le regard fiévreux,

D'un signe de la tête, elle répondit oui. Elle avait envie de lui, vite, très vite. Son désir la torturait.

Comprenant à son regard qu'elle ne voulait plus attendre, il la pénétra.

Yeux dans les yeux, silencieux, connectés, ils commencèrent à aller et venir, ensemble, à l'unisson. Quand il accéléra la cadence, elle multiplia à son rythme les mouvements de ses hanches, se soulevant pour le sentir la remplir complètement.

— Ivo !

Il donna un coup de reins violent, se jeta en arrière avant de retomber sur elle, poussant un râle de jouissance.

Comblée, bouleversée, elle se resserra autour de lui et, émerveillée par la volupté qu'elle ressentait, lui cria son plaisir.

La dernière interview était en cours. Assis sur le canapé du salon, les portes donnant sur la terrasse grandes ouvertes pour laisser passer la brise de mer, Toni et Ivo discutaient.

Elle avait beau faire des efforts, elle avait du mal à cacher sa nervosité. Il y avait tellement de gentillesse et de compréhension dans leur échange qu'elle ne voulait pas risquer de tout gâcher en posant des questions inopportunes qui contrarieraient peut-être Ivo.

Elle rajusta son short – il lui avait promis de l'emmener voir le cap le plus occidental de l'île après l'interview – et lui demanda s'il voulait bien évoquer sa carrière.

Elle brancha son micro.

— Faire de l'aviron, est-ce compatible avec un statut de prince et une vie de famille ?

Il se crispa.

— Je vois que vous n'êtes pas à l'aise avec cette question, insista-t-elle.

En guise de réponse, il haussa les épaules.

Elle coupa le micro.

Elle avait besoin de cette interview. Ses entretiens précédents étaient trop courts, ils ne rempliraient jamais un format d'une heure. De plus, la matière qu'elle lui avait arrachée jusque-là n'apportait pas d'éclairage sur le prince. Pouvait-elle se permettre d'insister parce qu'elle en avait besoin professionnellement ?

Elle le regarda et soupira.

— Je manque de contenu, se hasarda-t-elle. Mais je ne veux pas te mettre la pression. À cause de ce qu'il s'est passé entre nous sur le plan personnel, je ne parviens plus à faire la part de ce que je peux dire dans mon podcast. J'ai peur de mélanger, tu comprends ? Je ne voudrais pas que mon interview te desserve, évidemment. Mais je veux qu'elle intéresse les auditeurs, qu'elle leur montre qui tu es vraiment, tout en respectant ta vie privée.

— Pourquoi ?

Il connaissait la technique, elle était habile. Répondre à une question par une autre question.

Se mordillant les lèvres, elle réfléchit à la manière de lui exprimer son problème.

— Comme je t'aime beaucoup et comme je te respecte, je ne sais pas comment faire le tri entre ce que tu m'as dit sur le ton de la confidence et ce que je peux divulguer sur les ondes.

L'air grave, Ivo la considéra un moment, puis elle vit le coin de ses lèvres se rebiquer.

— Merci, dit-il avec un sourire.

Elle attendit qu'il poursuive, mais il en resta là.

Cherchant à se conforter dans l'idée que seul le besoin de sortir une interview expliquait ce qu'elle venait de lui dire, elle réfléchit.

Si elle était honnête, qu'est-ce qui la motivait réellement ? Ne chercherait-elle pas, plutôt, à consolider le lien qui s'était noué entre eux, ce lien qu'elle aimerait voir durer au-delà de ce trop court week-end ?

Ivo souriait toujours, et son sourire était adorable. Comment ne pas fondre devant tant de charme ? Comment ne pas le désirer ?

S'impatientant soudain, il montra le matériel d'enregistrement.

— Finissons-en avec ça, dit-il. Avant que nous ne fassions autre chose… une nouvelle fois.

À plusieurs reprises, ce matin, ils avaient tenté de se préparer, mais le premier à peine levé, l'autre le rattrapait par le bras et le rallongeait dans le lit. Quand elle était allée se doucher, Ivo l'avait suivie jusque sous le jet. Plus tard, il avait recommencé, le coquin ! Elle voulait s'habiller mais, à peine sa culotte enfilée, Ivo la lui avait enlevée sans se soucier de ses protestations, et il l'avait plaquée contre la porte du dressing. Là, il lui avait refait l'amour bien qu'elle n'ait cessé de gigoter.

Il avait des jeux comme ça… Qui l'aurait soupçonné ? La duplicité, toujours !

D'une main tremblante, elle appuya sur *enregistrement* et jeta un coup d'œil aux questions qu'elle avait préparées le matin, pendant qu'il consultait ses courriels. Dans la pièce silencieuse, son cœur s'était emballé en rêvant à d'autres week-ends, plus longs que celui-ci, seule avec lui.

— Bien, commença-t-elle. Vous avez participé à deux compétitions internationales. Vous étiez favori pour les deux. Vous avez décroché la médaille d'or à la seconde course. Comment se fait-il que vous ne soyez arrivé que quatrième à la première ? C'était une contre-performance. Comment l'avez-vous vécu ?

— Très mal. Notre équipe n'avait pas tout donné. Nous avions déçu les Monrosiens qui comptaient beaucoup sur nous. C'est ce qui m'a le plus blessé. Personnellement, j'ai failli tout arrêter. À ce niveau, les efforts et les entraînements sont drastiques… Et puis, je me suis interrogé. Étais-je assez bon ?

— Vous étiez considéré comme la vedette de l'équipe. Qu'ont pensé vos équipiers quand vous avez songé à tout abandonner ?

Il haussa les épaules.

— Après les courses, nous sommes partis chacun de son côté. Nous n'avions pas vraiment envie de commenter. Ils voulaient tous retrouver leur femme ou leur compagne au plus vite.

— Vous n'avez parlé à personne de votre déception ? De votre envie de tout laisser tomber ?

— Non.

— Vous en avez bien discuté *un peu* avec eux… Ou avec quelqu'un d'autre ?

Ça la dépassait ! Il était encore plus coupé du monde qu'elle ne l'avait imaginé. Comment pouvait-il mener ce genre de vie ?

Une fois de plus, Ivo haussa les épaules.

— À quoi bon ? On avait raté, c'était plié, comme vous dites.

— Donc, pardon si je me répète, vous n'avez partagé la… frustration de votre échec avec personne.

— Non. Cela n'aurait servi à rien. J'ai vite compris que je perdais mon énergie à ressasser ma déception. Qu'il valait mieux que je me concentre sur l'objectif suprême, ramener une médaille d'or à Monrosa. Avec l'équipe, nous nous sommes revus et nous avons travaillé ensemble à améliorer ce par quoi nous avions échoué. Depuis nos entraînements jusqu'à notre alimentation – oui, ça compte – en passant par l'agenda des compétitions. Donc, vous voyez, une défaite peut rendre plus fort, tout dépend de la façon dont on l'aborde.

Ce n'était pas le sujet. Il déviait la conversation du thème qu'elle souhaitait développer : le fait de n'avoir parlé à personne après leur échec. Il le faisait certainement exprès.

Pouvait-elle insister ? Si elle le faisait, comment réagirait-il ? Elle avait l'impression de marcher sur une corde raide.

Elle réfléchit deux secondes.

Pourquoi n'osait-elle pas le pousser dans ses retranchements, lui demander de pousser plus loin l'analyse ? Cela en disait long sur les limites de leur relation.

Il n'empêche, elle avait un podcast à fournir et…

— Je reviens à notre sujet, dit-elle. Vous dites que vous n'avez parlé à personne de ce que vous avez éprouvé à la suite de votre échec. Pourquoi ? C'était trop difficile pour vous de parler ? Mais n'était-ce pas encore plus difficile de ne rien dire ?

Ivo plissa le front. La question l'agaçait.

Elle crut qu'il allait botter en touche, mais finalement, après un hochement de tête, il commença.

— À cette époque, je me disais que se répandre en palabres ne servait à rien. Mais j'ai révisé mon jugement. Grâce à ces quelques jours avec vous, je commence à comprendre l'utilité de partager ses expériences. Oui, aujourd'hui, je me dis que c'est bénéfique.

Elle sourit, rougit un peu.

— L'équilibre est fragile entre se protéger et se livrer. Mentir ou être sincère.

Elle capta son regard, le soutint et, leurs ébats amoureux vibrant encore dans ses yeux gris, elle s'empressa de poursuivre.

— Je sais que vous ne serez sans doute pas d'accord mais, à choisir, je crois que je préférerais avoir une vie sociale ouverte.

— Je pense que vous avez raison. C'est une option plus courageuse. Être ouvert.

Prise de court, elle le dévisagea.

— Vraiment ? Vous le pensez vraiment ?

— Oui.

Elle devait se rappeler ses auditeurs. Ce qu'il racontait là ne signifierait pas grand-chose pour eux. Il fallait lui poser des questions plus directes, qu'il se dévoile. Mais cela risquait de fragiliser l'équilibre de leur relation.

Ce lien était-il si précaire qu'il pourrait se défaire à la première occasion ?

Elle serra des dents.

En vérité, elle redoutait de lui servir un prétexte pour s'éloigner d'elle.

Elle reprit.

— On vous surnomme la Machine. Vous avez la réputation d'être impénétrable. Êtes-vous en train de dire que vous aimeriez être plus sociable ? Que vous allez faire des efforts pour le devenir ?

— Je suis d'une nature renfermée. Cela m'a servi dans le passé, mais ma vie et ma carrière évoluent, et je commence à apprécier une certaine ouverture. Quant à savoir si je saurai mettre en œuvre ce que je souhaite, l'avenir nous le dira.

Il fit une mimique amusée.

— Comme on dit, les habitudes ont la vie dure.

— Avec qui aimeriez-vous vous montrer plus ouvert ?

Sa question lui valut un sourire.

— Grâce à vos interviews, avec le monde entier ! J'en ai dit plus en quelques entretiens que depuis ma naissance ! Plus sérieusement, j'aimerais être plus proche de ma famille, car je me rends compte à présent que j'ai besoin d'elle.

Elle opina sans rien dire, espérant secrètement qu'il ajoute qu'il souhaitait *aussi* resserrer son lien avec elle.

Mais Ivo ne lui avait donné aucune raison d'espérer. Et d'ailleurs cela ne regardait pas les auditeurs. Cette pensée étant absurde, elle tenta de la chasser.

Heureusement il reprit, la détournant de ses illusions.

— Depuis qu'on m'a mis en pension à douze ans, l'idée de faire de l'aviron a dominé ma vie. Mes relations avec ma famille en ont souffert. Elles se sont distendues et, je le sais, c'est une situation qu'il faut que je corrige.

Heureuse de cette confession, elle lui fit un grand sourire d'encouragement.

Elle ne saurait jamais s'il avait finalement renoué avec sa famille. C'était dommage…

Pour se donner une contenance – ne pas penser qu'à partir de demain elle n'entendrait parler de lui qu'à travers les bribes de conversation qu'elle glanerait auprès de Kara et d'Alice –, elle plongea le nez dans ses notes.

— Étant donné les sacrifices qu'exige une carrière de sportif de haut niveau comme la vôtre, diriez-vous que votre unique motivation était de décrocher une médaille d'or ?

— Je suis fier d'être monrosien. Je voulais cette médaille d'or pour mon pays. Je suis conscient des privilèges dont je bénéficie en tant que membre de la famille princière. Il me semble que je dois contribuer à l'identité et au succès de Monrosa. Cette médaille est ma contribution.

Il reprit son souffle.

— Je suis quelqu'un qui a toujours préféré adopter un profil bas. J'espère que mes concitoyens comprennent ma préférence pour ce style de vie. Cela ne veut pas dire que Monrosa ne compte pas pour moi. Maintenant que je vis toute l'année ici, je goûte les charmes de ce pays. Je veux qu'il continue de bouillonner…

Elle remarqua qu'il était ému.

— Je suis fier des transformations que mon frère aîné Edwin a déjà entreprises, et je joindrai mes efforts aux siens pour améliorer encore le quotidien des Monrosiens et accroître le rayonnement de notre île dans le monde.

Elle hésita et, après quelques secondes, se décida. Se demandant s'il allait répondre sincèrement, elle le regarda droit dans les yeux.

— L'abdication de votre père au profit de votre frère Edwin a choqué le monde. Et vous ?

Ivo inclina la tête.

— Oui, ça m'a fait un choc. Régner était tout pour mon père. Encore plus après le décès de ma mère. Cette responsabilité lui donnait un but, une raison d'être. Je n'aurais jamais imaginé qu'il abdique. Mais il a estimé que Monrosa méritait une gouvernance plus jeune. Plus dynamique. Avec plein de projets et d'idées nouvelles. J'admire la décision qu'il a prise. Rien ni personne ne l'y contraignaient…

Ivo lui fit signe d'arrêter l'enregistrement.

— En fait, ce n'était pas la seule raison de son abdication. Il l'a fait pour obliger Edwin à se marier et avoir des enfants.

Avait-elle bien entendu ?

— Tu veux dire qu'il a forcé ton frère à se marier ?

— Oui. Edwin et Kara, c'est un mariage arrangé.

— Non ! Ils sont amoureux comme pas deux !

Sidérée, elle s'arrêta. Ce n'était pas possible ! Il inventait.

— Je sais. Ils ont toujours été fous l'un de l'autre, mais il a fallu l'intervention de mon père pour qu'il se passe quelque chose.

— Tu veux dire que c'est une espèce de coup monté ?

— Oui… Si l'on veut. Mon père voulait des héritiers pour la couronne. Il est bourré de défauts, mais il y a une chose qu'on ne peut pas lui enlever : il adorait ma mère. Je pense qu'il a voulu la même chose pour mon frère.

— Pour Luis et pour toi aussi, alors ?

Il opina.

Le souffle coupé, elle le dévisagea.

L'idée que le père d'Ivo allait peut-être le marier était monstrueuse ! Heureusement, elle était assise, car en s'imaginant devant son téléviseur en train de regarder Ivo sortir de l'église au bras de sa femme, elle sentit que la tête lui tournait. Prise de vertige, au bord du malaise, manquant d'air, elle plaqua la main sur son cou et agrippa de l'autre le siège de son fauteuil.

Ivo avait beau dire qu'il ne se marierait pas, devant l'insistance de son père, il se laisserait peut-être faire. Oui, sans doute cèderait-il.

Elle prit son courage à deux mains et, au lieu de lui poser la question qui lui brûlait la langue – pourquoi m'as-tu fait cette confidence ? –, elle lui adressa le sourire le plus dégagé qu'elle put.

— Je suis sûre que tu seras un papa poule formidable… Quand tu te décideras à être père.

Il la regarda, l'air surpris.

— Eh bien, oui, insista-t-elle. Je t'ai vu avec Gabriela. Avant le baptême, je me disais que si tu devenais père, je plaindrais tes enfants. Ça ne serait pas rigolo tous les jours. Tu serais psychorigide, distant et strict. sévère. Maintenant, je sais que tu seras un papa gâteau.

Un sourire triste aux lèvres, Ivo remua bizarrement les épaules. Comme si quelque chose dans son col le démangeait.

— Bien, si nous retournions à nos moutons ?

Elle consulta sa liste de questions sans vraiment prêter attention à ce qu'elle lisait, la tête ailleurs.

La croyait-il quand elle disait qu'il serait un bon père ? Accordait-il une quelconque valeur à ce qu'elle pensait ?

Mais pourquoi se poser ce genre de questions ? Où voulait-elle en venir ? Savoir s'il pensait qu'elle ferait une bonne mère ?

Elle avait trop de choses dans la tête. Il fallait qu'elle fasse le vide. Ce week-end n'était qu'une aventure, l'occasion de prendre un peu de plaisir. Elle avait tort de décortiquer ce que disait Ivo, d'accorder de l'importance à ce qui n'était qu'une parenthèse dans sa vie.

Elle releva la tête de ses notes. Appuya sur la touche Enregistrement.

— Vous arrive-t-il de trouver la vie publique pesante ?

Il la regarda avec une telle insistance qu'elle dut inspirer très fort pour ne pas flancher.

— Je vous l'ai dit plus tôt, je n'aime pas m'afficher. Mon échec au championnat d'aviron m'a cassé, mais c'est dès après le décès de ma mère que j'ai dû me battre contre ma nature renfermée. Faire bonne figure en public m'a beaucoup coûté…

Ivo sentit – entendit presque – son cœur cogner dans sa poitrine.

C'était la première fois qu'il se livrait de cette façon. Il n'en revenait pas. Son statut de prince lui imposait d'être stoïque et de ne jamais étaler ses sentiments, ni joies, ni peines. Or, c'était exactement ce qu'il était en train de faire.

C'était la faute de Toni et de ses questions. Aucun journaliste avant elle n'avait cherché à creuser pour savoir qui il était vraiment. D'accord, elle ne lui avait pas mis le couteau sous la gorge pour l'obliger à répondre. Il avait répondu parce qu'il avait envie de parler, de dire sa difficulté à s'accepter. Envie que les gens comme lui comprennent qu'ils n'étaient pas seuls dans leur mal-être.

C'était comme si Toni l'avait décadenassé. Était-ce le résultat de sa présence dans la *finca* ? Sa présence souriante et joyeuse qu'il avait finalement appréciée malgré sa réserve du début ? Ou l'effet de l'épuisement physique qu'il éprouvait pour s'être trop adonné aux plaisirs du sexe ? Ou la sérénité qu'il ressentait lors de leurs étreintes quand, lui faisant l'amour, il la regardait dans les yeux et qu'elle lui souriait tendrement, acceptant ses baisers ardents, ses caresses profondes, sans frein, comme si les moments intimes qu'ils partageaient la transportaient comme par magie dans un monde de merveilles.

— Souhaitez-vous parler de votre mère ?

Il ferma les yeux un instant.

La plaie du deuil n'avait jamais cicatrisé. Mais il n'était pas le seul à avoir perdu un parent. À cet instant précis, des pères et des mères laissaient des orphelins. Peut-être pouvait-il leur dire, à ces enfants meurtris, qu'ils avaient le droit de pleurer ?

— Quand elle est morte, j'ai été… comment dire ? Assommé et immensément triste. Au début, j'étais tellement sous le choc que je ne pouvais plus parler. Quand j'ai récupéré un peu et que j'ai voulu parler, mes proches étaient pour la plupart passés à autre chose. Ils avaient fait leur deuil à leur façon. Si des parents ou des personnes en charge d'enfants orphelins m'écoutent, je ne puis que leur conseiller de laisser ces enfants exprimer leur chagrin, aussi longtemps qu'ils en ont besoin. Il faut du temps pour surmonter une telle épreuve. L'essentiel est de respecter la souffrance et de savoir être présent quand le besoin de parler renaît.

— Vous-même, avez-vous trouvé des oreilles bienveillantes ?

Il haussa les épaules.

— Je n'étais pas prêt. Et, autour de moi, il y avait aussi du désespoir.

Se rappelant l'attitude de son père après l'accident, il se bloqua. Il ne lui avait jamais pardonné sa colère et encore moins l'obligation qu'il lui avait faite de défiler le jour des funérailles. Mais, la veille, son père avait promis de parler de tout cela. C'était la première fois qu'il faisait preuve d'une telle ouverture envers lui.

Il hocha la tête. Il n'allait pas assassiner son père sur les ondes. Aucun des deux n'en tirerait avantage.

— Longtemps, j'ai cru que me renfermer sur moi-même et nier mes sentiments m'aideraient à m'en sortir. Je me suis coupé des miens pour pouvoir pleurer sans me cacher, gérer mon remords, et surtout la monstrueuse culpabilité qui me hantait.

— *Quelle* culpabilité ?

Bon sang ! Ça allait durer encore longtemps, cet interrogatoire ? Elle n'avait rien d'autre à faire ? Il n'allait pas les assommer avec son histoire, elle et les auditeurs !

Son caprice : avoir insisté pour qu'elle monte avec lui ce jour-là, alors qu'elle n'était pas bien. La chute de cheval de sa mère. Lui qui la laisse pour aller chercher du secours.…

Quel intérêt y avait-il à faire étalage de ses torts pour que les autres s'en gargarisent ?

— L'accident de ma mère ! Si je n'avais pas galopé loin devant elle, elle serait peut-être toujours en vie. Ensuite, je le dis pour la Xième fois, j'ai fait l'erreur de me renfermer sur moi-même. Aujourd'hui, je sais que le contact avec les autres est important. Je peux même dire que je l'apprécie. Oui, j'ai changé. Et mon attitude envers mes proches est en train de se modifier. Je ne veux pas que les tensions qui affectaient notre famille impactent la future génération.

Toni sourit et jeta un coup d'œil à sa liste de questions.

— Quels sont vos espoirs pour l'avenir ?

Quelques jours plus tôt, il aurait répondu sans hésiter : développer Pacolore Investments, engager de nouveaux talents pour diversifier notre offre, réhabiliter des villages en déshérence. Mais, après ce week-end avec Toni, après avoir pris conscience du plaisir d'avoir une compagnie à la *finca*, la question de ses aspirations personnelles devenait une *vraie* question, prématurée pour l'instant car il ne savait pas précisément ce qu'il souhaitait vraiment.

Il hocha la tête.

Si, il le savait mais, pour l'heure, il préférait faire l'autruche ou, plus exactement, ne pas encore en parler.

— J'ai une vie très remplie. Je ne vois pas ce que je pourrais changer, excepté passer plus de temps avec ma famille.

Toni opina, mais il nota une certaine retenue dans son sourire.

— Nos auditeurs seront sûrement curieux de savoir comment votre vie a évolué. Nous accorderez-vous un autre entretien à l'avenir ?

La proposition de Toni le fit sourire. Il détestait les interviews, mais la perspective de la revoir lui plaisait.

— Vous voulez dire pour un week-end de quatre jours, comme cette fois-ci ?

— Comme vous voudrez. Au téléphone, si vous préférez

Toni haussa les épaules pour lui montrer que, quoi qu'il décide, cela lui était indifférent.

Était-ce vraiment ce qu'elle ressentait ? N'avait-elle pas envie de le revoir, sincèrement ? Et s'ils se revoyaient, serait-ce seulement pour un podcast ?

Elle rapprocha le micro de ses lèvres.

— Mon entretien avec le prince Ivo, ici, à Monrosa, touche à sa fin. Merci pour votre hospitalité…

Elle posa les yeux sur lui, sourit – mais ses lèvres tremblaient – et éteignit son équipement. Puis elle se leva et commença à tout ranger.

— D'habitude, je revois rapidement la séance avec mon invité, mais il fait tellement beau dehors que ce serait dommage de ne pas profiter du soleil. Je ferai mon pitch à Londres la semaine prochaine.

Elle ne disait pas la vérité. Cela s'entendait, cela se voyait. Qu'avait-elle comme motif pour ne pas faire son pitch tout de suite ? Allait-elle critiquer son mode de vie ? Ou le critiquer lui, tout simplement ?

— Que comptes-tu dire de ton séjour ici ?

Sans lever les yeux, elle répondit qu'elle ne savait pas.

— Je pense que je manque de sommeil, ajouta-t-elle. Je n'ai pas les idées en place. Tout est confus dans ma pauvre tête.

La tristesse dans sa voix le frappa.

Elle n'avait pas les idées en place ? Lui non plus. C'était comme si sa lucidité s'était évaporée... Lui dont les clients de Pacolore Investments vantaient le raisonnement éclairé ! Mieux valait qu'ils ne soient pas témoins de cet épisode...

Tout à ses pensées, il ne répondit pas.

Devait-il la laisser partir, accepter que ce week-end n'ait été que ce qu'il était, ou prendre le risque d'inviter quelqu'un à entrer dans sa vie ?

C'était tout simplement incroyable qu'il se pose cette question.

L'air un peu déboussolé, Toni alla sur la terrasse, s'étira et resta là à contempler la mer.

La magie de San Jorbo avait opéré. Elle semblait sous le charme de l'endroit.

Se rappelant combien elle avait été agitée au début, il sourit malgré lui.

Pourrait-elle être heureuse ici ? Ou ressentirait-elle très vite le besoin de humer l'odeur de macadam et de gaz d'échappement du trafic d'une grande ville ?

Elle tira ses cheveux en arrière pour se faire une queue-de-cheval. Satisfaite, elle se retourna et lui sourit, tellement tendrement qu'il en fut bouleversé.

Non, il ne pouvait pas la laisser partir. Il fallait qu'il trouve un moyen pour la garder dans sa vie.

La main en visière sur le front pour se protéger du soleil, Toni regardait l'endroit qu'Ivo pointait du doigt.

— C'est la chapelle de San Amaro. Elle date du XVIe siècle. Elle a été édifiée au point le plus occidental de l'île. C'est le symbole de bienvenue que Monrosa adresse aux marins.

Empruntant un chemin étroit, ils s'approchèrent de la chapelle.

De petits groupes de personnes, sans doute des touristes, tournaient autour de l'édifice. Au loin, la Méditerranée brillait sous un soleil ardent.

Elle adorait cette île. Surtout cette côte, éloignée de tout. Elle y puisait une sérénité qu'il y a peu de temps encore elle aurait fuie. Elle comprenait maintenant qu'Ivo aime la solitude de San Jorbo – l'immersion totale dans la nature et le silence propice à la réflexion. C'était quelque chose qu'elle souhaitait dorénavant aussi pour elle.

Aurait-elle le courage de revenir à San Jorbo ? De surmonter sans flancher les souvenirs doux-amers attachés à cette île ?

Ivo, qui la précédait, s'arrêta au bord du chemin.

— Ça va ? Veux-tu que l'on s'arrête un peu ? Tu as peut-être soif ?

Elle fit non de la tête avec un grand sourire pour qu'il croie que *oui, oui, oui,* elle allait très bien et que tout allait pour le mieux.

Puisque tout allait bien, il se retourna pour continuer. Elle soupira en le regardant marcher à grandes foulées, d'une démarche élastique, souple et agile sur ses grandes jambes.

Attention, elle ne devait pas commencer à espérer et à rêver ! Il ne fallait pas confondre, ce qu'elle vivait là n'est même pas une amourette. Elle avait passé des années avec Dan, accrochée à ses basques faute de mieux, dans une relation toxique. Elle n'allait pas remettre ça aujourd'hui, s'embarquer dans une situation bourrée d'incertitude, de doute et d'espoir vain !

En approchant de la chapelle, ils comprirent que, en guise de touristes, c'était un mariage qui allait être célébré. Le groupe reconnut tout de suite Ivo, qui alla féliciter le jeune couple, fier d'être salué par le fils de l'ex-monarque. Le père de la mariée, tout excité, leur présenta la famille et les invita aux réjouissances, mais Ivo refusa aimablement.

Toni ne le quittait pas des yeux.

Il était méconnaissable. Il parlait non seulement aux mariés mais à leurs proches, très à l'aise. Où était passé l'homme renfermé qui disait se plaire à l'écart de l'humanité ? L'homme qui se complaisait dans le silence et la solitude ? La vie publique ne lui plaisait peut-être pas, mais les contacts en petit comité lui convenaient bien. Il y semblait vraiment à l'aise, amical, chaleureux même.

En voyant la mariée pénétrer dans la chapelle au son d'une guitare sèche, Toni se détourna.

Bien qu'elle rêve d'une nouvelle nuit avec Ivo, il était urgent qu'elle s'en aille si elle ne voulait pas s'effondrer à ses pieds, le cœur en miettes.

Après cela, ils prirent la route du littoral pour regagner San Jorbo.

— Ça va, Ivo ? dit Toni. Tu as l'air complètement ailleurs.

Il haussa les épaules et souffla pour chasser l'angoisse qui l'étreignait.

— Je pense à la semaine prochaine. Les marchés étaient fébriles la semaine dernière à cause des approvisionnements en pétrole.

Elle plissa le front, et il sut qu'elle ne le croyait pas.

Mais bon ! Comment lui dire la vérité ? Comment lui dire que, quelques minutes plus tôt encore, il avait failli lui proposer qu'ils se revoient et même songé à lui demander de sortir avec elle.

Mais cette idée était absurde. Ils n'étaient pas faits pour vivre ensemble. Elle méritait mieux qu'un homme incapable de s'engager pour de bon. Un homme qui, s'il se mariait un jour, ne serait pas rayonnant de bonheur le jour de son mariage comme le couple vu un peu plus tôt à San Amaro.

Il vivait dans ses pensées, retranché dans son désert affectif. Il se sentait sentimentalement fragile, tout simplement incapable d'aimer une femme, même s'il détestait se l'avouer.

À une fourche du chemin, ils s'arrêtèrent. Il y avait une belle plage en bas. Il avait envie de descendre, de s'allonger sur le sable avec Toni, de l'écouter bavarder et rire… Envie de se perdre dans leurs caresses et leurs baisers. Mais au lieu de descendre, il consulta l'heure à sa montre.

— On a mis plus de temps que prévu, prétendit-il. Je dois rentrer à la *finca*. Les bourses étrangères sont ouvertes aujourd'hui.

— Je croyais qu'on devait pique-niquer, dit-elle, essayant de cacher sa déception.

— Oui, mais…

— Pas de problème, l'interrompit-elle, adoptant un ton faussement dégagé. En fait, ça me va très bien. Maintenant que nous en avons terminé avec l'interview, je vais pouvoir avancer mon retour pour Londres à aujourd'hui. Cela tombe à pic, puisque tu es pris.

Toni se força à sourire.

Elle mourait d'envie de rester, de voir une dernière fois Ivo prendre sa douche le matin, tartiner de miel son pain grillé, l'entendre, sérieux comme un pape, parler affaires au téléphone. Elle voulait rester jouer avec Paco et Lore, et avec lui le soir, et l'entendre rire des facéties des chiens. Elle voulait faire l'amour avec lui, le jour, la nuit, tout le temps.

C'était trop tôt pour se dire au revoir. Trop tôt pour être privée de l'ivresse, de la liberté, de l'équilibre qu'ils avaient trouvés ensemble. Encore quelques jours. Ce n'était pas trop demander, si ?

— Si c'est ce que tu veux.

Quel ton ! Distant. Froid. Elle faillit pleurer. Se ressaisissant, elle plaqua un sourire sur son visage.

— Je crois que ça vaut mieux, non ?

Sur ces mots elle reprit sa marche, furieusement, comme si des rafales de vent la poussaient.

Elle était déçue, dépitée…

Qu'espérait-elle ? C'était elle qui avait parlé de partir. C'était elle qui l'avait décidé. Elle ne savait pas ce qu'elle voulait. Elle l'avait dit elle-même, elle n'était pas dans un mode relation à long terme. Surtout pas de sentiments…

Alors ?

Oui mais, avec Ivo, cela aurait pu être différent. Elle croyait qu'il le sentait lui aussi. Que ce n'était pas que des galipettes en passant, mais de… De l'amour. Car, oui, elle était amoureuse.

Et voilà. Ce n'était pas exprimé ouvertement, mais elle le pressentait. Elle était amoureuse. Et pas qu'un peu.

C'était navrant de bêtise !

Allons, un peu de jugeote. Était-elle vraiment amoureuse ? Voyons voir. S'il l'appelait maintenant et lui demandait de rester, que ferait-elle ?

Elle serait excitée, évidemment… mais pas plus de cinq minutes. Ensuite, ce serait la panique. Parce qu'elle ne saurait pas si elle pouvait lui faire confiance. Parce que se lancer dans une histoire sérieuse avec un autre homme après ce que « l'autre » lui avait fait subir, elle n'était pas sûre d'en avoir envie. Parce qu'elle savait qu'elle ne penserait qu'au jour où il lui annoncerait qu'il s'en allait. Comme Dan. Comme son père. Elle l'aimait, mais elle tremblerait à l'idée de ce qu'il pourrait lui infliger comme chagrin. Elle ne serait jamais tranquille avec lui. Avait-elle vraiment envie de ça ?

Ivo essayait de se concentrer sur ce que lui disait son interlocuteur au téléphone mais il n'y arrivait pas. Sa tête allait éclater.

Toni partait.

Il aurait dû être heureux à l'idée de cet éloignement. Ce qu'il se passait entre eux était trop… Comment dire ? Il sentait que le contrôle de sa vie lui échappait.

Il n'empêche, sa précipitation à le quitter le prenait de court. Il savait qu'il ne lui offrait pas l'amour dont elle rêvait, ni l'ouverture, ni la conviction qu'il fallait pour entamer une relation sérieuse, mais la facilité avec laquelle elle s'en allait le déconcertait.

Pivotant sur sa chaise, il la vit, à la porte de son bureau. Depuis quand était-elle là, avec ses cheveux mouillés, dans la robe jaune qu'elle portait à son arrivée à Monrosa ?

Elle le regarda fixement puis lui sourit. Un sourire lumineux qui lui fit d'autant plus mal au cœur.

— Je peux te parler deux minutes ? murmura-t-elle.

— Je vous rappelle plus tard, dit-il au téléphone.

Et il raccrocha.

Elle fit deux pas dans le bureau puis recula d'un pas. Il comprit qu'elle tenait à garder ses distances.

— Tu vas être content. Je viens te dire que j'ai réussi à changer mon billet d'avion. Mes bagages sont prêts. Je suis sur le départ.

Il se leva.

— Tu t'en vas ? Tout de suite ?

— Oui, mon taxi ne va pas tarder. C'est bien, tu ne m'auras plus dans les pattes.

Il pensait qu'elle partait ce soir. Sûrement pas tout de suite.

Il aurait dû être soulagé. il ne serait plus tenté de lui demander de rester, plus tenté de lui dire qu'ils pouvaient réussir ensemble. C'était peut-être un peu vague mais… Mais dans quel but ?

Pris de panique, il la fixa.

— J'espérais que nous aurions le temps de parler.

— De quoi ?

Il avança vers elle.

— Il s'est passé des choses, ces derniers jours… Tu es bien d'accord ?

Haussant les épaules, elle regarda par la fenêtre.

— Ah ! Voilà mon taxi.

Elle partit en courant dans le couloir, le laissant debout au milieu de la pièce, sidéré.

Sa stupéfaction passée, il courut derrière elle, prit sa valise au passage dans le couloir. Sans se retourner, sans un regard, elle ouvrit la porte pour sortir, mais il eut le temps de lui barrer le passage. Dehors, le moteur du taxi ronflait.

— Reste. Il faut qu'on parle.

Elle hocha la tête.

— Merci, mais je veux vraiment retourner à Londres. Merci pour ce formidable week-end.

Il la regarda avec attention.

Elle avait beau sourire, il vit que son sourire était forcé. Et il n'y avait pas que le sourire, la voix aussi sonnait faux.

Elle brandit la mallette de son matériel d'enregistrement.

— Je vais éditer l'entretien et t'en enverrai une copie à la fin de la semaine ou la semaine prochaine.

Nouveau sourire.

— Merci pour cette interview. Et…

Elle marqua un temps d'arrêt. Les joues rouges, l'air bravache, elle insista.

— Merci pour tout. C'était sympa.

— Tu sais que tu n'es pas obligée de partir.

Son sourire se figea.

— Si.

— Pourquoi ?

Les yeux plissés, les traits tendus, elle le regarda.

— S'il te plaît, Ivo… C'est déjà assez difficile comme ça. Pour tous les deux.

Il baissa les yeux.

Elle avait raison. En l'espace de quelques jours, elle avait bouleversé le confort et la sécurité que lui assurait son détachement. Elle partait en le laissant fragilisé comme il ne l'avait jamais été de sa vie.

Arrivée dehors, elle s'engouffra dans le taxi. Il lui dit au revoir d'un geste de la main, auquel elle répondit en haussant les épaules. Elle était déçue, son air triste la trahissait.

Cloué sur place, il regarda Paco et Lore se lancer à la poursuite du taxi qui traçait sa route entre les champs d'oliviers.

Il aurait dû la rappeler avant qu'elle monte dans le taxi. Il aurait dû prendre sa voiture et les suivre. au lieu de quoi, il resta là, hébété, à regarder filer le 4x4 qui emportait la seule femme qui ait su le réveiller à la vraie vie.

9.

D'humeur maussade, Toni déboula dans la cuisine que ses colocataires avaient négligé de nettoyer après leur petit déjeuner.

— Elles se fichent du monde, gronda-t-elle.

Il était dix heures passées. Elle n'avait pas l'intention de se coucher tard hier, pas plus que les autres soirs de la semaine, mais l'idée d'être au lit, les yeux au plafond à penser à Ivo, la déprimait tellement qu'elle avait repoussé le moment d'aller s'allonger.

Cela faisait deux semaines qu'elle avait interviewé Ivo de Monrosa. Son podcast était programmé pour dans deux jours, et elle ne l'avait pas encore édité. Elle s'était inventé toutes sortes de prétextes pour excuser son retard, mais, aujourd'hui dernier carat, elle devait le rendre.

Elle devait le faire parvenir au palais et à Ivo pour leur accord avant l'émission.

Demain, elle s'envolait pour Amsterdam pour un entretien avec un nouvel invité. Elle aurait dû être aux anges. À la place de l'excitation qui, normalement, lui aurait fait pétiller les yeux – elle n'avait pas remis les pieds en Hollande depuis des lustres –, elle affichait un air bougon, et elle était à plat.

Pourquoi avait-il fallu qu'elle tombe amoureuse ? Qu'elle s'englue dans une mélasse de sentiments, alors qu'Ivo ne ressentait rien ? Son imagination l'avait trompée. Elle avait cru à une attirance réciproque, sexuelle ET émotionnelle quand, de sa part à lui, il n'y avait rien que la jouissance du plaisir égoïste qu'il prenait.

Elle aurait dû se méfier. Elle était incorrigible !

Kara et Alice lui avaient téléphoné dès son retour à Londres. Elles voulaient savoir comment ces quatre jours s'étaient passés.

— Tu n'es pas restée longtemps au palais, avait mentionné Alice.

— On se voit très vite, avait renchéri Kara.

— Je n'ai pas grand-chose à vous raconter, avait rétorqué Toni. Ivo et moi, on n'a rien en commun.

Kara, qui espérait que son rôle d'entremetteuse ait fonctionné, avait raccroché, déçue.

C'était gentil de sa part de vouloir qu'elle connaisse le même bonheur qu'elle, avait pensé Toni. Mais les sentiments ne se commandent pas.

Elle débarrassa la table et attendit que l'eau bouille.

Sa tasse à la main, elle s'assit à son bureau et commença à écouter les enregistrements.

Mon Dieu, comme sa voix était mauvaise ! Pas radiophonique pour un sou. Elle était nerveuse, excitée. Ivo, lui, concis, calme, répondait du bout des lèvres. Lapidaire souvent, pas forcément gracieux.

Comme elle s'y attendait, l'entendre la bouleversait.

Elle ferma les yeux.

Au moment de son départ, debout sur les marches il lui avait dit au revoir de la main, comme à une vieille tante qu'on aime bien mais qu'on n'est pas mécontent de voir partir.

Une fois dans le taxi, le cœur gros, elle avait pleuré en silence. Elle avait tort, il ne lui avait rien promis. Encore heureux qu'elle ne lui ait pas avoué qu'elle l'aimait dans un moment de tendresse excessive ou d'égarement. Oh là là, elle se serait couverte de ridicule !

Son café refroidissait.

Elle rouvrit les yeux.

L'émotion à fleur de peau, elle écouta la bande, s'arrêtant par moments pour une correction ou pour éliminer ce qui lui semblait hors sujet. Peu de choses en réalité, car elle avait pris soin d'éteindre son micro quand ils s'éloignaient de leur propos.

« J'avais besoin de temps, seul, pour pouvoir pleurer sans me cacher. »

Elle appuya sur Arrêt.

C'était le passage où il avait parlé du chaos qui avait suivi le décès de sa maman.

Dans une lueur d'espoir, elle se dit qu'il avait peut-être, également, besoin de temps pour penser à eux. Que, avec le temps, il prendrait conscience de la nature exceptionnelle de leur rencontre. Que…

Mais pourquoi s'enfermer dans cet espoir ? Et d'abord, était-elle sûre de l'aimer vraiment ?

Elle enleva son casque et s'approcha de la baie vitrée.

En bas, la rue était déserte. Seulement des voitures garées le long du trottoir.

Elle avait adoré faire l'amour avec Ivo. Leurs promenades, la plage… Avec lui, elle sentait qu'elle ne craignait rien, ce n'était pas comme avec son père out avec Dan. À eux deux, ils lui avaient fait perdre confiance en elle et dans l'espèce humaine tout entière.

Dommage. Ivo et elle, c'était du gâchis. Mais elle ne pouvait pas le forcer à l'aimer et à vivre une vie qu'il n'envisageait pas. Il ne lui restait plus qu'à apprendre à vivre seule. À se dire qu'elle était capable de s'assumer.

Debout sur la terrasse de la *finca*, Ivo regardait Paco et Lore gambader vers la plage.

La vie au palais ne leur convenait pas. Comme ils couraient

partout, on les chassait. À San Jorbo, ils étaient heureux. C'était pour eux qu'il était revenu…

À reculons. Ici tout lui rappelait Toni. La plage, qu'il devinait en bas, leurs étreintes dans la mer, leurs ébats… Il avait adoré faire l'amour à Toni. Au palais où il avait erré pendant ces deux semaines, il avait revu ses frères et ses belles-sœurs, sa nièce Gabriela aussi, et surtout, son père. Il avait éprouvé le besoin de le revoir. Malgré tout ce qui les opposait, c'était son guide, son modèle. Il avait surtout besoin de savoir que son père l'aimait. Finalement, sa famille comptait beaucoup pour lui. Toute sa famille.

Le soleil baissait. S'il voulait se baigner, c'était tout de suite.

Au lieu de se préparer, il ferma les yeux et écouta les cigales.

Elles étaient synonymes de San Jorbo, et San Jorbo, synonyme de paix. Il en avait besoin après les tracas professionnels de la journée.

Mais l'image de Toni ne le quittait pas.

Dès son arrivée, il y avait plus de deux semaines maintenant, il ne s'était pas caché. Elle avait pu voir qui il était. Secret, introverti, fracassé. Quelqu'un d'invivable. À la dernière interview, il lui avait semblé que les questions qu'elle lui posait, elle les posait pour elle personnellement. Pas pour ses auditeurs. Étrange…

Pourquoi l'avoir laissée partir, alors ? Était-ce si difficile de lui demander de rester ? Si terrifiant ? Son besoin de liberté commandait donc tout ?

Il soupira.

Elle croyait en lui, il en était sûr. Enfin, quelqu'un qui croyait en lui ! C'était ce qu'il cherchait depuis toujours. Une personne qui lui fasse confiance, qui partage les mêmes espoirs et les mêmes rêves que lui pour l'avenir.

La tête penchée en arrière, il étudia le ciel. Vénus brillait comme un diamant, elle semblait le narguer, la punaise !

Il ne voulait plus être seul.

Sa mère était morte jeune. La mort lui avait volé des années de bonheur. Avec ses fils. Avec son mari qui l'adorait. Avec Gabriela. Il n'avait pas été fichu de la sauver, le jour de sa chute de cheval, mais il pourrait quand même lui rendre hommage aujourd'hui en adoptant l'attitude qu'elle aurait aimé qu'il ait.

Il fallait qu'il arrête de se mentir. Qu'il admette qu'il voulait aimer et être aimé.

Il ferma les yeux.

Et si Toni disait non à son amour ? Et si elle ne l'aimait pas ? Quand il lui avait fait l'amour, son regard, ses caresses, son ardeur, ses gémissements... Tout lui avait semblé sincère, vrai. Il ne pouvait pas s'être trompé, c'était de l'amour. Un véritable amour !

Oui, mais... Il ne se fiait pas à son instinct, il était trop logique pour ça.

Peut-être, mais aujourd'hui, s'il voulait bien écouter son instinct au lieu de ses peurs, il l'entendrait lui crier qu'elle l'aimait.

Il fallait qu'il lui dise le fond de sa pensée. De son cœur. Ses peurs et ses faiblesses, ses espoirs et ses rêves pour l'avenir. Il fallait qu'il parle. Avant tout, il fallait qu'il soit honnête envers elle. Son silence et son éloignement ne l'étaient pas.

Perplexe, il s'appuya au muret de la terrasse.

Il savait combien les dégâts causés par Dan et par son père l'avaient sensibilisée. Lui-même, il n'avait pas été parfait. Il lui devait des excuses. Mais en serait-il capable ? Et si elle n'en voulait pas, de ses excuses ? Il n'était peut-être pas la personne qu'il lui fallait, après tout. Elle recherchait sans doute quelqu'un de plus sensible, de plus généreux, de moins compliqué que lui. Saurait-il la rendre heureuse ?

Son avion ne décollant que dans quelques heures, Toni

avait pensé aller visiter le Rijksmuseum, mais, rebutée par la file d'attente, elle avait renoncé.

Comme elle avait un peu de temps devant elle et qu'il faisait beau, elle avisa un banc libre et alla s'asseoir en traînant sa valise.

À peine assise, elle entendit son portable sonner. C'était encore un message de Kara.

Es-tu toujours avec Kaag ?

Elle tapa que non et expliqua à son amie qu'elle passait le temps sur un banc au bord du canal Herengracht et qu'elle était fascinée par les vélos qui roulaient dans tous les sens.

Son interview avec le Chef étoilé Evi Kaag avait été passionnante. C'était un créatif, un génie de la nouvelle cuisine. Chacun de ses plats était une œuvre d'art. Son enthousiasme avait le don de faire naître des vocations chez des jeunes gens qui n'étaient pas destinés à ce métier et qui le découvraient grâce à lui. Il lui avait parlé de sa vie, de ses échecs personnels. Un divorce et d'autres difficultés… Il s'était livré sans retenue.

Immanquablement, elle avait pensé à la différence de tons entre Ivo de Monrosa et Evi Kaag, mais elle avait aussi établi un parallèle entre leurs deux vies.

Était-elle sûre de bien connaître celui qu'on appelait la Machine ?

Penser à son surnom la fit sourire. Malgré tous ses défauts, il lui manquait. Son calme, ses regards qui la faisaient frissonner, sa gentillesse et son humanité lui manquaient. Ajouté à ces qualités, un ego sous-dimensionné… Cette « Machine » était un amour.

Sur un banc non loin d'elle, des amoureux s'embrassaient, et rien qu'à les voir, la certitude que quelque chose de précieux lui avait échappé lui mit les larmes aux yeux.

Pourquoi fallait-il qu'ils soient aussi compliqués l'un que l'autre ? C'était simple d'aimer, il suffisait d'ouvrir son cœur…

Alors qu'elle s'essuyait les yeux, elle entendit qu'on lui parlait.

— Toni. Je te cherchais.

Elle sursauta et considéra, incrédule, Ivo planté devant elle.

Un arbre tout proche étendait son ombre sur son visage. Ses traits étaient tendus. Il semblait angoissé, comme s'il pressentait une catastrophe,

Le premier choc passé, elle s'emporta.

— C'était indispensable de me faire peur comme ça ?

— Puis-je m'asseoir ? demanda-t-il, montrant le banc.

Comme il était solennel, subitement !

Il s'assit près d'elle, mais elle se poussa.

— C'est à propos du podcast ? Ça n'a pas plu à ton père ? Ton bureau avait dit qu'on pouvait le programmer. En tout cas, le retour est excellent. Demande à Kara.

— Je ne suis pas là pour parler de l'interview, Toni. Je suis là pour te demander de m'excuser.

Elle écarquilla les yeux.

— T'excuser ? De quoi ? Et d'abord, comment m'as-tu trouvée ?

— C'est Kara.

— Ah ! Je comprends maintenant tous les messages qu'elle m'envoyait. Mais…

Elle s'arrêta, horrifiée.

— Tu lui as expliqué pourquoi tu voulais savoir où j'étais ?

Il ne manquait plus que Kara se doute de quelque chose !

— Ne te fatigue pas. Ma famille est au courant.

— Quoi ! ?

— Oui, je leur ai parlé de toi.

— Ivo ! Franchement ! Pourquoi as-tu fait ça ? Comme si ma vie n'était pas déjà assez compliquée ! J'ai dit à Kara et à Alice qu'il ne s'était rien passé entre nous. Je vais avoir l'air de quoi, maintenant ? Bravo !

Elle détourna le regard.

Penaud, Ivo baissa la tête.

Furieux de s'être fait gronder par Toni comme un petit garçon, il serra les dents, les poings. Son naturel, le silence, reprenant le dessus, il se tut. Réfléchit.

Dans le fond, il ne la méritait pas. Il ne s'ouvrirait jamais assez pour satisfaire son besoin de confiance.

Se ressaisissant, il desserra les poings. À court de mots, il la regarda.

Il avait besoin d'elle, c'était terrible. Elle lui avait manqué bien plus qu'il ne se l'était avoué. La revoir aggravait encore le sentiment de solitude qui l'avait rongé depuis qu'elle était partie.

Un vent léger soulevait ses cheveux, qui lui caressaient les joues. Il n'avait jamais vu une fille aussi belle. Sa bouche rieuse, l'ourlet fin de ses oreilles, les petites taches de rousseur sur ses bras… Quel charme ! Comment pouvait-on être aussi jolie dans le simple T-shirt blanc et le jean qu'elle portait aujourd'hui ?

Elle se tourna vers lui en soupirant.

— Ivo, tu as l'intention de parler, ou tu vas rester planté là sans rien dire ? Bon sang de bonsoir, quel besoin avais-tu de parler de nous à ta famille ?

— Ce n'est pas toi qui m'as dit qu'il fallait être franc ?

— Oui, mais tu n'avais pas besoin de leur dire qu'on avait couché ensemble !

— Évidemment que je ne le leur ai pas dit ! En revanche, je leur ai dit qu'on s'était trouvé très bien ensemble, qu'on avait beaucoup de points communs mais que j'ai tout gâché… Et que je voulais essayer de recoller les morceaux.

Elle secoua la tête.

— Tu n'as rien gâché ! Il n'a jamais été question que nous restions ensemble. On traîne trop de boulets, toi et moi. Voyons les choses en face. Nous ne sommes pas faits l'un pour l'autre.

Le pensait-elle vraiment ? Elle avait peut-être raison, dans le fond. Mais toute cette tendresse quand ils faisaient l'amour, ces rires qu'ils avaient partagés, leur complicité, même quand ils ne parlaient pas… Tout cela comptait, non ?

— Je ne suis peut-être pas l'homme qu'il te faut, c'est toi qui vois. Mais j'ai beaucoup réfléchi. J'ai tout fichu en l'air, je sais. J'aurais dû te demander de rester à Monrosa. J'aurais dû te dire tout ce que tu représentes pour moi. Si je ne l'ai pas fait, c'est que j'avais fini par me convaincre que j'étais incapable d'aimer.

Il reprit sa respiration.

— J'ai vécu des moments merveilleux avec toi à Monrosa. Je n'avais jamais rien vécu de pareil. J'adore être avec toi, et je voulais te proposer qu'on se revoie. Mais quand j'ai vu les mariés à San Amaro, quand j'ai vu combien ils étaient heureux et sûrs de leur décision, je me suis dit que je ne serais jamais à la hauteur de l'amour que tu mérites. Je suis incapable d'exprimer mes sentiments. Quand tu as dit que tu avançais ton départ, tu ne l'as peut-être pas vu, mais j'ai paniqué. J'ai tout bousillé, et depuis, je suis une épave. Tu me manques affreusement. J'ai voulu me faire croire que j'étais satisfait de ma vie, mais je me mentais. Je n'en peux plus de ma vie de solitaire, j'en ai assez de faire croire que je suis très bien seul. J'ai envie d'être avec toi. J'ai envie de faire ma vie avec toi, Toni.

Triste, comme résignée, elle hocha la tête.

— Sur quoi te bases-tu pour avancer ça ? Qu'avons-nous en commun, à part l'attirance physique ? Faire l'amour, c'est bien, mais on ne construit rien de solide à partir du seul plaisir de faire des galipettes.

Le ton affirmatif de sa remarque le déconcerta. Se sentant humilié, dépité, comme d'habitude en pareille circonstance, il faillit se retrancher dans son silence.

Mais il réagit.

— Au contraire, dit-il avec une assurance qu'il ne se connaissait pas, cette attirance prouve que nous sommes faits l'un pour l'autre. Ton corps le sait. Le mien aussi… C'est notre mental qui doit l'enregistrer…

— Et les sentiments dans cette histoire ? Qu'en fais-tu ?

Fallait-il lui avouer la vérité ? Pas facile mais l'heure était à l'ouverture. À la franchise. Il devait parler.

— Je t'ai aimée dès que je t'ai vue au mariage de Luis. Tu me crois ? Je sais, ça paraît fou.

Elle le regarda, les yeux ronds comme des soucoupes.

— Parce que tu m'aimes ? Mais… Tu as passé ton temps à fuir dès que je t'approchais.

Toujours malhabile à parler sentiments, il inspira profondément pour s'armer de courage.

— Quand maman est morte, dit-il, la gorge nouée, j'ai appris que, pour survivre, le plus facile était d'ignorer ce que je ressentais. Pendant des années, je me suis protégé derrière de l'indifférence et du détachement pour ne pas souffrir. Et quand je t'ai rencontrée, ton ouverture, la facilité avec laquelle tu pouvais parler et même pleurer m'a sidéré. J'ai admiré ces qualités, je t'ai même enviée.

— Avec mes yeux rouges ? En plus, je bafouillais, je crois.

— Ce n'est pas ce que je me rappelle. Tu étais épanouie, sociable, enthousiaste. Tu débordais d'énergie… Et tu étais très, très belle.

Les yeux fixés sans les voir sur le couple d'amoureux qui se caressaient non loin d'eux, elle dit d'une voix triste.

— Nous avons plein de raisons de ne pas nous lancer dans une relation à long terme, tu ne penses pas ? Personnellement, j'ai très peur de m'aventurer dans une nouvelle histoire pour de mauvaises raisons.

— Oublie les mauvaises raisons et dis-moi quelles sont, selon toi, les bonnes raisons pour qu'une relation fonctionne.

La tête pleine à craquer d'idées contradictoires, Toni regarda de nouveau le couple enlacé sur le banc.

— Les bonnes raisons ? répéta-t-elle, pensive. Être proches, intimes. Que l'autre soit à la fois un amant et un ami… Quelqu'un à qui tu peux faire confiance. Je sais, je répète tout le temps la même chose mais, après mon père et Dan, j'ai tendance à ne plus croire personne. Je le reconnais, ce n'est pas juste.

Ivo se tourna vers elle.

— Je *sais* que tu peux avoir confiance en moi, murmura-t-il. Je *veux* que tu me croies.

Elle hésita mais, assaillie de nouveau par les raisons pour lesquelles elle s'était interdit de retomber amoureuse, elle bredouilla.

— J'ai peur de croire que tu m'aimes parce que, le jour où tu… me quitteras, je… Je sais que je ne le supporterai pas.

Ivo glissa sur le banc pour se rapprocher d'elle. Leurs genoux se touchèrent.

Sur le point de fondre en larmes, elle regarda ses grands yeux gris. Ils débordaient d'amour.

— Je ne te quitterai jamais. Franchement, tu penses que je te quitterais après tout ça ? dit-il. Tu m'as brisé en partant, je ne l'aurais jamais cru. Je sais, je suis renfermé, mais il ne faut pas m'en vouloir. J'ai dû me battre contre mes démons pour faire ce que je fais là, en ce moment. Être là tout simplement avec toi et te dire que je t'aime, moi qui suis si maladroit avec les sentiments. Je te veux avec moi, avec ton ouverture, ta franchise, tes rires et même tes papotages. Je supporterai ton désordre… Que tout soit en vrac !

Ils éclatèrent de rire mais retrouvèrent vite leur sérieux.

Toujours perplexe, elle lui demanda ce qu'il espérait d'une relation avec elle. Et ce qu'il ferait si elle souhaitait continuer de vivre à Londres. Et quel était son plus grand regret, et…

Il leva la main pour arrêter le flot de ses questions

— Mon regret ? T'avoir laissée partir.

Il se frotta la nuque. Des secondes passèrent, une éternité pour elle, qui commença à douter.

— Je regrette d'avoir insisté auprès de ma mère pour qu'elle monte à cheval avec moi ce jour-là… Et toutes les conséquences de mon caprice.

— Tu es responsable, Ivo, mais tu n'es pas coupable. Je suis triste que tu aies eu à porter seul le poids de cette responsabilité.

La gorge trop serrée pour continuer, elle lui sourit.

— Merci de m'avoir dit ça, Toni.

Elle posa la main sur la sienne et dit très bas.

— Parfois, j'ai pris ton calme pour une façon de me rejeter. Je ne sais pas pourquoi je comprenais que tu cherchais à te débarrasser de moi.

— Comment une pensée pareille a-t-elle pu t'effleurer ? Tu es tout pour moi, Toni. Tu es le centre de ma vie. Je t'aime.

Elle refoula les larmes qui lui noyaient les yeux.

La sincérité du regard d'Ivo, la passion dans sa voix avaient effacé d'un coup les malentendus et les doutes qui la tenaillaient à l'idée de se lancer dans une nouvelle histoire d'amour.

— J'ai toujours pensé que l'amour est incertain. Mais non ! Ce sont les hommes qui ne sont pas sûrs, pas l'amour. Toi, tu as toujours été vrai, honnête envers moi, et tu m'as respectée. Tu m'as crue alors que moi je refusais de te faire confiance. J'avais peur de souffrir. Je te suis reconnaissante de m'avoir appris à me sentir forte. La meilleure façon de me prouver que je crois maintenant en moi, c'est me fier à mon jugement, qui me dit que je peux totalement te croire.

Elle se tut, avant d'ajouter avec force et conviction – et des larmes plein les yeux :

— Je t'aime, Ivo, je veux vivre avec toi.

Les traits d'Ivo se détendirent. Une grande joie éclaira son visage.

— Si tu savais combien ces mots me rendent heureux ! Redis-les, s'il te plaît !

Elle rit.

— Je t'aime.

— Encore.

— Je t'aime.

Il la prit dans ses bras, l'étreignit, l'embrassa à perdre le souffle. Mais elle le repoussa.

— Finalement, on ne sait pas grand-chose l'un de l'autre. Cela ne t'effraie pas ?

Une péniche passait dans le canal. Il la suivit des yeux.

— En vrai, je commence seulement à apprendre des choses sur moi, grâce à toi…

Voyant qu'elle réfléchissait encore au lieu de se laisser aller à leur tout jeune bonheur, il la reprit dans ses bras et la serra contre lui.

— Je ne suis pas inquiet. Nous serons bien, je le sais.

— Comment vois-tu notre vie future ?

Voyant son visage se crisper, elle paniqua.

— J'aimerais que tu viennes vivre avec moi à San Jorbo et que tu aimes cet endroit autant que moi. Mais si tu veux vivre au palais ou à Londres, on y réfléchira. Il faudra tout de même que je sois de temps en temps à Monrosa pour accomplir mes obligations de prince.

— J'aime déjà Monrosa. Être près d'Alice et de Kara, ce sera formidable. Sais-tu que San Jorbo m'a manqué ! Mais il me faudra un studio pas trop loin de l'aéroport pour aller faire mes interviews.

— Ça ne sera pas un problème.

— J'aime infiniment San Jorbo, mais je te préviens tout de suite, je n'ai pas l'intention de m'y enterrer. Je t'emmènerai à mes soirées, je te traînerai s'il le faut !

Les beaux yeux gris se mirent à briller très fort. Ivo se pencha à son oreille.

— Tu es irrésistible avec du rouge à lèvres et en talons aiguilles.

Elle se mit à trembler.

Comme le couple voisin, il commença un jeu coquin. Il frotta son nez dans le creux de son cou, lui caressa le dos, puis plus bas, la taille, les reins. Il ramena sa main devant elle et pinça sa cuisse, l'embrassant passionnément comme s'ils avaient été seuls au monde.

Cherchant de l'air, elle recula la tête, mais il la rapprocha vite et frotta son nez contre le sien.

— Quand on sortira, il faudra qu'on rentre assez tôt pour profiter aussi de nos enfants, dit-il.

Entre joie et surprise, elle ne put retenir un cri.

— Oh ! Ivo ! L'avenir que tu me laisses entrevoir est… C'est magique. Et est-ce que tu te rends compte que tout cela a été à deux doigts de ne jamais arriver ?

Il lui entoura les épaules et, lui prenant le menton, la regarda droit dans les yeux.

— Oui, dit-il.

Il lui effleura la joue avec son pouce.

— C'est pour cela que je ne considérerai jamais rien comme acquis.

Plus tard ce soir-là, éclairés par la lune et précédés de Paco et de Lore qui gambadaient devant eux, encore plus fous depuis qu'ils avaient une compagne pour leur promenade du soir, Toni et Ivo longeaient la côte. Blottis l'un contre l'autre, emmitouflés dans des vestes en flanelle pour se protéger du vent froid qui tombait de la montagne, ils se donnaient la main.

— Je n'avais pas imaginé que tu allais aussi loin tous les soirs, dit Toni. Je pensais qu'on ferait juste une petite balade.

Ivo hocha la tête.

Il savait qu'il précipitait les choses, mais il était si heureux de l'avoir de nouveau dans sa vie qu'il ne pouvait attendre pour lui faire part de ce qu'il avait imaginé pour eux.

— J'ai quelque chose à te montrer.

— Ah ! Ne me dis pas que c'est encore une de tes araignées monstrueuses ! Je sais que c'est une spécialité de Monrosa, mais quand même…

Arrivé dans une clairière au pied de la montagne, il pointa du doigt l'autre côté de la baie.

— Tu te rappelles la chapelle de San Amaro ? J'aimerais qu'on se marie là… Si tu es d'accord pour un petit mariage.

Interdite, Toni le regarda, puis elle regarda la chapelle, puis de nouveau lui.

— Se marier… À San Amaro ?

— J'aimerais un mariage intime. Maintenant, si tu préfères le cérémonial de la cathédrale… Moi, le jour de notre mariage, je voudrais ne m'occuper que de toi. C'est difficile quand il y a des centaines d'invités.

— C'est une demande en mariage ? Tu… Tu veux vraiment m'épouser ?

Son étonnement le fit rire puis le vexa.

— Pardon, tu aurais sans doute préféré une demande en mariage plus classique. C'est possible, si tu veux. Que préfères-tu, Paris ou Venise ? Avec une bague de fiançailles, bien sûr…

— Ce n'est pas ce que je voulais dire. Il n'y a pas mieux que cet endroit puisque c'est ici que nous vivrons ensemble. Je suis simplement soufflée. Ta demande en mariage est tellement inattendue.

— Tu préfères qu'on en parle une autre fois ? demanda-t-il, dépité.

Elle secoua la tête avec conviction.

— Non, non, non ! Inattendue, je voulais dire que je ne m'attendais pas à ça de ta part. Il paraît que c'est moi qui suis sentimentale et impulsive.

Les yeux brillant d'amour et de rêves, elle lui fit un sourire immense.

— À San Amaro, ce sera magique.

Épilogue

Toni avait voulu une robe de mariée en soie et dentelle ancienne avec des poches. Pour y mettre des mouchoirs parce qu'elle savait qu'elle allait pleurer.

En effet, lorsque Kara et Alice étaient arrivées le matin, resplendissantes dans leurs robes roses de demoiselles d'honneur, elle avait fondu en larmes. Alice, le ventre rebondi par sa grossesse, l'avait particulièrement émue.

Quand, sur le parvis de la chapelle, elle avait donné le bras à sa mère pour entrer et avancer vers l'autel, sa gorge s'était serrée. La chapelle, déjà belle naturellement, était ornée de roses blanches et de branches d'olivier. C'était ravissant.

Les larges sourires du petit groupe d'amis invités au mariage – des amis de Londres, de l'université, et de l'équipe d'aviron avec lesquels Ivo avait gardé le contact – avaient aussi failli la faire pleurer. Mais le mouchoir de linon et de dentelle qu'elle sortait maintenant de sa poche n'était pas pour sécher ses larmes, mais celles d'Ivo.

Discrètement, il le lui prit de la main et se sécha les yeux sous le regard amusé de ses frères, Edwin et Luis, superbes dans leurs jaquettes. Les amis aussi étaient en jaquette. Gabriela, une petite couronne de roses blanches sur la tête – comme celle de Toni –, se mit à gazouiller, déclenchant le rire des invités. Les yeux tout humides mais visiblement radieux, Ivo se pencha vers Toni.

— Je t'aime…

Mais le prêtre commençait à s'impatienter.

— Nous pouvons commencer, dit-il, pour leur faire presser le pas.

Tous deux opinèrent, mais Toni avait décidé de ne pas se précipiter. Elle voulait jouir de chaque seconde de la cérémonie, savourer chaque minute de ce jour extraordinaire.

Ivo déplia la feuille sur laquelle il avait écrit ses vœux et se gratta la gorge pour éviter que sa voix ne craque.

— Toni, tu es le centre de mon monde. Tu m'apportes la joie, la sérénité, le bonheur. Tout au long de notre vie, je te promets de t'aimer et de te respecter. D'être toujours à tes côtés. Je me donne à toi et seule la mort nous séparera.

Toni, débordante d'amour, lut ensuite ses vœux, sans flancher, sans une larme dans les yeux.

Elle savait que leur relation était solide, qu'Ivo l'aimait d'un amour profond et sincère et que la vie ne lui ferait plus d'entourloupettes.

Le père d'Ivo s'approcha alors.

Lui aussi avait préparé quelques mots. Quand il leur avait demandé s'ils accepteraient qu'il parle, ils étaient restés éberlués, car l'ex-monarque ne participait à aucune cérémonie qui ne se déroule pas dans le cadre strict du protocole du palais. Ils avaient dit oui, évidemment, à la fois touchés par l'intention et un peu inquiets par ce qu'il formulerait.

Debout au pied de l'autel, il commença par regarder, tour à tour, chacun de ses fils. Puis il se lança.

— J'ai couché sur le papier quelques réflexions sur l'amour que je souhaite partager avec vous tous.

Il leva les yeux de sa feuille, regarda l'assemblée et reprit sa lecture.

— L'amour se manifeste dans les moments les plus sereins, dans les gestes les plus simples. La caresse d'une main. Un chuchotement. Dans l'acceptation de ce qu'est l'autre. L'amour tient bon dans les tempêtes de la vie, dans les envies de changement. Aimer, c'est être capable de dire au revoir à ce que l'on avait auparavant. C'est prendre la vie à bras-le-corps. Aimer, c'est donner, c'est pardonner. Aimez, mes enfants. À cœur ouvert et dans la joie.

Vous avez aimé *L'été d'un prince* ?
Retrouvez en numérique les trois princes de Monrosa,
de Katrina Cudmore :

1. *Le baiser du prince*
2. *Le play-boy de Monrosa*
3. *L'été d'un prince*

CATHY WILLIAMS

Dans les bras d'un séducteur

Traduction française de
CÉLIA VAL

AZUR

HARLEQUIN

Titre original :
RUTHLESS TYCOON, INEXPERIENCED MISTRESS

Ce roman a déjà été publié en 2017.

1.

D'une humeur massacrante, Cesar s'engagea dans l'allée sombre qu'indiquait le GPS de sa Bentley. Il était plus de 21 heures et le temps s'était singulièrement gâté depuis qu'il avait quitté Londres pour ce coin perdu, en plein milieu du Kent. Pour couronner le tout, la neige s'était mise à tomber et ses essuie-glaces s'agitaient frénétiquement depuis une heure.

Quand il avait fixé ce rendez-vous avec Fernando, il espérait bien que son frère le rejoindrait à son club londonien. Dieu seul sait pourquoi Freddy — comme ses proches le surnommaient — avait insisté pour le faire venir ici. Il aurait dû savoir que son aîné ne mettait jamais les pieds dans des endroits pareils !

Le GPS le conduisit jusqu'à un immeuble qui avait tout d'un entrepôt désaffecté. Cesar étouffa un juron en coupant le moteur. S'était-il trompé d'adresse ? Les murs lépreux étaient couverts de graffitis, et son frère n'était pas du genre à fréquenter pareil taudis. Fernando avait passé sa vie à éviter tout inconfort, et d'ailleurs, il avait plutôt bien réussi jusqu'à présent…

Étouffant un juron, Cesar sortit de la voiture pour examiner la façade du bâtiment : aucune porte n'était en vue… De mieux en mieux ! Autant en prendre son parti, son vendredi soir était bel et bien fichu. Il allait s'en assurer, d'ici à la fin de la soirée, Fernando aurait largement de quoi méditer sur ses inconséquences et regretter l'idée saugrenue qu'il avait eue de faire sortir son frère de Londres par ce temps.

Après quelques minutes, Cesar finit par découvrir l'entrée habilement dissimulée sous des graffitis. Il ouvrit et, sous le coup de la surprise, s'arrêta net sur le seuil. Le lieu ne correspondait en rien à ce qu'il laissait présager de l'extérieur. Une trentaine de personnes déambulaient dans ce qui semblait être un club select. La pièce, plongée dans une pénombre à laquelle il s'accoutumait peu à peu, était meublée des fauteuils de cuir et des sofas, répartis autour de tables basses. Au fond s'étendait un long bar en L autour duquel se tenaient des convives. Il ne fallut pas longtemps à Cesar pour repérer son frère au centre d'un groupe animé. Fernando n'avait pas son pareil pour focaliser toutes les attentions.

Cesar sentit sa colère flamber à nouveau. Il avait pourtant bien spécifié à son frère qu'il voulait un rendez-vous en tête à tête pour discuter du fonds fiduciaire dont il bénéficiait Comment trouver une seconde de tranquillité dans ce qui avait tout l'air d'une soirée privée ? Le faible éclairage permettait tout juste de distinguer le profil des invités, mais connaissant son frère, Cesar ne doutait pas qu'on y trouverait en majorité pin-up blondes, joueurs invétérés et bons à rien, tous partageant la même ambition que lui : dilapider la fortune familiale tout en évitant comme la peste tout ce qui ressemblait à un travail.

La dernière fois qu'il avait vu son frère lors d'une réunion familiale à Madrid, Cesar avait en vain tenté de l'intéresser à la gestion de leur fortune. Il avait alors averti Fernando qu'il allait regarder de près la façon dont il dépensait les rentes que lui versait le fonds fiduciaire et que, si nécessaire, il lui couperait les vivres jusqu'à ce qu'il le juge en capacité de gérer cet argent.

— Il est temps que tu fasses quelque chose de ton existence, ou tu pourras dire adieu à ton style de vie, l'avait-il prévenu.

Fernando avait réagi comme à son habitude, évitant le plus possible les bureaux de son frère pendant un moment…

Le groupe entourant Fernando s'étant dispersé, Cesar s'approcha en lui décochant un sourire narquois. À côté de Fernando se tenait un ado aux cheveux courts en bataille, que Cesar choisit d'ignorer.

— Fernando, j'avais pourtant bien dit un endroit calme…

— Mais nous sommes vendredi soir, grand frère ! répondit Fernando avec son sourire ravageur. Profite un peu de la vie ! Nous pourrons discuter demain, et d'ailleurs, je voulais te montrer ce lieu. Sympa, non ?

Il désigna le hangar d'un geste large, attendant sans doute une réaction. Il n'obtint qu'un silence glacial.

— Mais je me montre mal élevé, reprit-il sans se démonter en se tournant vers l'adolescent qui s'était mis de côté à l'approche de Cesar. Je ne t'ai pas encore présenté Judith. Jude, voici mon grand frère, Cesar. Que puis-je t'offrir, Cesar ? Whisky ?

Fernando n'attendit pas sa réponse qu'il s'éloignait déjà.

— Et pour moi, ce sera un verre de vin, Freddy, lança Jude.

Fernando parti, Jude se retrouvait en tête à tête avec l'homme le plus intimidant qu'il lui ait jamais été donné de rencontrer.

C'était donc lui, le fameux Cesar… Pas étonnant que Freddy ait tremblé à l'idée de leur discussion. Cesar avait vingt bons centimètres de plus que son frère. Alors que Freddy était plutôt mignon, le genre d'homme avec qui on avait envie de flirter, Cesar, lui, était franchement impressionnant. Son visage sombre, sculpté au couteau, n'invitait nullement à la familiarité.

Jude s'efforça de sourire. Amadouer Cesar faisait partie du plan dressé par Freddy qui mourait d'envie comme de crainte de montrer à son frère le nouveau lieu dont il s'était porté acquéreur. C'était un ancien entrepôt réhabilité qui possédait tous les atouts pour devenir le club de jazz de ses rêves : il ne restait plus qu'à y injecter des fonds. Mais ces fonds, lui avait expliqué Freddy, étaient en passe de lui être retirés… Sans le soutien de Cesar, l'affaire péricliterait.

La meilleure manière de s'assurer l'approbation de son aîné était de lui montrer les débuts de l'aventure, de lui faire toucher du doigt les potentialités du club, de lui prouver que lui, Freddy, avait tourné la page : il n'était plus le play-boy paresseux d'antan. Dans ce but, il avait invité ceux qui avaient investi ou participé à la création du lieu, y compris Jude, bien sûr : banquiers, avocats, experts-comptables…

— Freddy m'a beaucoup parlé de vous, lança-t-elle en se démontant le cou pour le regarder tant elle se sentait petite face à lui.

— Eh bien, de mon côté, je ne sais absolument pas qui vous êtes ni pourquoi Freddy m'a fait venir ici, rétorqua Cesar en fronçant les sourcils.

Cesar avait à peine regardé la jeune femme et il savait pourquoi : avec ses cheveux courts, elle était si peu féminine qu'il l'avait au début prise pour un garçon.

Jusqu'alors, Cesar avait une idée précise de ce à quoi devait ressembler une femme. Et Jude ne correspondait en rien à cette image.

— Eh bien, fit Jude en s'éclaircissant la gorge, je pense qu'il veut… vous présenter certains… de ses amis.

— J'en ai déjà croisé par le passé et, croyez-moi, je ne tiens pas à en rencontrer d'autres.

Ceci dit, il n'en avait jamais vu qui ressemble à ce petit bout de femme, à mille lieues de celles que son frère aimait mettre dans son lit. Que pouvait-elle bien faire ici ? Il la toisa.

— Qui êtes-vous, au juste ? Et comment connaissez-vous Fernando ? Il ne m'a jamais parlé de vous.

Cesar, qui payait les factures de Fernando, savait que celui-ci aimait à se montrer généreux avec les femmes. Depuis l'âge de dix-huit ans, il les attirait comme un aimant et les moins scrupuleuses se faisaient fort de le plumer. Cependant, cette jolie brune ne ressemblait pas à une croqueuse de diamants. Soudain, sa curiosité piquée, il voulut en savoir plus sur les relations de son frère avec cette Judith. Fernando n'allait pas tarder à revenir avec les boissons, autant profiter des quelques minutes de tranquillité qui lui restaient pour se faire une opinion.

Il désigna un sofa d'un geste du menton.

— J'ai eu un trajet épouvantable pour venir ici : allons nous asseoir et vous me direz ce qui vous lie à mon frère.

En l'entendant, Jude se demanda comment il parvenait à donner un ton si menaçant à une simple invitation. Elle regarda alentour : nulle trace de Freddy. Il s'était sans doute laissé détourner de son intention première. C'était l'un de ses défauts, il ne restait jamais concentré suffisamment longtemps pour achever quoi que ce soit sans se laisser distraire.

— Rien ne me lie à votre frère, dit-elle une fois qu'elle eut pris place sur le luxueux sofa qui occupait l'angle de la pièce. Et j'ai la curieuse impression que vous m'examinez…

Elle rit nerveusement, tentant de distinguer l'expression de Cesar, mais la lumière tamisée ne laissait percevoir que les ombres et les angles de son visage.

— Vraiment ? Je ne cherche qu'à savoir comment vous vous êtes rencontrés. Simple curiosité.

— Eh bien, je l'aide à construire… un projet.

Les consignes que Judith avait reçues étaient claires : elle devait vanter la solidité du projet de Freddy et son désir de bien faire.

— Un projet ?

— Je pense qu'il préférera vous en parler lui-même, dit

Jude alors que Cesar se penchait vers elle, les coudes posés sur les cuisses.

— Écoutez, je suis venu ici dans le but d'avoir une conversation sérieuse avec lui au sujet de son avenir. Au lieu de cela, je me retrouve dans une sorte de bar clandestin, entouré de gens que je n'ai aucune envie de rencontrer et averti d'un mystérieux projet dont jamais Fernando ne m'a parlé. Quel rôle jouez-vous là-dedans ?

— Je ne suis pas sûre d'aimer le ton que vous employez.

— Je ne suis pas sûr d'aimer votre petit jeu, répliqua Cesar du tac au tac. Depuis combien de temps connaissez-vous Fernando ?

— Presque un an.

— Bon. Et vous en êtes à quel degré d'intimité ?

— Où voulez-vous en venir ?

— Même si je ne vois pas mon frère tous les jours, je le connais bien, et les amitiés platoniques n'ont jamais été son fort. Il a toujours aimé les femmes faciles, expertes au lit, de préférence blondes à forte poitrine. Et plutôt légères. Où vous situez-vous dans ce tableau ?

Indignée, Jude sentit le rouge lui monter aux joues. Elle prit une longue inspiration pour retrouver son calme. Pendant ce temps, Cesar continuait, imperturbable :

— S'il vous a parlé de moi, c'est que vous êtes davantage qu'une simple relation de travail. Pouvez-vous me dire quoi exactement ?

Sauvée par le gong… ou plutôt par Freddy qui arrivait enfin, verres à la main.

Cesar aperçut le soulagement qui se peignait sur les traits de Jude. Il nota tout, du regard vif qu'elle échangea avec son frère à la dénégation qu'elle lui opposa après qu'il lui eut murmuré quelques mots à l'oreille. Ensuite, elle prit son verre et les quitta dès qu'elle put le faire sans paraître impolie. Cesar observa sa silhouette qui s'éloignait, notant l'ondulation de ses hanches. En dépit de son allure garçonne, quelque chose de gracieux et d'intrinsèquement féminin se dégageait de sa démarche. Quoi qu'il en soit, il se pencherait plus tard sur son cas. Elle et son frère mijotaient quelque chose et il était bien décidé à savoir quoi. Mais il avait tout son temps. Attendre et observer. Il savait que c'était là le meilleur moyen pour découvrir ce que son frère préparait. Il s'y tint donc tandis que son frère le présentait à un groupe de gens étonnamment normaux. Mais où étaient passés les pin-up habituelles, les jeunes gens riches à la conversation ennuyeuse ? Ce soir, bizarrement, tout le monde semblait passionné par des questions d'investissement… La tournure imprévue de cette soirée l'amusait finalement, et Cesar se prêta volontiers à la discussion, de sorte qu'il passa un moment plutôt agréable.

La soirée touchait à son terme. Dehors, la neige redoublait. Parmi ceux qui se pressaient pour rejoindre leur voiture, Cesar remarqua Jude, enveloppée dans une grande écharpe. L'éclairage avait été rétabli pour faciliter la sortie, et il la voyait bien, à présent : ses cheveux courts étaient striés d'auburn et son visage n'était pas du tout masculin. Au contraire. De longs cils entouraient ses yeux bruns en amande et sa bouche était pleine, bien dessinée et sexy, contrastant avec son allure juvénile.

Fernando avait toujours préféré les femmes à la beauté fatale, c'était vrai, mais qui pouvait dire l'apparence que pouvait prendre une croqueuse de diamants ? Les plus subtiles pouvaient se révéler les plus dangereuses…

Et voilà qu'elle parlait encore à son frère, vite et à voix basse. Mais de quoi ?

— Je n'avais pas prévu de passer la nuit ici, dit Cesar, interrompant leur conversation.

— Désolé, fit Freddy avec un sourire d'excuse. Il y a un excellent hôtel en ville…

— Tu ne loges pas dans le coin ?

— Si, mais je n'ai qu'un petit studio…

Cesar sentait les yeux de Jude sur lui depuis qu'il les avait rejoints. Il se tourna vers elle, mais elle détourna aussitôt le regard, pinçant les lèvres.

— La neige a redoublé, les hôtels risquent d'être complets. Je n'ai aucune envie de tenter ma chance sans avoir vérifié avant. Alors, donne-moi un numéro de téléphone pour que je réserve une chambre.

— Je n'ai pas de numéro d'hôtels sur moi, dit Freddy, d'un air gêné.

Il jeta un coup d'œil à Jude qui poussa un soupir résigné.

— Si vous me déposez chez moi, intervint-elle, je pourrais vous réserver une chambre.

— Vous n'avez pas de voiture ?

— C'est Freddy qui m'a conduite ici.

— Tiens donc, fit Cesar avec un sourire en coin. Eh bien, il semblerait que je ne puisse refuser cette proposition. Et demain, Fernando, nous aurons notre petite discussion…

— Bien sûr, grand frère ! fit son cadet en le serrant contre lui d'une manière presque exagérée.

Cesar était habitué à la relation distante qu'il entretenait avec son frère mais, pendant un instant, il ressentit une pointe de regret devant l'affection étudiée que ce dernier lui témoignait. La perte de leurs parents, alors que Fernando entrait dans l'adolescence, aurait dû les rapprocher, mais c'est le contraire qui s'était produit. Recevant le poids des affaires familiales sur ses épaules, Cesar n'avait pas eu assez de temps à lui accorder et il se demandait souvent s'il n'avait pas manqué à son devoir le plus important : aimer son frère. Il avait dû assumer très vite les responsabilités de leur empire financier et s'était montré impatient devant le manque d'ambition de Fernando, qu'il considérait comme une faiblesse.

Irrité du cours que suivaient ses pensées, Cesar les chassa : après tout, il avait toujours fait de son mieux.

— Ma voiture est dans la rue, dit-il.

— Tu aurais pu utiliser le parking, à l'arrière…

— Figure-toi que je n'ai même pas soupçonné qu'il en existait un. J'ai même cru que je m'étais trompé d'adresse en voyant ce bâtiment miteux.

Freddy eut un sourire radieux.

— C'est malin, n'est-ce pas ? On ne sait pas du tout ce qu'on va trouver… Mais nous reparlerons de tout cela demain.

Alors que Freddy battait déjà en retraite, Jude lui lança un regard furieux. La dernière chose qu'elle voulait était de se retrouver coincée dans une voiture avec Cesar, mais elle n'avait pas d'autre option. Freddy ne pouvait vraiment pas l'héberger. Pas avec Imogen à l'appartement… Elle rougit en songeant à ce mensonge par omission. Imogen aurait dû être présente ce soir, mais Freddy avait insisté pour qu'il n'en soit rien. Cesar ne devait pas la rencontrer, au moins pour le moment. Et maintenant qu'elle connaissait ce dernier, Jude comprenait pourquoi. Le soupçon semblait une seconde nature chez lui car, l'air de rien, il lui avait fait passer un véritable examen. Au premier regard jeté à Imogen, cette jeune femme blonde aux jambes interminables, Cesar aurait rayé Freddy des bénéfices du fonds fiduciaire. Et s'il avait appris qu'Imogen était enceinte de sept mois, il aurait frôlé la crise cardiaque.

Alors que Cesar lui tint la portière de sa voiture ouverte, Jude en profita pour observer la carrosserie et les banquettes luxueuses de la Bentley.

— Je n'habite pas loin d'ici, mais c'est en pleine campagne et il faut suivre des petits chemins de terre pour y arriver. Je ne suis pas sûre que votre voiture y parvienne, surtout avec cette neige.

Cesar démarra.

— Cette voiture est tout terrain, affirma-t-il.

— Ces petites voitures de sport font sans doute merveille à Londres, mais ici, au fin fond du Kent et sous la neige, je doute qu'elle convienne…

Cesar lui décocha un regard dubitatif, mais elle détourna les yeux pour regarder par la vitre, évaluant le temps qu'il leur faudrait pour finir au fond d'un fossé.

Elle le guida pour sortir de la ville, déserte à cette heure, puis le dirigea dans une série de chemins creux, aux virages dangereux.

— Comment faites-vous au quotidien ? grommela Cesar, en se concentrant pour leur éviter un dérapage.

— J'ai un 4x4. Vieux, mais fiable.

— Contrairement à l'engin sophistiqué que je conduis, ironisa Cesar en lui jetant un rapide regard.

— Même si j'en avais envie, je ne pourrais jamais m'offrir une voiture pareille. De toute façon, je n'en vois pas l'intérêt.

— Cela sert à voyager dans les meilleures conditions.

À cet instant, Cesar réalisa qu'il ne savait rien d'elle, de son métier ni de ses moyens. À part aider son frère sur le projet mystère, que faisait-elle de sa vie ? Il aurait besoin de le savoir s'il voulait percer à jour ses motivations. Pour le moment, la conduite l'absorbait trop pour qu'il poursuive son interrogatoire. Comment allait-il rejoindre la ville quand il aurait réservé une chambre ? Les sentiers perdus comme ceux-ci n'étaient même pas cartographiés dans son GPS !

— Je préfère le côté pratique au côté chic, dit Jude.

— Je m'en étais douté à voir votre tenue, ce soir…

— Ce qui veut dire ?

— Ce que ça veut dire… Au fait, j'espère que votre

maison est en vue, car si je dois encore ralentir, autant y aller à pied.

— C'est juste en haut, dit-elle en désignant un halo de lumière à peine visible derrière le rideau de neige.

Intérieurement, Jude ressassait la remarque de Cesar. C'était vrai qu'elle avait opté pour un jean confortable, car la soirée n'était pas habillée. Et on était en hiver ! Son duffle-coat sombre et ses bottes de cuir noir étaient de saison, même s'ils n'avaient rien de chic. Cesar, constata-t-elle en le regardant de côté, était en costume de ville, peu adapté au climat rigoureux. Il devait être habitué aux immeubles surchauffés…

C'était par ailleurs l'homme le plus irritant qu'elle ait connu. Elle devait toutefois reconnaître qu'il était incroyablement beau. Mais pas du tout son type : elle avait la chair de poule rien qu'à le regarder !

Comme la voiture entamait la dernière partie du trajet, elle entendit crisser les pneus… puis plus rien.

Cesar étouffa un juron et lui lança un regard noir.

— Hé, je n'y suis pour rien ! protesta-t-elle.

— Il fallait bien vous reconduire chez vous !

— J'aurais pu…

Elle se mordit la langue pour ne pas dire qu'elle aurait pu dormir chez Freddy… Mais bien sûr, impossible d'utiliser cet argument, puisque celui-ci avait prétendu ne pas pouvoir loger son frère.

— … dormir chez une amie, termina-t-elle précipitamment.

Cesar sortit de la voiture et, après une brève inspection, revint ouvrir la portière à Jude.

— Il faut finir à pied.

— Vous ne pouvez pas laisser votre voiture au milieu du chemin !

— Et vous suggérez ?

— De la pousser…

— Vous plaisantez ? cria Cesar par-dessus son épaule, déjà en route pour la maison. Je reviendrai voir ce que je peux faire quand la neige aura cessé de tomber.

— Mais cela peut prendre des heures ! objecta-t-elle en pressant le pas pour le rejoindre. N'oubliez pas que vous devez passer la nuit à l'hôtel !

— Eh bien, agitez votre baguette magique et faites cesser la tempête ! ironisa Cesar d'un ton mordant.

À y réfléchir, Cesar se disait qu'il aurait dû insister pour que Fernando le rejoigne à Londres. Il ne pouvait se permettre d'être bloqué par la neige. Samedi ou pas, il avait une visioconférence à tenir le lendemain et de nombreux rendez-vous à fixer par e-mail. Il serra les dents et, atteignant le perron, secoua ses cheveux déjà couverts de neige.

Au moins, la maison était chaleureuse. Ou plutôt le cottage, car à ce qu'il en voyait, la bâtisse était trop petite pour prétendre être une maison. Le lieu avait un côté désuet qui ne manquait pas de charme avec sa petite clôture blanche, ses planchers de bois usés, son atmosphère confortable. Jamais il n'aurait pu imaginer endroit plus différent de son paradis de marbre, de cuir et de tableaux abstraits qui lui avaient coûté les yeux de la tête.

— Où est passé l'annuaire ? grommelait Jude en cherchant sous le guéridon de l'entrée. Ah, le voilà. Hôtels… Vous désirez le meilleur confort, je présume ?

— Laissez tomber.

— Comment cela, laisser tomber ?

— Regardez dehors…

Jude suivit son conseil et son cœur rata un battement. La tempête tournait au blizzard. Il faudrait l'intervention de chasse-neige pour dégager les routes et un tracteur pour ramener son véhicule en ville. Il était parfaitement impossible à Cesar de quitter la maison.

— Mais… vous ne pouvez pas rester ici !

— Pourquoi ? Fernando y verrait un inconvénient ?

— Freddy ? Qu'est-ce qu'il a à voir là-dedans ?

Ils se tenaient tous deux dans le petit couloir d'entrée et Jude eut l'impression que l'air lui manquait. Cesar était si imposant ! À son grand dam, elle le vit retirer son manteau. Elle n'avait pas prévu cela ! C'était une chose de bavarder avec lui une demi-heure en lui chantant les louanges de Freddy, une autre de lui accorder une nuit d'hospitalité… C'est alors qu'elle eut une idée de génie.

— Je vais vous prêter ma voiture. Le confort sera moindre mais au moins, vous pourrez regagner la ville et trouver une chambre plus confortable que mon plancher…

Alors qu'il accrochait son manteau à la patère, elle n'avait qu'une idée en tête : le lui jeter à la figure et le mettre dehors.

— Arrêtez d'essayer de vous débarrasser de moi, Jude. Je partirai demain, et si je dois dormir par terre, tant pis. Je ne vais pas risquer ma vie dans le tas de rouille qui vous sert de voiture. Otez donc votre manteau et montrez-moi où je vais pouvoir dormir.

— Il y a une chambre d'amis, admit-elle, ôtant son manteau à contrecœur. C'est tout petit et très encombré. Vous allez détester.

Sans répondre, Cesar se dirigea vers la cuisine, inspectant les lieux qu'il traversait. Il ne voyait rien qui rappelle son frère, pas de photos, ni de vêtements d'homme.

— Vous voulez une visite guidée ? demanda Jude d'un ton acide, les bras croisés sur la poitrine. Ou préférez-vous fourrer votre nez partout ?

Cesar se retourna pour l'observer attentivement : non seulement elle n'était pas la blonde type pour qui son frère aurait pu craquer, mais elle n'avait rien non plus d'une femme irréfléchie. Il fallait vraiment qu'il découvre ce qui se tramait entre eux deux, et pour cela, l'incident du mauvais temps ne tombait peut-être pas si mal, après tout. Bloquée ici par la neige, elle ne risquait pas de lui filer entre les doigts si ses questions devenaient dérangeantes. Un sourire s'épanouit lentement sur son visage : il allait lui faire savoir de la façon la plus claire qu'il n'était pas un homme que l'on menait en bateau. Et cette perspective lui plaisait.

— La visite guidée est hors de question, répondit-il, le regard rivé sur son visage empourpré d'indignation. Trop tard. Ou trop tôt, comme on voudra.

— Alors suivez-moi, je vais vous montrer la chambre d'amis.

L'escalier craqua sous le poids de Cesar tandis qu'il suivait Jude à l'étage. Elle le conduisit à une petite pièce et sortit draps et couverture d'une armoire.

— Pas besoin de vous apprendre à faire un lit, j'espère.

En tendant le linge à Cesar, elle se demanda s'il lui arrivait jamais de faire son lit lui-même. Comme Fernando, son statut social avait dû lui épargner toute corvée ménagère. Ce n'était qu'après avoir rencontré Imogen que Freddy avait compris qu'un dîner léger n'était pas forcément une collation d'avant théâtre, mais parfois le seul dîner que certains pouvaient s'offrir…

Elle résista au plaisir de voir Cesar se débattre avec les draps et poussa ses affaires pour lui faire un peu de place. Le temps qu'elle se retourne et le lit était fait, impeccablement.

— Qu'en dit l'inspectrice des travaux finis ? ironisa-t-il, sourcil levé.

Elle eut la bonne grâce de rosir, et lorsqu'il commença à déboutonner sa chemise, elle s'empourpra.

— La salle de bains est à côté, dit-elle en battant en retraite alors qu'il révélait progressivement son torse musclé et bronzé.

Il l'arrêta d'une question.

— Pourquoi tous ces dessins, partout ? Vous êtes artiste ?

La bouche de Jude s'assécha tandis qu'il atteignait le dernier bouton puis défaisait ses manchettes.

Il marcha vers la pile de dessins qu'elle avait posée sur une table pour lui libérer un peu d'espace et en examina un.

Prestement, elle le lui prit des mains et le remit sur le tas.

— Je suis styliste, en fait. Je dessine pour le plaisir, de temps en temps.

— Oh ! intéressant…

— N'est-ce pas ? rétorqua Jude.

— Non, ce que je veux dire, c'est que je suis rassuré de savoir que vous avez un métier. La plupart des femmes qui ont traversé la vie de mon frère n'avaient qu'une idée très vague du monde du travail… Elles le fuyaient de leur mieux, en fait. La dernière avait posé pour quelques clichés érotiques…

Jude frissonna en songeant à Imogen. Qu'est-ce que Cesar allait penser d'une strip-teaseuse ? Imogen n'avait jamais eu de chance dans le choix de ses petits amis et s'était retrouvée à travailler dans un night-club, économisant tout ce qu'elle pouvait pour continuer ses études.

Jude la connaissait depuis longtemps et la trouvait très courageuse, mais elle doutait que Cesar se laisse attendrir par son histoire.

Il poursuivit, comme s'il se parlait à lui-même :

— Bien sûr, j'ai dû mettre fin à leur relation.

Devinait-il ses pensées ? Jude s'agita, mal à l'aise.

— Et pourquoi ? Il n'y a rien de mal à gagner sa vie en faisant des photos, même érotiques…

— Une telle femme ne pouvait que chercher à profiter de la naïveté de mon frère.

— Vous portez une vue bien cynique sur les choses.

— Non, il se trouve simplement que j'ai le sens des réalités. Et je m'emploie à protéger mon frère de tous ceux qui voudraient profiter de lui. Il peut multiplier les aventures, cela ne me dérange que si ces demoiselles songent à s'incruster. Toute coureuse de dot me trouvera sur son chemin.

C'était toujours une bonne idée de jouer cartes sur table, songea Cesar en épiant la réaction de Jude. Elle avait beau rougir comme une adolescente et avoir un regard innocent, rien de tout cela ne garantissait la pureté de ses intentions.

— Merci de me prévenir, mais je ne vois pas en quoi cela me concerne. De toute façon, vous vous moquez sans doute de ce que je pense de vous.

— Gagné ! L'opinion des autres m'indiffère.

D'un mouvement fluide, il se débarrassa de sa chemise. Quand il se retourna, il vit Jude qui le fixait comme si elle n'avait jamais vu un homme torse nu de sa vie.

— Que… qu'allez-vous porter pour dormir ?

— Mon costume de naissance, répondit-il, sincèrement surpris. C'est très confortable, vous devriez essayer.

Jude l'imagina nu entre les draps, et se sentit soudain très mal à l'aise en songeant qu'il n'y avait que la salle de bains qui séparait leurs chambres. C'était sans doute parce qu'elle l'avait détesté au premier regard et que Cesar l'agaçait prodigieusement, mais ce corps souple et musclé à deux pas d'elle lui donnait le tournis.

— Je vais vous trouver quelque chose.

— Vous avez une réserve de vêtements pour homme ?

Elle se garda bien de répondre et réapparut deux minutes plus tard avec un large T-shirt qu'elle lui jeta. Il était rose vif.

Il entendit le rire dans sa voix alors qu'elle se réfugiait au fond du couloir en lui lançant :

— Ça devrait vous aller. Bonne nuit !

2.

À 6 h 30, le paysage enneigé luisait sous un soleil pâle. La neige avait cessé de tomber au petit matin et la campagne ressemblait à une photo de carte postale. Jude grommela intérieurement : les cartes postales, c'était bien joli mais au bout du compte, la couche de neige restait trop épaisse pour que son invité surprise puisse repartir. À cause de sa présence, elle avait passé une bien mauvaise nuit. Elle n'avait cessé de se retourner dans son lit, hantée par l'idée qu'il dormait nu tout près d'elle. Jamais il n'aurait dû mentionner ce détail ! Compter les moutons, penser à ses projets, rien n'y avait fait, elle n'avait pu fermer l'œil.

La maison était silencieuse et déjà tiède, le chauffage s'étant déclenché aux premières heures du jour. Jude se glissa hors de sa chambre sur la pointe des pieds, craignant de réveiller son visiteur : moins elle aurait de contact avec lui, mieux ce serait. Bien sûr, elle aimait beaucoup Freddy et Imogen, mais fallait-il pour autant qu'elle laisse un étranger envahir sa vie privée ? Enfin, il semblait encore dormir, ce qui lui donnait le temps de prendre son café tranquille.

Les marches de l'escalier ne craquèrent pas sous son poids plume et elle se retrouva bientôt en sécurité dans sa cuisine. Comme tout le reste du cottage, la pièce était petite, mais parfaitement proportionnée : deux poutres soutenaient le plafond, et Jude disposait d'une vieille cuisinière à gaz ainsi que d'une table en pin usée par les années. C'était tout l'opposé de l'appartement de Freddy, neuf, parfaitement équipé… et hors de prix. Jude se surprit à se demander dans quel type de logement vivait son frère et chassa aussitôt cette pensée.

Elle se versait du café lorsqu'une voix trop familière lança derrière elle :

— Super. J'en prendrai aussi.

Elle sursauta sous l'effet de la surprise et renversa du café, se brûlant la main. Aussitôt Cesar fut à ses côtés.

— Faites-moi voir.

Elle lui jeta un regard qui ne laissait aucun doute sur l'agacement que lui causait sa présence.

— Pas la peine, je sais quoi faire.

Le cœur battant de le sentir si proche, elle fila vers l'évier, mais il y fut avant elle et lui ouvrit le robinet d'eau froide, lui maintenant la main sous le jet le temps que la sensation de brûlure se dissipe. Puis il lui sécha doucement la main avec un torchon.

Hypnotisée, Jude le regardait faire, les longs doigts bruns de Cesar contrastant avec la peau pâle de sa paume. Elle avait du mal à respirer. Son odeur virile lui tournait la tête.

— Alors comme ça, on est maladroite ? lança-t-il en souriant.

— Vous m'avez fait peur ! Je n'ai pas l'habitude de voir un homme débarquer dans ma cuisine à l'aube !

— Il se trouve que je suis du matin. Voyons cette main, dit Cesar en la faisant asseoir. Avez-vous une pommade ? De la gaze ?

— Je peux me débrouiller seule.

— Pas question : c'est ma faute, vous avez raison.

Jude céda, lui indiqua la boîte à pharmacie et le regarda panser sa main alors qu'il enroulait le bandage avec bien plus de soin que n'en requérait son état. Il était très proche et elle ne put s'empêcher de remarquer qu'il avait enfilé l'un des sweat-shirts larges qu'elle laissait suspendus dans le couloir pour les jours où elle avait le courage de faire de la gym. Le sweat lui moulait le torse, ne laissant rien ignorer de sa musculature, et Jude regretta de ne pas être plus vêtue : elle ne portait qu'un large T-shirt qui lui arrivait à mi-cuisses, mais révélait beaucoup du reste. Elle se pencha en avant, cherchant à dissimuler les seins qui pointaient sous le tissu, mais ce faisant, elle offrait à Cesar une vue plongeante sur son décolleté et préféra se redresser avant qu'il ne s'en rende compte.

— Voilà, dit-il en mettant la dernière touche au bandage. Et maintenant, laissez-moi servir ce café.

— Vous êtes debout depuis longtemps ? demanda-t-elle, s'apercevant qu'il avait l'air parfaitement réveillé.

— Oui, j'ai peu dormi, peut-être était-ce la nouveauté du T-shirt rose qui m'a perturbé…

Jude trouva un peu de réconfort dans le ridicule de la situation. Mais s'il était descendu en rose, elle aurait eu moins de mal à contrôler les palpitations fébriles de son cœur…

— J'ai ensuite tenté de me connecter à Internet, en vain.

— Les lignes téléphoniques sont peut-être coupées. La neige… La ligne est aussi un peu capricieuse parfois.

Comme l'occupante de la maison, songea Cesar. Il avait réfléchi à la question et conclu qu'il n'obtiendrait rien d'elle en cherchant à l'impressionner. Elle était manifestement plus têtue qu'une mule et prompte à sortir les griffes. Il aurait plus de succès avec d'autres armes s'il voulait découvrir le rôle qu'elle jouait dans la vie de son frère.

— En tout cas, impossible d'obtenir une connexion. Je suis donc allé voir la voiture. Je suis parvenu à la redémarrer, mais la neige est trop épaisse pour rouler.

— Ne pouviez-vous pas déblayer ? J'ai une pelle et vous m'avez l'air plutôt costaud, ajouta-t-elle en s'enhardissant.

— Je pourrais, à condition de passer les six prochaines heures dans un froid de loup sans être vêtu pour ça. Et histoire d'ajouter aux mauvaises nouvelles, le bulletin météo annonce une reprise des précipitations dans la journée.

— Ce n'est pas possible ! s'exclama Jude.

— Je vous pensais plus habituée à la rudesse de la campagne. À Londres, je vous assure qu'on voit rarement le moindre flocon.

— Comment pouvez-vous garder votre calme en vous sachant coincé ici ? s'étonna Jude.

— Je ne vois pas quel avantage je tirerais à m'énerver contre la météo : c'est tout à fait hors de mon contrôle.

Certes, il avait grommelé quelques jurons devant son ordinateur, mais avait fini par en prendre son parti : le monde du travail devrait se passer de lui ce week-end. Et ce n'était pas chose facile que de s'y résigner : le travail était son moteur, il primait sur tout.

— Je croyais que vous ne viviez que pour votre travail, insista Jude, agacée par son calme. Vous devez enrager…

— Et comment savez-vous cela ?

— Par Freddy, lâcha-t-elle, le regrettant aussitôt.

Cesar devait avoir horreur qu'on parle de lui dans son dos.

— Enfin, reprit-elle, il a juste mentionné ça en passant.

— On dirait que votre relation avec Fernando n'est pas strictement professionnelle.

— Je n'ai jamais dit que c'était purement professionnel, se récria Jude.

— Pourtant vous travaillez avec lui sur un projet…

— Oui, enfin, avant… Maintenant aussi, mais…

— C'est un peu confus, votre histoire. Et d'ailleurs, vous ne m'avez toujours pas dit ce qu'est ce projet…

— Je vous le répète, Freddy préférera vous en parler lui-même. Mais c'est une idée fantastique ! ajouta-t-elle, se rappelant qu'elle était censée le défendre auprès de Cesar.

— Je meurs d'impatience de le découvrir, mais il faudra faire vite, car s'il est géré par mon cher frère, il ne va pas durer longtemps… Fernando est connu pour les entreprises avortées.

Cesar termina son café et tira à lui un tabouret pour y poser les pieds. Pour un invité, il semblait parfaitement à son aise, constata Jude…

— Donc, reprit Cesar, mon frère vous a dit que j'étais un bourreau de travail ? En discutant de son projet avec vous ?

— À vous entendre, c'est un crime que d'être amie avec lui.

C'en serait un si elle voulait passer du statut d'amie à celui d'épouse… Mais cela, Cesar évita de le préciser.

— Non, mais je suis curieux d'en connaître plus sur vos relations. Etiez-vous amis avant le projet ou celui-ci vous a-t-il liés ? Comment vous êtes-vous rencontrés ?

— Il avait besoin de mes talents de styliste, grommela Jude, bien consciente qu'il tentait de lui tirer les vers du nez.

— Ah, il vous paie… Bien… Et quand avez-vous réalisé qu'il avait largement de quoi ?

— Je savais bien où vous vouliez en venir !

— Je suis donc si prévisible ?

— Oui, et en plus, vous vous moquez de l'être ! Et maintenant, excusez-moi, mais je dois aller me changer…

Elle se leva et lui décocha un regard glacial, ce qui ne parut pas l'affecter le moins du monde. Il continuait à la dévisager calmement, comme s'il avait toute la vie devant lui pour lui arracher les réponses qu'il attendait.

— Je vous en prie, répondit Cesar avec une politesse affectée, mais ne vous gênez pas pour moi…

Il détailla les jolies jambes que le jean lui avait cachées la veille. Pour quelqu'un qui avait les cheveux et les yeux sombres, Jude avait une peau délicatement pâle qui évoquait le satin. Elle ne portait aucun maquillage, avait-il noté, ce qui le changeait de toutes celles qui s'en tartinaient le visage. Celui de Jude était frais et lisse, parsemé de taches de rousseur autour du nez. Quand elle était petite, elle devait être un vrai garçon manqué, toujours à grimper aux arbres et à faire les quatre cents coups.

— Et dites-vous bien, jeta-t-elle sur le seuil, que je ne cherche à mettre le grappin ni sur votre frère ni sur sa fortune. Alors au lieu de m'insulter, vous feriez mieux de me remercier de mon hospitalité !

— L'hospitalité ? C'est comme ça que vous la concevez ?

— J'aurais pu vous laisser errer à la recherche d'un hôtel !

Il est vrai qu'à part lui ouvrir sa porte, surtout pour apaiser Freddy qui lui avait jeté son regard implorant, elle ne s'était pas montrée très accueillante. Ni souriante.

Mais elle ne voulut pas lâcher de terrain :

— Vous vous seriez perdu et vous auriez passé la nuit dans votre stupide voiture.

— Pardon ?

Jude le défia du regard.

— Je veux dire par là que les voitures de luxe ne m'intéressent pas. Je me moque de l'argent, je ne suis pas le moins du monde matérialiste et je ne crois pas que la richesse fasse le bonheur, bien au contraire. J'ai travaillé avec assez de gens riches pour le savoir ! Vous sentez-vous plus heureux en travaillant comme un fou afin d'accumuler plus d'argent qu'on ne peut en dépenser en une vie ? Freddy m'a dit que le travail était un exutoire parce que vous ne vous étiez jamais vraiment remis de…

Elle s'interrompit, soudain toute rouge. Elle s'était laissé emporter.

— De quoi ? demanda Cesar d'une voix posée. Quelle est la version de mon frère ?

— Rien, je… je dois vraiment aller me changer.

Elle s'enfuit. Comment avait-elle pu se montrer aussi imprudente ? Il l'avait mise hors d'elle avec ses sous-entendus, et il la prenait pour une coureuse de dot. Mais pourquoi se soucier de ce qu'il pouvait dire ou penser d'elle ? Il lui suffisait de hausser les épaules et de penser à autre chose. Pourtant…

Elle ferma à double tour la porte de la salle de bains et s'y adossa un instant, les yeux fermés. Le jet de la douche lui fit du bien et elle prit son temps pour enfiler un jean et un T-shirt moulant. Pour une raison indéfinissable, elle voulait montrer à Cesar qu'elle était capable de s'habiller près du corps, car entre la veille et ce matin, il n'avait pas pu se faire une idée bien précise de sa silhouette.

L'odeur du bacon qui grésillait l'accueillit dans l'escalier et lui ouvrit l'appétit. Si c'était Cesar qui était aux fourneaux, alors il était plus civilisé qu'elle ne l'aurait cru. Quand elle entra dans la cuisine, il était en train de battre des œufs dans un bol.

— Vous vous êtes sauvée avant de pouvoir me révéler ce que Fernando a cru bon de partager avec vous, dit-il sans se retourner.

— Je vous présente mes excuses. Je vous ai dit qu'il était impoli de m'insulter sous mon propre toit, mais c'était aussi impoli de ma part de faire allusion à votre vie privée.

Elle regarda le profil aristocratique de Cesar : il était d'une beauté parfaite, un modèle que n'importe quel artiste aurait donné cher pour dessiner. Il exsudait la puissance et ses bras musclés, dégagés par les manches qu'il avait roulées pour cuisiner, lui donnèrent le frisson.

— Freddy vous a parlé de Marisol, fit Cesar d'un ton neutre.

Il n'était pas habitué à discuter de son intimité, même si sa femme n'était pas un sujet tabou. D'ailleurs, n'importe qui allant sur Internet pouvait savoir qu'il avait été marié.

— Je suis vraiment désolée…

— De quoi ? Que je ne me sois jamais remis de sa mort, comme Freddy le prétend ?

Appuyé à la cuisinière, il affronta tranquillement son regard.

— D'en avoir parlé. Ce n'étaient pas mes affaires.

— En effet.

Ne s'était-il jamais remis de la mort de Marisol ? Était-ce ce que les gens murmuraient derrière son dos ? Bien sûr, personne n'avait osé lui en parler en face, mais l'idée que le monde ait une opinion sur son état d'esprit le mettait en colère. Ce n'était pas la peine de s'en prendre à Jude pour cela et d'ailleurs, il ne laissait jamais le comportement des autres l'influencer. Il s'autorisa cependant à évoquer brièvement le souvenir de Marisol. Elle était blonde, ce qui était curieux pour une espagnole, et petite. Du jour où il avait jeté les yeux sur elle, il avait su qu'elle devait être à lui. Il avait dix-huit ans alors. Leurs parents avaient béni cette union et pendant le peu de temps qu'ils avaient partagé, Marisol l'avait comblé. Elle était la plus douce des épouses, prévenante, ne se plaignant jamais de ses horaires démentiels, heureuse de la protection qu'il lui offrait. Aucun homme n'aurait pu souhaiter un foyer plus heureux.

Depuis, il était toujours attiré par le même genre de femmes, belles comme le jour et soumises à ses moindres volontés. Mais jamais il n'avait envisagé de remplacer Marisol et il se lassait vite de ses maîtresses. Était-ce à dire qu'il ne se remettait pas de la mort de sa femme ? Qu'il ne parvenait toujours pas à vivre pleinement dix ans après la tragédie ? Il fronça les sourcils en voyant le regard sombre que Jude dardait sur lui. Il aurait eu du mal à trouver une femme moins rebelle qu'elle… Personne ne lui avait donc dit que les hommes fuyaient celles qui traversaient la vie avec la délicatesse d'un éléphant dans un magasin de porcelaine ? Si son frère s'était épris d'elle, il était bon à enfermer…

— Et arrêtez de me regarder avec commisération, Jude.

— Je ne vous regarde pas avec commisération, je me demande comment il se fait que vous n'ayez jamais pris d'autre épouse.

— Et vous ? Vous n'êtes installée avec aucun homme, il me semble ! rétorqua Cesar en s'occupant des toasts.

— Je préfère embrasser d'abord quelques crapauds pour pouvoir reconnaître le prince charmant quand il se montrera.

— Oh… Et les crapauds ont été nombreux ?

— J'en ai perdu le compte.

Mais elle n'avait pas oublié celui qu'elle avait pris, à tort, pour le prince charmant. Trois ans plus tôt, lui tapotant gentiment le genou, il lui avait dit qu'il espérait rester ami avec elle… Habile échappatoire pour éviter le mot de rupture, mais le fait est qu'elle s'était retrouvée seule, gardant ses pleurs pour son oreiller… Elle n'avait aucune intention de partager cela avec Cesar et heureusement qu'il était occupé avec les toasts car quand il l'observait, elle avait la bizarre impression qu'il devinait ce qui se passait en elle.

— Et parmi ces crapauds, aucun ne s'est métamorphosé en gentil mari ? dit-il en déposant devant elle une assiette débordante.

Elle croqua dans un toast pour éviter de répondre.

— Comment se fait-il que vous cuisiniez aussi bien, que vous fassiez votre lit au carré alors que votre frère est incapable de se servir de ses dix doigts ?

— Vous pourriez trouver plus subtil pour changer de sujet, fit remarquer Cesar en attaquant ses œufs avec appétit. Je trouve utile de savoir faire les choses du quotidien, même si je ne les fais pas quotidiennement.

— Même le ménage ?

— Même le ménage.

— Alors vous pourrez vous rendre utile si la neige vous arrête encore quelques heures. Je suis nulle en cuisine et en nettoyage. Enfin, disons que ça ne m'intéresse pas vraiment.

Cesar émit une sorte de grognement critique. Elle comprenait pourquoi Freddy évitait son frère. Voir ses idées accueillies de cette manière devait être désespérant. Cesar ne lui pardonnait pas d'être aussi différent de lui.

Jamais Freddy n'avait porté un costume ni consolidé un bilan financier…

— Vous devez être l'un de ces mâles archi-traditionalistes qui ne conçoivent une bonne épouse que derrière les fourneaux ou chantonnant gaiement tout en passant l'aspirateur…

— Suis-je parti pour une conférence féministe ? Parce que j'avoue être assez conservateur sur la question, effectivement. La plupart des hommes le sont…

Jude planta sa fourchette dans la dernière tranche de bacon. Son ex-petit ami faisait partie du lot, ayant récemment épousé une douce blonde tombée aussitôt enceinte, à ce qu'elle avait appris. Une femme au foyer de plus…

— Fernando compris, reprit Cesar sur le ton de la provocation. Il n'aime que les blondes.

— Est-ce votre façon de me décourager au cas où j'aurais des idées de mariage au-dessus de ma condition ?

Elle se leva pour porter son assiette à l'évier d'où elle avait une excellente vue sur le jardin : la neige s'était remise à tomber. Décidément, le destin s'acharnait sur elle… Quand elle se retourna, ce fut pour voir Cesar qui débarrassait le reste de la table. C'était curieux pour un homme dont l'idéal consistait sans doute à s'asseoir en lisant un journal pendant qu'une épouse docile nettoyait derrière lui. Pourquoi agissait-il ainsi ? se demanda Jude, laissant une certaine curiosité percer en elle. Se comportait-il de la même façon avec ses maîtresses ? Car d'après Freddy, il en avait. Le sexe opposé ne résistait pas à son charme, apparemment.

— Peut-être, poursuivit-elle avec un sourire en coin, Freddy n'est-il pas aussi vieux jeu que vous le pensez.

Cesar lui jeta un regard vif. Il n'aimait pas la contradiction. Il ne pouvait pas le savoir puisque l'affaire restait secrète, mais Freddy avait eu une attitude peu conventionnelle en s'éprenant d'une ancienne strip-teaseuse. Pour le reste, Jude devait bien avouer qu'Imogen correspondait à tous les critères de la bonne épouse : blonde et pulpeuse, elle adorait le rose et cuisinait à ravir. Adolescente, alors que Jude allait jouer au foot avec les copains, elle préférait rester à rêver devant son miroir.

— Ce qui veut dire ?

— Que vous ne donnez sans doute pas à Freddy le crédit qu'il mérite.

Et cela, c'était la vérité. Elle avait travaillé avec Freddy sur le montage du projet de son club de jazz et avait pu en juger la cohérence. Elle l'avait vu convaincre les investisseurs et concrétiser ce plan qui tenait la route.

— Je le connais mieux que vous ne semblez le croire, rétorqua Cesar, tout en se demandant si finalement, elle n'avait pas raison.

Le Fernando qu'il connaissait n'aurait jamais été attiré par une femme aussi exaspérante, avec ses opinions tranchées et ses airs rebelles, qui disait ce qu'elle avait sur le cœur sans se soucier des conséquences ! Jamais Fernando ne serait capable de gérer une relation avec une telle furie… Elle prétendait qu'il n'y avait rien de romantique entre eux. Mais disait-elle la vérité ? D'habitude, il jaugeait mieux les femmes et sa difficulté à cerner les motivations de celle-ci l'agaça.

— Comment pouvez-vous le connaître en le voyant si peu ? demanda perfidement Jude.

— Je le vois peu car le temps me manque, répondit Cesar d'un ton exaspéré. Figurez-vous que je travaille tard, et tous les jours. Quand j'ai repris la société, on était en pleine crise internationale et elle était menacée. J'ai pu la stabiliser et la faire entrer dans le XXIe siècle : personne ne réussit à forger un empire en sirotant des cocktails sur une plage des Caraïbes ! Mon frère, lui, ne s'est jamais battu pour quoi que ce soit, pas plus dans ses relations avec les femmes que le reste !

Jude avait commencé à débarrasser et elle se retourna, suffoquée par l'impression de puissance que Cesar dégageait.

— Et vous, vous vous battez pour obtenir celles que vous voulez ?

— La façon dont je choisis mes compagnes n'est pas le sujet, dit-il après un éloquent silence.

— Vous devriez offrir sa chance à Freddy. Il se sent… incapable comparé à vous. Il pense que vous allez le descendre en flamme parce qu'il n'a pas suivi la même voie que vous. Il craint de voir les ressources du fonds s'évanouir sur un simple claquement de vos doigts. Cela le stresse.

— C'est lui qui vous a confié tout cela ?

— Oui…

— Vous avez couché avec lui ?

— Pardon ?

— Vous m'avez très bien entendu. Je pencherais pour une réponse positive, vu le type de discussions que vous avez tous les deux.

— Nos conversations sont tout à fait normales, répliqua Jude, le visage empourpré et les mains sur les hanches. Les gens normaux parlent de leurs rêves, de leurs espoirs…

Ils avaient discuté maintes fois de l'impact de Cesar sur le projet : à chaque fois, Imogen était là, et ils partageaient des spaghettis bolognaise et un verre de vin. Comme des gens normaux. Cesar ne pouvait sans doute pas comprendre cela.

— Vous m'avez répondu sur les conversations. Mais au sujet du sexe ?

— Je n'ai pas couché avec votre frère, en admettant que cela vous regarde.

Cesar la fixa de son regard perçant.

— Dites-moi… si vous passez des heures à vous épancher l'un envers l'autre, pourriez-vous m'expliquer pourquoi il semble soudain si désespéré d'obtenir la gestion du fonds ? Jusqu'à présent, il se satisfaisait parfaitement de l'allocation qu'il perçoit — pour ne pas faire grand-chose, mais la dernière fois que je lui ai parlé, il semblait vraiment à cran par rapport à cet argent. C'est un peu mystérieux, cela…

— C’est son projet, répondit Jude, mal à l’aise.

Ses projets, aurait-il fallu dire… Car l’allocation ne suffisait pas à ses besoins et Cesar réglait la plupart de ses factures, week-ends dans des lieux exotiques, bijoux onéreux, robes de couturiers… Il lui était du coup facile de garder l’œil sur la vie que menait son frère et cela ne dérangeait en rien Freddy. Mais si soudain les factures envoyées à Cesar concernaient l’équipement d’une chambre d’enfant ou des vêtements pour nourrisson, alors le frère aîné aurait vite fait de débarquer en posant des questions gênantes et il n’y avait pas besoin d’être un génie pour prédire sa réaction face à Imogen. Si Freddy avait l’argent du fonds à sa complète disposition, il y gagnait une véritable indépendance.

— Si j’approuve le projet en question, je serai ravi d’y investir et pouvoir enfin oublier le mal de tête permanent que me cause l’avenir de mon frère. Y a-t-il une raison pour qu’il soit si pressé d’obtenir ces fonds ?

Jude tenta de trouver un prétexte plausible…

— Je présume qu’il veut simplement prendre le contrôle de sa vie. Après tout, il a vingt-cinq ans… Vous étiez plus jeune que lui quand vous avez pris les rênes de votre empire, comme vous l’appelez.

— J’étais assez mûr pour cela. Responsable.

— Oh ! bien sûr, suis-je bête… Vous êtes l’homme parfait.

— Si Fernando est votre modèle d’homme, alors effectivement, je suis loin du compte : je ne dépense pas à tort et à travers pour les femmes qui passent dans mon lit et j’assume toujours les conséquences de mes actes. Ce qui fait de moi un être ridiculement prudent, je l’avoue.

Les femmes qui passaient dans son lit… L’expression rappela à Jude la nuit qui venait de s’écouler et qu’elle avait passée à se retourner dans le sien. Ses seins lui parurent soudain sensibles, la dentelle de son soutien-gorge rugueuse.

Elle se racla la gorge.

— Peut-être devrions-nous songer à planifier la journée,

dit-elle en croisant les bras sur sa poitrine. Je ne vois pas l'intérêt de prolonger le tête-à-tête. J'ai du travail que je peux avancer dans la petite pièce qui me sert de bureau, à côté du salon. Quant à vous…

— Je peux me faire oublier, c'est cela ?

Il passa mentalement leur conversation de la matinée au crible de son esprit logique : il ne doutait pas de sa sincérité quand elle affirmait qu'il n'y avait rien de sexuel entre son frère et elle, mais dans ce cas, pourquoi paraissait-elle mal à l'aise à la minute où les questions de Cesar se faisaient trop pressantes ? Et pourquoi se conduisait-elle en sa présence comme une chatte sur un toit brûlant ?

À l'instant même, ses joues étaient écarlates, et ses bras croisés sur sa poitrine exprimaient une attitude défensive. Cesar savait qu'il intimidait facilement. D'ailleurs, cela lui plaisait et l'aidait à garder les importuns à distance. Dans sa position, il valait mieux tenir les gens à l'écart : plus d'un aurait cherché à profiter de lui ou à le poignarder dans le dos. En ce qui concernait les femmes, cette distance leur rappelait qu'en dépit de leur proximité physique, il n'était pas candidat à l'engagement. Peut-être était-ce de ce côté qu'il lui fallait chercher l'explication du curieux comportement de Jude. Après tout, la situation était intimidante. Il était un étranger, installé chez elle jusqu'à on ne savait quand…

Ou peut-être… Cesar ne put réprimer une forme de satisfaction en développant cette dernière hypothèse : peut-être la rendait-il nerveuse pour une raison toute simple… Il était un homme au sang chaud et elle une femme pleine de feu, même si elle ne semblait pas s'en rendre compte.

Parfois, il ne fallait pas chercher très loin pour trouver des réponses…

3.

Il était l'heure de déjeuner quand Jude émergea du petit bureau où elle avait travaillé à la reconversion d'un loft d'époque victorienne.

Et en sortant, elle tomba sur Cesar, torse nu, qui déposait un tas de bûches près d'un feu crépitant.

— Juste au cas où l'électricité soit coupée, expliqua-t-il. Si la neige continue à tomber avec cette force, rien n'est impossible…

Elle opina. La vue de son torse dénudé brillant à la lueur des flammes lui semblait d'une incroyable intimité, mais Cesar n'y voyait visiblement pas malice et il se rapprocha de la grande fenêtre qui donnait sur le jardin pour contempler le ciel gris de neige.

— Comme Internet est toujours en panne, reprit-il, je me suis rendu utile. Vous avez bien avancé dans votre travail ?

— Pardon ?

— Vous êtes restée enfermée dans ce bureau des heures, j'espère que ça n'était pas pour rien…

Elle pensa à tous les croquis qu'elle avait jetés parce qu'elle n'avait pas la tête à travailler.

— Eh bien… oui, ç'a avancé. Un peu…

La pièce était délicieusement tiède et elle s'approcha, sans pouvoir s'empêcher de dévisager Cesar.

— J'ai coupé le chauffage dans cette pièce pour ne pas faire double emploi, j'espère que c'est OK pour vous, dit-il.

Ce n'était pas la première fois qu'une femme fixait Cesar,

Dieu sait qu'il en avait l'habitude. Mais jamais on ne l'avait regardé avec cette volonté évidente de ne pas le faire… Et visiblement, Jude ne pouvait s'en empêcher. C'était très érotique. Et comme il avait lavé son boxer et ses chaussettes, il ne portait rien sous son pantalon. Ce qui, dans les circonstances, menaçait de devenir gênant.

— Comment avez-vous trouvé le bois ?

— Oh ! ce n'était pas bien difficile, je suis allé voir sous l'appentis que vous avez derrière le cottage. Après ça, quelques coups de hache sur le billot…

Il remua les cendres du bout du tisonnier, s'assurant qu'elle ne le voyait que de dos jusqu'à ce que son corps ait le temps de se calmer. Puis il alla s'essuyer le visage avec le T-shirt rose qu'elle lui avait donné pour la nuit.

— Vous en voulez un autre ?

— Je ne suis pas sûr que vos T-shirts m'iraient, à moins que ce soit l'un de ceux que vous aimez porter la nuit.

Même s'il devait être serré dedans, il fallait qu'elle lui trouve quelque chose à se mettre, sinon, sa santé mentale allait flancher ! Elle se précipita à l'étage et sortit un grand T-shirt de son armoire. Cesar ne s'était pas déshabillé pour lui faire de l'effet, il ne l'avait fait que parce qu'il allait couper du bois, et que cela faisait transpirer. Comment aurait-il pu se douter des pensées interdites que cette semi-nudité allait susciter en elle ? À croire que la vision de Jude s'était démultipliée parce qu'elle avait même distingué un filet de sueur le long de sa cage thoracique.

— Au moins, il n'est pas rose, fit Cesar à son retour, lui prenant le T-shirt des mains et les frôlant par la même occasion. Ma fierté masculine n'y aurait pas survécu.

— Survécu à quoi ?

Garde bien les yeux sur son visage… Ne cède surtout pas à la tentation de regarder bouger les muscles de ses bras. Pas plus que ceux de sa poitrine…

— Au ridicule de porter une couleur de fille en public.

C'était un Cesar bien différent qui s'exprimait ainsi, avec un demi-sourire qui la faisait fondre. Où était donc passé le tyran qui édictait ses lois et entendait qu'on les suive ?

— Les vrais hommes ne craignent pas de porter des couleurs de fille, dit-elle pour le taquiner.

— Croyez-moi, je suis tout ce qu'il y a de plus vrai, comme homme.

Jude avala sa salive.

— Eh bien, je devrais… aller préparer quelque chose à manger. Rien de sophistiqué, attention, je ne suis pas très habile aux fourneaux. Mais les pâtes carbonara, ça va. Vous devez être affamé après ce travail de bûcheron.

— J'ai l'estomac dans les talons et les pâtes carbonara feront parfaitement l'affaire. De votre côté, vous avez pu travailler malgré votre main bandée ?

— Oui, sans problème. Je n'ai pas mal. Vous avez fait toute une histoire de pas grand-chose, finalement.

— Peut-être avais-je envie d'en faire toute une histoire… Vous savez qu'il n'y a rien de plus attirant pour un homme qu'une demoiselle en détresse ?

— Eh bien, vous vous êtes trompé d'adresse, rétorqua Jude. Je n'ai aucun besoin qu'on vole à mon secours ! À présent, si vous voulez bien rester ici, je vais aller préparer ce repas.

Elle aurait pu prévoir qu'il ne faudrait pas cinq minutes à Cesar pour faire l'exact contraire de ce qu'elle avait demandé. Elle en était à se battre avec un oignon, se demandant si elle n'allait pas ôter son bandage pour aller plus vite lorsqu'il apparut sur le seuil, tout sourire. Un nouveau Cesar…

— Laissez-moi faire ça, décréta-t-il en entrant dans la cuisine.

Elle évita de le regarder alors qu'il lui prenait le couteau des mains pour trancher l'oignon. Il termina le travail en deux temps trois mouvements, lui laissant la tâche moins lourde de leur verser un verre de vin.

— Pour nous réchauffer, dit-il, avec le froid qu'il fait dehors… Et puis franchement, quand aurais-je l'occasion de boire de l'alcool à midi si je n'en profite pas aujourd'hui ?

Sa remarque laissa Jude songeuse : il ne devait pas souvent s'accorder de plaisir dans le monde de dur labeur qui était le sien. Sauf quand il emmenait une femme à dîner, bien sûr. L'issue de tels dîners était plus que prévisible. Pour lui, un jeu comme un autre.

Cesar aussi réfléchissait : coincé ici contre sa volonté, il s'apercevait que la situation l'amusait plutôt. Faire le petit déjeuner, couper du bois… Homme au foyer, en quelque sorte… Voilà une chose qui ne lui arrivait jamais puisque ses relations avec les femmes s'arrêtaient bien avant cette étape.

Une fois les pâtes prêtes, il leva son verre de vin en direction de Jude et lui désigna la table où elle n'avait plus qu'à s'asseoir.

— Ça ne vous ennuie pas d'être bloqué ici ? demanda-t-elle, presque hésitante. Je présume que c'est un peu différent de vos occupations habituelles du week-end…

— Plutôt, oui.

— Alors, qu'est-ce que vous faites de vos journées, d'habitude ? s'enquit-elle, cédant à la curiosité.

— Je travaille le jour et je m'amuse la nuit. Parfois, si j'ai trop à faire, je saute la partie amusement.

— Et avec qui vous amusez-vous ?

Elle rougit aussitôt de sa question, mais le vin lui avait délié la langue, tout comme le changement d'attitude de Cesar. Elle ne se sentait plus sur la défensive, prête à réagir au moindre soupçon d'ironie de sa part. Délivrée de ce carcan, elle commençait à apprécier non seulement son physique, ce qu'elle avait fait jusqu'à présent de manière presque furtive, mais aussi la complexité de sa personnalité. Derrière le masque d'une beauté intimidante se cachait un être intelligent et plein d'esprit. Pas étonnant qu'il soit terriblement dangereux pour l'autre sexe… Il ne flirtait même pas avec elle et pourtant, il dégageait quelque chose de magnétique.

Sans se rendre compte qu'elle buvait plus qu'elle n'en avait l'habitude, elle écouta Cesar admettre tranquillement qu'en fait, il n'avait plus « joué » avec personne ces six derniers mois. Et elle, avait-elle un camarade de jeux ? Elle s'entendit répondre, d'une voix un peu honteuse, que cela faisait bien plus longtemps pour elle. Et alors qu'elle n'en avait même rien dit à Imogen, elle se mit à parler de son ancien petit ami, mettant son âme à nu devant Cesar.

— Donc, voilà, conclut-elle, vous aviez raison, les hommes recherchent toujours le même genre de femmes et ce n'est pas celui auquel j'appartiens !

Sans pouvoir s'expliquer sa réaction, Cesar ressentit une bouffée de colère à l'encontre de l'étranger qui avait rendu Jude aussi amère.

— Oh ! il faut vraiment que j'arrête de pleurnicher, reprit-elle en riant. Ce doit être le vin qui parle ! Si je prends encore un verre, je vais me mettre à sangloter sur votre épaule.

— Pas grave. J'ai les épaules larges.

— Oui. J'avais remarqué.

— Vraiment ?

Un silence électrique s'en suivit. La légère euphorie, due aux deux verres de vin qu'elle avait avalés, n'empêchait pas Jude de réaliser qu'elle aurait mieux fait de se taire plutôt que de révéler un détail aussi intime.

Et il la regardait curieusement.

— Enfin… je veux dire… C'était quand vous mettiez le bois dans la cheminée. Je n'ai pas l'habitude de voir des hommes torse nu dans mon cottage…

— D'après ce que vous m'avez dit, pas depuis quelques années, en tout cas.

— Je savais bien que j'aurais mieux fait de me taire, dit-elle en se levant pour mettre la poêle sur la table et se donner une contenance. Je n'ai pas besoin que quiconque me plaigne et je ne tiens pas à ce qu'on utilise ma vie privée contre moi. C'est délibérément que j'ai cessé mes relations avec les hommes après ma rupture et je n'en ai pas honte.

Elle se servit et enroula les spaghettis autour de sa fourchette.

— Vous étiez vraiment amoureuse de lui, nota Cesar.

— Je lui étais attachée. Sinon, je ne serais pas restée deux années entières à ses côtés.

— Vous espériez que cela se terminerait par un mariage.

— Je suppose…

— Et vous n'avez jamais remarqué les fissures dans votre relation ?

— J'aimerais mieux ne pas en parler.

— Très bien. Mais un peu de conversation nous aidera à passer le temps, puisque nous sommes coincés ici… Je ne peux pas me servir d'Internet, les lignes téléphoniques sont coupées et je préfère conserver le peu de batterie qui me reste sur mon portable, donc, vous voyez que je ne peux vraiment pas travailler…

Bizarrement, d'ailleurs, il n'en avait pas envie. Pas autant qu'il aurait pu le croire.

— Les lignes sont coupées ? fit Jude en bondissant sur le téléphone.

— Comme vous voyez. Le seul contact extérieur que j'ai eu, c'est avec Fernando, pour lui dire que tout allait bien et que je n'étais pas enfoui sous dix mètres de neige. Vous remarquerez ma délicatesse : je n'ai pas précisé que j'avais passé la nuit chez vous. En tout cas, nous n'avons d'autre choix que de nous tenir compagnie…

— C'est pour ça que vous êtes un peu moins désagréable ?

C'était presque un soulagement que de lui envoyer cette pique. Cela la délivrait un peu de la fascination qu'exerçait son sourire sur elle…

— Disons que votre conversation m'intéresse. Je suis intrigué de voir qu'une personne qui imagine mes relations avec les femmes comme directement liées à la mort de mon épouse soit incapable d'analyser son propre comportement : votre abstinence m'apparaît une réaction à l'échec de votre histoire d'amour.

Il s'était servi et engloutit une copieuse bouchée.

— Vous ne mangez plus ? reprit-il en la voyant remuer ses spaghettis du bout de la fourchette.

— Mon appétit a disparu, curieusement.

— C'est parce que vous n'appréciez pas que je vous interroge sur votre vie sentimentale. Mais ne croyez pas que je sois un monstre : je ne me moque pas de votre célibat.

Il aurait pu ajouter, mais il s'en garda bien, que dans ces circonstances très particulières, il se mettait à éprouver quelque chose de tout à fait nouveau pour lui : de l'attirance pour une femme au-delà de son aspect physique. La plupart du temps, les conversations qu'il avait avec la gent féminine étaient superficielles et il n'encourageait jamais ses compagnes à s'épancher.

— Bon, il est vrai que je suis peut-être trop prudente quand il s'agit de mes relations avec les hommes, admit Jude, mais je ne tiens pas à être menée en bateau. Votre frère est le premier avec qui je me sente à l'aise depuis ma rupture.

Et elle savait pourquoi : Freddy n'était pas une menace. Il n'allait pas tenter de la mettre dans son lit, puisqu'il était fou amoureux d'Imogen. Elle appréciait leur amitié, et la vision masculine des choses qu'il lui apportait lui était précieuse.

— Je sais que vous avez eu des soucis avec Freddy, poursuivit-elle, mais vous seriez surpris de voir à quel point il peut se montrer… raisonnable. Réaliste, même.

Réaliste ? Était-ce vraiment un compliment ? En tout cas, songea Cesar, on ne lui avait jamais dit cela de son frère, et personne n'aurait non plus songé à le qualifier de raisonnable ! Pourtant, ce petit bout de femme en semblait convaincu… Il termina son assiette et se leva pour desservir, imité par Jude.

— Allez profiter du feu et laissez-moi m'occuper du reste.

— Je ne suis pas invalide, rétorqua Jude avant de reprendre, presque amusée : ah oui, j'oubliais, le syndrome du chevalier servant… Je crois qu'au lieu de rechercher l'indépendance, j'aurais dû prendre un air effarouché, battre des cils et laisser tomber mon mouchoir à terre pour que les preux chevaliers se jettent à mes pieds !

Cesar fut tenté de lui dire qu'il la voyait mal dans le rôle de la timide princesse, mais en la regardant de plus près, il vit à quel point ses cils étaient longs et fournis. Elle aurait pu en jouer facilement, sans même y ajouter de mascara !

— Peut-être le devriez-vous, en effet, dit-il d'un ton neutre.

Elle disparut sans répondre, le laissant en tête à tête avec la vaisselle… et de quoi réfléchir. Il lui avait trouvé l'air bien rêveur quand elle chantait les louanges de son frère. Les pensées qui l'avaient effleuré depuis la veille prenaient un tour plus concret et assez perturbant.

Elle n'avait pas encore couché avec Fernando, il en était convaincu. Jude n'était pas femme à dissimuler et de plus, elle se protégeait des hommes. Le rôle que tenait Fernando dans ce puzzle commençait à lui apparaître. Son frère n'avait pas de maîtresse en ce moment, c'était évident puisque Cesar n'avait eu à payer aucune facture pour des week-ends chics ou des bijoux luxueux.

Les deux mains posées à plat sur l'évier, il regarda la neige qui tombait toujours aussi dru. Il avait cessé de se montrer accusateur envers Jude et adopté une approche différente. Il avait donc obtenu des informations, encore partielles, mais qu'il pouvait rassembler en une équation que son esprit mathématique ne tarderait pas à résoudre.

Au contact de Fernando, elle s'était comme réveillée du long sommeil où l'avait plongée l'échec de sa première relation, mais était-ce le fait du hasard ou était-ce calculé ? Il n'en savait rien encore, mais il avait perçu la chaleur dans sa voix quand elle parlait de lui. Bien sûr, elle s'était défendue d'être matérialiste, mais ce genre de déclaration, il en avait fait l'expérience, ne tenait pas longtemps face à la perspective d'un compte en banque bien garni. Peut-être voyait-elle en Fernando un ami… rentable. Capable de lui apporter à vie une sécurité financière.

Pourtant, le portrait qu'il venait de tracer d'elle ne cadrait pas avec son tempérament franc et direct… Mais elle semblait aussi impliquée que Fernando dans son désir de le voir disposer du précieux fonds. Elle n'arrêtait pas de lui décrire son frère comme quelqu'un de bon sens, très conscient de ses responsabilités. Jusqu'à présent, Cesar avait eu du mal à déceler pareilles qualités chez lui… Alors, soit elle le complimentait parce qu'elle était son amie, soit il y avait à ses louanges un motif nettement plus suspect.

Il ignora la petite voix qui lui disait que Fernando était un grand garçon capable de faire ses propres choix en matière de femmes et qu'à tout prendre, celle-ci valait mieux que celles qui l'avaient précédée. Ce qu'il avait vu de leur relation au club la veille ne ressemblait pas à de la passion : quelques murmures à l'oreille, des regards furtifs quand ils ne se sentaient pas observés, mais aucune tension d'ordre sexuel. Alors… était-elle ou non une croqueuse de diamants ? Après tout, si elle l'était, il n'avait qu'à ne pas s'en mêler, confier le fonds à son frère et s'en laver les mains. Ce serait une bonne chose que Fernando prenne les rênes de sa vie. Du moment qu'il comprenait clairement qu'en cas de souci, ce n'était plus le problème de Cesar et que personne ne viendrait le sortir des ennuis. Il ne pouvait quand même pas protéger Fernando de lui-même toute sa vie !

Cesar soupira, attendant que la réponse à ses questions vienne d'elle-même, comme c'était le cas quand il réfléchissait, mais au lieu de cela, il se mit à penser à Jude. Soudain, il comprit qu'il la désirait. Ce sentiment défiait toute logique et le désarçonnait. Pourtant, il n'y avait pas à se tromper sur l'élan qui le poussait vers elle.

Il acheva la vaisselle et vint rejoindre Jude au salon. Elle lisait, assise sur le canapé, une jambe repliée sous elle. Le ciel bas, lourd de neige, assombrissait la pièce et elle avait allumé une lampe dont la lumière dansait sur sa peau. Avec le feu qui ronflait dans la cheminée, elle aurait pu faire la couverture d'un magazine. Elle leva les yeux vers lui et il vint s'asseoir à l'autre bout du canapé.

— Ça vous dérange de ne pouvoir joindre personne ? demanda-t-elle.

La façon dont il la regardait la troublait profondément.

— En fait, je m'aperçois que je m'y fais. Je pourrais songer à faire retraite quelques jours sans ordinateur ni portable…

— Mais quand même avec quelques vêtements.

— Même pas ! J'ai lavé mon caleçon qui doit être à présent sec et je vais pouvoir le remettre. Si cela ne vous dérange pas trop, je pourrai alors laver mon pantalon, dit-il en grimaçant, tout en désignant le vêtement qui portait les traces de sa marche dans la neige et de son activité de bûcheron.

— Eh bien, je ne suis pas sûre que ce soit une bonne idée, murmura Jude qui sentait sa peau picoter comme si le feu avait redoublé d'intensité. Je n'ai aucun pantalon de survêtement qui vous irait et…

— Donc, cela vous dérangerait de me voir avec mon simple boxer…

— Pas du tout ! Je ne suis pas prude.

Elle eut un rire léger : il n'était qu'un homme, après tout ! N'en avait-elle pas vu d'autres ? Même si elle devait s'avouer qu'il était attirant, l'attirance n'était visiblement pas partagée. Il avait déclaré aimer les femmes dociles, celles qui se tenaient à leur place. Jude, au contraire, était indépendante et parlait franc. Elle aurait intérêt à rester très prudente : d'accord, Cesar semblait s'amuser de cette brèche dans sa routine, mais il n'avait pas pour autant cessé de s'interroger sur sa relation avec Freddy. De quoi n'allait-il pas la soupçonner si elle semblait l'encourager à déambuler chez elle seulement vêtu d'un boxer ? Bien plus révélateur qu'un slip de bain…

— Bon, alors je pourrais toujours rester enfermé dans ma chambre jusqu'à ce que je sois assez décent pour circuler, dit-il en abaissant ses cils magnifiques, empêchant Jude de voir s'il plaisantait ou pas. Je ne voudrais pas vous embarrasser…

— Oh ! ça va, grommela-t-elle, je vais vous le mettre à la machine !

Elle déplia sa jambe qui commençait à s'ankyloser et se leva. Cesar la regarda avec un petit sourire et une expression innocente à souhait.

— Rassurez-vous, je ne vais pas enlever mon pantalon devant vous, je n'ai rien en dessous… Vous êtes sans aucun doute difficile à choquer, mais je ne veux pas vous mettre à l'épreuve. Je monte dans ma chambre et je vous laisse le pantalon à la porte, d'accord ?

Il était visiblement toujours aussi amusé quand il redescendit, portant le large sweat-shirt de Jude et son boxer de soie, sec bien qu'un peu froissé. Jamais il n'aurait pensé que sa sortie hors de Londres aurait des effets aussi toniques ! Et il n'avait pas menti en prétendant qu'il songeait à renouveler l'expérience, car il n'avait pas pensé à ses mails ni à son téléphone depuis des heures ! Être ici incognito et injoignable lui plaisait bien, finalement.

Il s'approcha du feu. Sur le manteau de la cheminée trônait une sélection de livres, la plupart sur l'architecture, mais il y avait aussi quelques romans. Il feuilletait l'œuvre d'un maître contemporain de l'architecture quand il sentit Jude approcher. Elle se planta sur le seuil.

— Ça ne vous dérange pas, vous êtes sûre ? dit-il sans lever les yeux, apparemment passionné par sa lecture.

Jude ouvrit la bouche, mais aucun son n'en sortit. À le voir ainsi, avec les lueurs du feu caressant son corps bronzé tout en muscles, elle en avait la gorge sèche. Le picotement était de retour, cette fois accompagné d'un soudain besoin de s'asseoir car elle avait les jambes en coton. Il fallait absolument qu'elle cesse de le dévisager avec cette expression idiote d'adolescente ! Si jamais il levait les yeux et la surprenait bouche bée, elle en serait mortifiée à jamais. Mais comment s'arracher à la contemplation de ce corps parfait ? Ses muscles longs, son ventre plat, tout le faisait ressembler à une statue grecque… sauf que le sang pulsait en lui, se rappela-t-elle.

— Non, bien sûr que non, répondit-elle enfin, cherchant désespérément une excuse pour quitter la pièce et retrouver sa respiration.

Cesar se retourna lentement vers elle.

— Vous ne m'aviez pas dit dans quelle branche du design vous travailliez.

— Vous ne me l'avez pas demandé.

— Pourquoi restez-vous clouée sur le seuil ? demanda-t-il en refermant le livre pour le prendre avec lui.

Il s'installa sur le sofa et étendit négligemment ses jambes sur la table basse, tout en tapotant l'emplacement à côté de lui. Jude choisit d'ignorer son geste et joua la sécurité en optant pour la chaise près du feu. À choisir, elle préférait presque le moment où elle devait se défendre des accusations de Cesar car ce qu'elle ressentait, à présent que leur conversation était devenue amicale, était bien pire encore…

— Vos livres tournent tous autour de l'architecture.

— J'ai commencé à l'étudier, mais c'était trop long et je n'avais pas les moyens. J'ai dû travailler, précisa-t-elle sous le regard intéressé de Cesar. Ma mère venait de mourir et ma sœur d'avoir un enfant alors que son mari était au chômage donc… Je n'avais aucune aide à attendre.

— Dure période, dit-il, sincèrement compatissant.

— Oh ! Il y a pire. J'aimais beaucoup la décoration d'intérieur et j'étais contente de pouvoir y travailler. J'ai eu assez vite un certain succès car j'offre des conseils qui vont au-delà de la simple décoration. Je sais restructurer un intérieur, rénover un appartement ancien et les gens profitent de mes conseils sans avoir à payer le prix d'un architecte. Ils me font une bonne réputation.

— Vous êtes douée dans de nombreux domaines, alors…

Rougissant sous le compliment, elle répondit :

— Je me débrouille… Je ne roule pas sur l'or, mais j'ai pu acheter ce cottage et même aider ma sœur qui m'a remboursée depuis que son mari a retrouvé du travail.

— Elle vit par ici ?

— À l'opposé de la planète, en fait ! En Australie.

— Donc, vous êtes seule ici…

Était-ce pour cela que Fernando et elle étaient devenus si proches ? Il rouvrit le livre qu'il avait posé à côté de lui.

— Ce lieu me plaît beaucoup, dit-il en désignant une page de photos. Où se trouve-t-il ? J'aime les dimensions des pièces.

Il lui jeta un regard en biais et surprit la seconde d'hésitation qu'elle eut avant de venir s'asseoir près de lui. Délibérément, il garda le livre sur ses genoux afin qu'elle doive se pencher vers lui.

— Oh ! il s'agit d'une de mes rénovations préférées, confia-t-elle en se tordant le cou pour voir les photos sans trop s'incliner vers lui. L'architecte a su donner un côté moderne tout en préservant les détails chaleureux, les poutres, beaucoup de bois partout… Du grand art.

Dans son enthousiasme, elle s'était penchée sans s'en rendre compte et elle effleura son bras. Ce n'était qu'un toucher léger comme l'aile d'un papillon, mais il résonna en elle, propageant le long de son propre bras des ondes troublantes. Elle reprit vivement sa place.

Quand elle leva les yeux vers lui, à la dérobée, elle vit qu'il la fixait de son regard profond couleur chocolat. Il semblait sur la réserve, mais il y avait dans ses prunelles une intensité qui lui fit retenir son souffle. Le rose lui monta aux joues et ses pupilles se dilatèrent, trahissant ce sur quoi elle ne mettait pas de mots. Mais peut-être rêvait-elle tout cela... Cela faisait si longtemps qu'elle était seule ! Peut-être était-ce cette solitude qui faisait travailler son imagination.

Pourtant, il la regardait toujours...

— C'est un des rares lieux modernes, reprit-elle en s'éclaircissant la gorge, où je pourrais me voir vivre...

Elle eut un petit rire nerveux avant de poursuivre, avec un large geste du bras pour désigner la pièce :

— Ça se voit que j'aime plutôt le style... disons, ancien...

Sa voix mourut car il avait placé la main au creux de son cou et le caressait du pouce en cercles lents qui résonnaient dans tout son corps.

Jude ne comprenait pas ce qui se passait en elle, mais elle ne le combattait pas. Elle s'aperçut qu'en fait, elle avait attendu ce moment, celui où il tendrait la main vers elle pour la toucher.

Elle poussa un léger soupir, ferma les yeux, et se laissa aller vers lui.

4.

Cela semblait si juste… Leur baiser devint plus urgent. Elle laissa échapper une exclamation étranglée lorsqu'ils se séparèrent enfin.

— Que se passe-t-il ? jeta-t-elle d'une voix égarée.

— Je t'embrasse. Que veux-tu qu'il se passe d'autre ?

C'était la première fois qu'il tenait une femme aux cheveux courts dans ses bras. Avait-il toujours été aussi classique dans ses goûts ?

C'était aussi la première fois qu'il s'intéressait à une femme qui avait du répondant et de la sagacité. Il n'avait jamais aimé qu'on puisse voir au-delà de sa carapace. Les relations superficielles étaient plus sûres car elles ne remettaient jamais en question les limites qu'il s'était fixées. Et jusqu'à présent, il se satisfaisait très bien de cet état de fait.

Jusqu'à cette femme…

Cesar fronça les sourcils, avant de se détendre légèrement. L'embrasser semblait naturel. Elle l'attirait, aussi étrange soit-elle. Et puis ce faisant, il protégeait son frère… Elle pouvait bien répéter que l'argent ne l'intéressait pas, que Fernando n'était qu'un ami, il savait pertinemment que l'appât du gain transformait les meilleures natures. Jude ne faisait pas exception… La faire sienne aiderait son frère. Et il savait gérer les femmes comme il gérait sa vie : d'une main de fer.

— Nous parlions de…

— Effectivement, nous parlions…

Il observa sa nuque dégagée et gracile, la finesse de ses épaules, son visage en forme de cœur.

— Tu me parlais de cet appartement, reprit-il, de l'admiration que tu avais pour l'architecte qui l'avait dessiné…

Face à elle, il avait glissé le genou entre ses cuisses et exerça une lente pression. Il ne l'avait pas quittée des yeux. Cesar s'étonnait de sa maîtrise de lui-même. Il avait envie de lui arracher ses vêtements et de la prendre sur-le-champ.

Depuis combien de temps y pensait-il ? À quel moment sa suspicion s'était-elle transformée en désir ?

Jude ferma les yeux, esclave de la chaleur qui montait en elle. Elle sentait son genou se déplacer lentement entre ses cuisses et elle adorait ça. Malgré elle, son corps se pressait contre sa jambe musclée. Son soupir se fit gémissement lorsqu'il se rapprocha d'elle et plaça une main sur ses fesses.

Cesar la regardait, et profitait lascivement de son triomphe. Les yeux de Jude étaient fermés et elle s'était renversée en arrière, abandonnée à son emprise. Il aurait aimé aller plus loin, plus vite, mais une petite voix étrange le freinait, lui soufflant qu'elle ne le désirait pas réellement. Seul le corps de Jude était tombé dans son piège, rien d'autre. S'il lui enlevait son T-shirt, s'il plongeait les doigts à l'endroit que sa cuisse caressait, ne finirait-elle pas par reculer, par revenir à la raison ?

Il n'avait jamais hésité dans ce genre de situation, auparavant. Mais avec Jude, c'était différent : il fallait qu'elle fasse le premier pas, qu'elle vienne à lui. La frustration lui fut terrible et lorsqu'elle lui offrit enfin ses lèvres, il ne put résister à la tentation de s'en emparer violemment.

Jude gémit. Elle sentait le tissu gonflé du boxer contre elle et ne put s'empêcher d'y mettre la main, avant de passer sous sa ceinture pour saisir son sexe raidi. Elle ne se contrôlait plus.

— Ne commence pas si tu ne comptes pas finir, murmura-t-il, la voix rauque.

Jude ouvrit les yeux.

— Qu'est-ce que tu ferais si je partais, maintenant ?

Elle s'amusait de le voir enfin perdre le contrôle de la situation. C'était tellement inattendu de la part d'un homme comme lui ! Continuant à le caresser, elle le regarda perdre aussi ses mots. Saisissant son sweat-shirt, elle le fit passer au-dessus de sa tête avant de venir caresser son torse large et puissant.

— À mon tour, maintenant, dit-elle dans un sourire.

Elle allait enlever son haut, mais il fut plus rapide qu'elle, le faisant glisser au-dessus d'elle en un éclair et arrêtant la main de Jude qui allait dégrafer son soutien-gorge. Il empauma ses seins et joua avec les pointes dressées sous le tissu délicat.

— Ne nous pressons pas, parvint-il enfin à articuler. Je veux profiter de chaque centimètre carré de ton corps magnifique. Je veux prendre mon temps.

Dehors, la nuit avait jeté son voile noir sur la neige. Mais Jude ne s'en apercevait pas, haletante alors que la bouche de Cesar était maintenant plaquée sur l'un de ses tétons roses. Elle sentit son jean glisser le long de ses jambes et tenta de garder son calme.

— On devrait peut-être monter, murmura-t-elle.

— Le sofa est assez large pour nous deux. Et puis ce serait dommage de ne pas profiter du feu.

Il l'allongea sur le dos et lui emprisonna les mains au-dessus de la tête, avant de reporter son attention sur ses seins dressés. Cambrée vers lui, elle sentait les étincelles du désir embraser sa peau. Jude gémissait, fiévreuse, et lorsqu'elle se libéra de sa bouche, ce fut pour pousser son visage plus bas, qu'il puisse enfin goûter ce à quoi aucun homme n'avait goûté avant lui. Elle frissonna en sentant sa langue courir le long de son ventre, s'attarder sur son nombril et flatter ses hanches. Et puis il glissa sa langue en elle et il fallut qu'elle se retienne pour ne pas avoir immédiatement un premier orgasme contre sa bouche. Elle savait qu'ils n'avaient aucun moyen de contraception à leur disposition. Jamais elle n'avait eu à affronter ce genre de situation, et elle n'était pas l'une de ces femmes modernes qui gardaient toujours un préservatif dans leur sac, au cas où. Elle décida que tout irait bien et lorsqu'il se plaça au-dessus d'elle en lui demandant si elle se protégeait, elle hocha la tête sans hésiter.

Lorsque Cesar entra en elle, toutes ses questions s'évanouirent. Elle cria, s'agrippant à son dos, et atteignit très vite un orgasme puissant alors qu'il la pénétrait d'un dernier coup de reins. Haletant, il la fixa un instant et finit par basculer sur le sofa, l'attirant à lui. Leurs corps étaient trempés de sueur.

Jude semblait sur le point de s'endormir, mais elle avait l'air comblée, pensa Cesar en la regardant. Confiant dans ses capacités, il résista à la tentation de lui demander ce qu'elle avait pensé de leur étreinte…

— Je… J'ai du mal à réaliser ce qui vient de se passer, murmura Jude, pantelante.

— Nous avons fait l'amour.

— Je sais bien mais… C'est juste que je ne fais jamais ce genre de choses : coucher avec un homme que je ne connais pratiquement pas…

Elle aurait dû se lever et s'habiller, mais il la tenait dans ses bras et son emprise la rendait faible et languissante.

— Tu ne me croiras peut-être pas, mais moi non plus, répondit-il.

— Tu as raison, je n'en crois pas un mot…

Cesar rit doucement et lui caressa les cheveux. Ils auraient pu faire l'amour à nouveau, comme des adolescents le soir de leur première fois.

— Bon, je l'admets, je n'ai pas vécu une vie de moine

depuis la mort de Marisol, mais ça ne s'est jamais produit aussi spontanément…

— Tu veux dire que tu fais la cour aux femmes avant de les mettre dans ton lit ? Le résultat reste le même. Tu ne te sens pas seul, parfois ?

Cesar se raidit.

— Tu n'as pas à répondre, reprit-elle. Pas si ça te fait peur.

— Peur ? Est-ce que j'ai l'air d'avoir peur ?

— Pas vraiment peur, mais…

— Je ne me sens pas seul. J'ai une vie très active, figure-toi.

— Bien sûr, fit Jude, mi-figue, mi-raisin.

— Pourquoi ce ton cynique ?

Il ne lui en voulait pas le moins du monde, trop détendu pour la laisser l'atteindre par ces curieuses insinuations. Il se sentait tellement bien… Grâce à l'air pur de la campagne, sans doute.

— Je ne suis pas cynique et je te crois, protesta Jude. J'imagine que tu fais beaucoup de sport, que tu sors tout le temps et que des centaines de femmes sont prêtes à se jeter à tes pieds.

— Tu as raison pour ces trois suppositions.

Il lui répondait honnêtement. Pour un homme comme Cesar, les femmes étaient d'autant plus faciles à séduire qu'elles n'étaient qu'une distraction passagère et plaisante. Ce qu'il vivait avec Jude, en revanche, était nouveau, et pas seulement en raison des circonstances pour le moins insolites qui les avaient réunis, mais parce qu'elle n'était pas son type de femme habituel.

— Où est-ce que tu sors ? Au théâtre ? Au cinéma ?

— Je vais au théâtre, oui. Par contre, je ne pourrais pas te citer le dernier film que je suis allé voir, car je n'ai pas le temps pour aller au ciné.

— Une pièce peut être plus longue qu'un film…

— En fait, je vais au théâtre pour faire plaisir à mes

clients, ou les laisser me faire plaisir. Ce genre de soirées n'est fait que de congratulations mutuelles.

— Tu dois t'ennuyer à mourir…

— Je connais en effet des passe-temps plus agréables.

Il lui sourit et lui caressa un sein.

— L'entracte est fini. Si on reprenait ? poursuivit-il.

— On pourrait… parler, non ? Au moins un peu ?

— Pourquoi ?

Jude le regarda. Elle n'aurait pas dû poser tant de questions. Elle avait fait l'amour avec Cesar, mais il ne semblait pas prêt pour quoi que ce soit d'autre. Elle sourit faiblement.

— Tu as raison, pourquoi parler ? De toute façon, j'ai passé trop de nuits seule.

Elle le sentit se raidir.

— Qu'est-ce que tu veux dire ? Je ne suis censé servir qu'à… ça ?

— Ça te dérangerait ?

Cesar pouvait jeter les femmes comme de vieux mouchoirs, mais ne supportait pas qu'on puisse avoir la même disposition d'esprit à son égard ! Il se trompait dans ses craintes, d'ailleurs, mais il méritait tout de même une leçon. Qu'elle allait s'employer à lui donner…

— Tu es plutôt… gâté par la nature, reprit-elle.

— Gâté ? répéta Cesar, interloqué.

— Ne me dis pas que je suis la première femme à te le dire.

Elle s'amusait franchement et ne comptait pas s'arrêter en si bon chemin.

— Il faudrait être stupide pour ne pas sauter sur l'occasion de s'offrir une petite aventure sans lendemain, ne crois-tu pas ? poursuivit-elle avec malice.

Elle ne se reconnaissait pas. Avec James, elle avait toujours fait preuve de patience, ils avançaient un pas après l'autre. Elle avait attendu de bien le connaître avant de se donner à lui. Et aujourd'hui…

— Je n'arrive pas à croire que tu t'exprimes ainsi, lança-t-il, sidéré.

Mais elle le fit taire d'un baiser et il y répondit, presque contre son gré. Elle se sentait puissante, soudain.

— Qu'est-ce qui te choque ? Tu aimes le sexe sans lendemain, non ? Sans les problèmes relationnels qui vont avec.

— Tu exagères.

— Vraiment ?

Jude fronça les sourcils, avant de reprendre :

— Désolée, je me montre simplement honnête par rapport à ce que je connais de toi. Je dis toujours ce que je pense, tu le sais. C'est toi qui l'as remarqué.

— J'ai déjà eu de vraies relations, Jude.

Il se sentait accusé et comptait bien se défendre. Il poursuivit.

— Il se trouve que ces relations ne m'ont jamais amené jusqu'à l'autel, c'est tout. Demande à n'importe quelle femme avec laquelle je suis sorti. Elles te diront toutes qu'elles ont passé des moments formidables.

Il lui décocha un sourire enjôleur et elle sentit son pouls s'accélérer. Leur conversation était dangereuse, mais elle voulait voir ce que Cesar cachait derrière sa carapace.

— Si tu le dis, lâcha-t-elle en haussant les épaules. Parler est inutile, de toute façon. On peut parler des années avec une personne sans la connaître vraiment.

— Et d'un autre côté, on peut passer quelques minutes avec quelqu'un et avoir l'impression de la connaître intimement.

Il passa le pouce sur la pointe de son sein, et une vague de frissons courut le long de sa peau. Elle gémit et se lova contre lui.

— C'est ce qui est arrivé à mes parents, tu sais… Un coup d'œil échangé au cœur d'une foule et leur avenir était scellé.

— Ce qui fait de moi un candidat plus plausible que ton ex. Prends garde à ne pas tomber amoureuse.

— Franchement ? demanda-t-elle, hilare. Il faudrait m'interner si j'étais assez folle pour ça.

Tomber amoureuse ? Y penser était si étrange qu'il valait mieux le nier de toutes ses forces.

Malgré l'irritation que semblaient avoir provoquée ses paroles sur Cesar, elle poursuivit :

— Je ne tomberais pas amoureuse de toi, serais-tu le dernier homme sur terre.

Pourtant, elle était nue dans ses bras, ce qui lui aurait semblé rigoureusement impossible deux jours auparavant.

— Je suis dévasté, dit-il avec un demi-sourire, faisant glisser sa main entre ses cuisses. Tu es très nuisible pour mon ego. Beaucoup d'hommes se sentiraient insultés d'être considérés comme des jouets.

— Mais tu n'es pas un jouet…

Elle aurait presque préféré qu'il en soit un…

Cette fois, ils firent l'amour plus violemment, dans l'urgence. Lorsqu'il eut embrassé chaque centimètre de son corps, il la plaça au-dessus de lui, la laissant prendre le contrôle alors qu'elle embrassait son visage, ses lèvres, son cou et ses épaules.

Il avait perdu toute notion du temps quand il refit surface. Ses jambes étaient raides. Pas étonnant, après avoir passé la nuit sur un canapé et dans une position inconfortable, car elle s'était endormie sur lui… Alors qu'il bougeait, elle s'étira et poussa un léger gémissement sans pour autant se réveiller. Il se dégagea et se leva, avant de baisser les yeux vers elle. Elle respirait doucement, évoquant un chat tranquillement endormi. Jude s'était montrée tour à tour timide et réservée, puis passionnée et audacieuse. Qui était-elle, bon sang ?

Ce qui était sûr, c'était que si elle décidait de séduire Fernando, le pauvre diable n'avait aucune chance. Elle s'étira une nouvelle fois et ouvrit l'œil. Elle ne sourit pas, pas plus qu'elle ne tenta de l'amener à elle. C'était légèrement irritant. Cesar avait l'habitude que les femmes s'emploient à le faire rester au lit. Il se retrouvait dans une situation bien étrange. Jude lui avait laissé entrevoir qu'elle pouvait être attirée par lui et il avait aussitôt réagi, oubliant son travail, son portable et son ordinateur. Faire l'amour avec elle était une bien meilleure façon de passer le temps. Mais elle, que pensait-elle vraiment de leur petite aventure ?

Jude aussi s'interrogeait : elle avait passé la nuit avec Cesar parce qu'il la fascinait. Elle le voulait et l'avait obtenu. Il y avait des sentiments, sans doute, entremêlés à tout cela. Il fallait donc qu'elle agisse, avant que ces sentiments ne lui posent problème.

Elle laissa son regard dériver vers la fenêtre.

— Tu as vu le temps ?

Il se leva et marcha jusqu'à la fenêtre pour détailler la campagne environnante, toujours habillée de blanc.

— La neige s'est arrêtée, constata-t-il.

Le rideau retomba et il se retourna vers elle. Jude s'humecta les lèvres, avant de dire :

— Écoute… À propos de cette nuit…

— Tu veux dire… à propos du fait que tu te sois servie de moi pour satisfaire tes besoins les plus primaires ?

— Ce n'est pas exactement ce qui s'est passé, reconnut-elle à contrecœur.

Cesar se dirigea vers la pile des vêtements qu'ils s'étaient arrachés mutuellement et récupéra son boxer.

— Eh bien tant mieux, ça réconforte un peu mon ego.

— Nous nous sommes laissé emporter. Bloqués ici, avec la neige… C'est comme les gens qui font des choses folles pendant les vacances. Il suffit de prétendre que ça n'est jamais arrivé.

— Et si je n'ai pas envie de faire semblant ?

— Pourquoi non ?

— Admettons que j'aie plutôt apprécié ce qui s'est passé… Ce serait une excellente raison de ne pas vouloir rayer ce moment de ma mémoire…

Il haussa les épaules devant le silence de Jude et reprit :

— Alors voilà, la neige s'arrête et tout le monde reprend le cours de sa vie… Tu crois vraiment que ça changera quelque chose à l'étincelle qui crépite entre nous ? Et si j'ai envie de t'embrasser, maintenant, est-ce que tu comptes détourner la tête et te convaincre que je ne te plais pas ?

Il avait fini sa phrase doucement, en se rapprochant d'elle. Jude, qui n'avait pas imaginé un seul instant qu'il puisse lui donner ce genre de réponse, restait interdite.

— Ce… Ce n'est pas ce que j'essaye de te dire, dit-elle enfin.

— Alors quoi ?

Il s'était appuyé sur le sofa et leurs deux corps se rapprochaient au fur et à mesure que les coussins s'affaissaient.

— Alors ce qui s'est passé cette nuit ne nous ressemble pas ! Je ne suis pas le genre de femme à coucher avec le premier venu, et si j'ai pu te laisser croire que je t'utilisais, ce n'est pas ce que je fais d'habitude. D'habitude, quand je m'intéresse à quelqu'un, j'attends plus longtemps qu'une seule nuit avant de…

— Ce sont des choses qui arrivent.

— Pas à moi ! Nous sommes différents, Cesar. Nous ne vivons pas les mêmes choses, et ce que tu cherches chez les femmes n'est pas ce que je cherche chez les hommes.

— Ç'a le mérite d'être clair, grinça Cesar, dépité.

— Tu sais que j'ai raison. Tu vois les femmes comme un passe-temps…

Il lui coupa la parole :

— Parce que je suis seul et malheureux, je connais la chanson ! Ce n'est pas la première fois que j'entends ce genre de choses et tu l'as déjà insinué hier.

Jude s'était attendue à ce qu'il soit plus agressif. Son ego démesuré de mâle n'était-il pas censé réagir vigoureusement à ce qu'elle disait ? Pourquoi n'était-il pas hors de lui ?

— Tu as raison sur un point, poursuivit-il. Sans parler de ces histoires de malheur et de solitude, je ne m'engage pas car je ne veux pas de relation suivie. C'est aussi simple que cela. Mais toi, Jude, que cherches-tu ? Qu'une relation longue émerge de tout ceci ?

— Je ne vais pas perdre mon temps avec quelqu'un qui a peur de s'engager, et comme je te l'ai dit, tu n'es pas le genre d'homme avec qui je me vois entamer une relation, répondit-elle avec aplomb. Ça ne me dérange pas de reconnaître mon erreur et de passer à autre chose.

— Passer à quoi ?

— À une autre histoire, avec quelqu'un qui acceptera de construire quelque chose. Si rien n'en sort, ce n'est pas grave : on aura essayé tous les deux. Personne ne peut prédire l'avenir, mais on peut partir avec un même objectif. Toi et moi, nous n'avons pas les mêmes objectifs, Cesar. Tu entamerais ton histoire avec moi en la vouant à l'échec, comme les autres. Dans ton esprit, rien n'arrivera jamais à la hauteur de ton premier mariage, et de ce fait, tu ne vois même plus pourquoi il faudrait essayer d'avoir une vraie relation. Donc, tu prends ce que tu veux et tu t'en vas.

Elle avait vu le muscle de sa mâchoire se contracter de nombreuses fois pendant sa tirade. Froidement, il attendit qu'elle se taise et demanda :

— Tu as fini ?

— Tu dois penser que je suis stupide…

— Ta vie te concerne, comme tes choix, mais j'aimerais te faire une petite observation : pendant que tu restes sur le banc de touche à attendre qu'un prince charmant arrive et t'emporte sur son cheval blanc, la vie te file sous le nez.

— Tu as raison, c'est mon choix.

— J'étais sur le point d'aller prendre une douche, reprit-il, coupant court à la discussion. Après ça, je sortirai vérifier si j'arrive à pelleter assez profond pour retrouver ma voiture sous la couche de neige.

Il n'avait jamais eu à supplier une femme et n'allait certainement pas commencer maintenant. Elle avait été claire.

À la porte, il demanda cependant :

— Juste pour savoir, à quoi ressemble ton idéal en matière d'homme ?

— Ce serait quelqu'un de gentil et d'attentionné, répondit Jude, sur la défensive.

Est-ce qu'elle gâchait vraiment sa vie à rêver d'un fantasme ? Et si Cesar était si loin que cela de l'homme idéal, alors comment avait-il pu faire battre son cœur aussi vite ? Comment avait-il pu la faire se sentir si vivante, l'emportant contre toute raison dans le tourbillon de sa passion ?

— Un parfait chevalier servant, répondit-il sur le ton de la dérision.

— En tout cas, mon homme idéal, c'est quelqu'un qui ne se prend pas pour Dieu ! lança-t-elle en guise de contre-attaque.

— Pourquoi as-tu couché avec moi ?

— Tu ne devais pas prendre une douche ?

— Pas avant d'avoir ma réponse…

— Très bien ! J'ai couché avec toi parce que… parce que tu m'excitais ! Satisfait ?

— Oui. N'oublie pas que j'utilise les femmes. Je voulais simplement entendre cet aveu de ta bouche, pour que tu te souviennes que parfois, il n'y a pas d'objectif, et que c'est très bien comme ça.

Sans plus attendre, Cesar fila se doucher. Bien sûr, il avait eu le dernier mot, mais il triomphait sans joie.

En sortant de la salle de bains, Cesar se vit dans le miroir et se trouva l'air soucieux. Les femmes telles que Jude n'apportaient que des ennuis. Heureusement, elle avait su se montrer honnête et directe : elle l'écartait parce qu'il ne correspondait pas à ses attentes. Il avait fait la même chose avec un nombre incalculable de femmes par le passé, peut-être avec moins de franchise, mais pour le même résultat.

C'était cette chaumière du bout du monde qui l'avait rendu fou. À la seconde où il reviendrait à la civilisation, il oublierait et reprendrait ses conquêtes, but qu'il n'avait pas poursuivi depuis trop longtemps. Il redeviendrait l'homme qui travaillait dur et se jouait des femmes, couchant simplement avec elles sans s'engager, sans que les émotions ne viennent perturber la simplicité de ces relations.

Il ne s'était pas rasé depuis deux jours. La fine barbe lui donnait un petit côté homme des cavernes, en harmonie avec ce lieu reculé. Ou était-ce son attitude qui datait de l'âge de pierre ?

Avec un peu de chance, la neige fondrait rapidement et il pourrait quitter cet endroit maudit. Au moins, une chose était sûre, songea-t-il après réflexion : Jude ne courait pas après son frère pour l'argent. La seule chose après quoi elle courait était un chevalier en armure scintillante. Et comme elle avait de la suite dans les idées, si elle avait vraiment été intéressée par ce pauvre Fernando, ils seraient déjà mariés et en route pour leur lune de miel.

Finalement, cette passade lui servirait de leçon : toujours garder ses ennemis près de soi.

5.

Comment avait-elle fait pour survivre aux deux jours d'isolation passés en compagnie de Cesar ? se demanda Jude tout en mâchant son chewing-gum — chose qu'elle faisait de manière compulsive depuis qu'elle avait vu son invité surprise fermer la porte derrière lui. Elle comprenait en tout cas qu'il était sorti gagnant de leur confrontation.

En quittant la douche, il s'était conformé à toutes ses exigences. Elle lui avait demandé de faire comme si rien n'était arrivé entre eux, et il avait opiné du chef. Pendant qu'il vérifiait l'état de sa voiture, elle avait remis de l'ordre dans le salon, s'éloignant un peu plus à chaque geste de la nuit de folie qu'elle venait de passer. Elle avait même allumé deux bougies odorantes qui avaient purifié l'air de la pièce. Ils avaient mangé dans la cuisine, discutant de sujets badins avant de se retirer dans leurs chambres respectives, le plus tôt possible. Sa politesse la blessait, paradoxalement. Elle s'était demandé sur l'instant comment il pouvait se montrer aussi détaché, mais maintenant, elle comprenait enfin. Cesar n'était pas le genre d'homme à se laisser dominer par les émotions.

Et il n'avait aucun sentiment pour elle. Il avait couché avec elle et avait apprécié cette aventure ; probablement auraient-ils pu continuer à se voir de temps à autre pendant un petit moment, mais ça n'aurait pas été assez pour elle et il l'avait accepté avec un haussement d'épaules. Toute capacité à s'émouvoir avait été enterrée avec sa femme.

La neige avait fini par fondre. Au matin, elle s'était réveillée pour le trouver habillé, sur le départ. Il avait déjà fait démarrer la voiture et l'avait garée devant le porche pour lui dire au revoir, sans même couper le moteur. Elle avait compris qu'il préférait partir le plus vite possible.

Depuis lors, aucune nouvelle. Elle était allée voir Freddy et Imogen, et Freddy lui avait assuré que Cesar acceptait d'investir dans son projet. Il ne semblait pas absolument emballé par l'idée, mais ne l'avait pas non plus démolie en cinq secondes.

Jude s'occupait à dessiner lorsque le téléphone sonna. Son cœur manqua un battement à la perspective d'entendre Cesar, mais il n'avait même pas son numéro. La surprise fut tout de même au rendez-vous lorsqu'elle entendit la voix paniquée de Freddy. Son flot haché était incompréhensible. Elle dut lui demander de se calmer et de ralentir.

— Je suis à l'hôpital, finit-il par articuler dans un souffle.

— L'hôpital ? Pourquoi ? Tu es blessé ?

Jude sentit la panique lui fouetter les sangs et elle pressa le combiné du téléphone contre son oreille.

— C'est Imogen, elle a été admise en avance.

— Mais le bébé n'est pas censé arriver avant deux mois !

— Il faut que tu viennes, Jude, répondit Freddy d'une voix tremblante. Elle est en travail et je suis mort d'inquiétude.

— J'arrive.

— Et il faudrait que tu… préviennes Cesar.

— Le prévenir, moi ?

La simple mention de son nom lui avait tordu le ventre. Lorsqu'elle avait vu Freddy pour la dernière fois, il lui avait avoué qu'il n'avait pas osé parler d'Imogen à son frère. Le club, c'était déjà bien assez. S'il avait enchaîné sur sa vie privée, Cesar se serait emporté comme il en avait l'habitude. C'était un mensonge tactique, par omission.

— Je ne suis pas en état de lui apprendre pour Imogen,

poursuivit-il d'une voix angoissée. Je sais que j'aurais dû lui en parler la dernière fois que je l'ai vu, mais…

— Très bien. Je pars pour l'hôpital. Il faut que tu me donnes le numéro de ton frère.

Quinze minutes plus tard, elle était en route. La neige avait disparu, une vague de douceur succédant à l'épisode de froid. Il fallait encore qu'elle appelle Cesar, mais elle voulait d'abord s'assurer que Freddy et Imogen allaient bien. Elle avait glissé dans sa poche le petit papier sur lequel elle avait griffonné son numéro à la hâte.

En déboulant dans le hall de l'hôpital, elle sentit le début d'un mal de crâne faire pression sur ses tempes : l'inquiétude…

Freddy descendit dès qu'il fut prévenu de son arrivée. Il avait l'air mal en point, à deux doigts de s'évanouir. Le bébé allait bien, mais il avait été placé en soins intensifs par mesure de sécurité. C'était une fille. Comme il lui faisait le résumé de la matinée, ses yeux s'emplirent de larmes et il détourna la tête.

— Ils m'ont dit de la faire baptiser vite… Au cas où…

Elle le prit dans ses bras et murmura :

— N'envisageons pas le pire, d'accord ? Tu vas te rendre fou d'inquiétude. Comment va Imogen ?

— Elle a perdu beaucoup de sang.

— Mais… Ça va aller ?

— Ils ne m'ont rien dit. Les prochaines heures seront décisives. Jude, il faut que je retourne la voir. Est-ce que tu as… pour Cesar ?

— Je l'appelle dans une minute. Je voulais d'abord te voir, m'assurer que vous alliez bien. Tous les trois, acheva-t-elle avec un sourire rassurant. Si Imogen est réveillée, tu l'embrasseras pour moi, n'est-ce pas ?

Les nerfs à vif, Jude se dirigea vers la cafétéria. L'odeur de l'hôpital était étrange, déstabilisante. Plus haut dans les étages, sa meilleure amie attendait des nouvelles de son enfant prématuré. Dans la cafétéria, tout le monde attendait des nouvelles de tout le monde, bonnes ou mauvaises. Elle prit un café et partit s'asseoir à la table la plus éloignée. Freddy lui avait confié quelques autres numéros à appeler, mais le premier qu'elle composa sur son portable était celui de Cesar, et il décrocha à la première sonnerie.

Sa voix de velours un peu rauque se fit entendre à l'autre bout du fil, comme s'il avait été assis à côté d'elle.

— Cesar, c'est moi. Jude, ajouta-t-elle précipitamment, comme s'il avait pu oublier son existence.

À des kilomètres de l'hôpital, dans son bureau londonien, Cesar se raidit. Il fit un signe à sa secrétaire pour la prier de partir et attendit qu'elle ait fermé la porte derrière elle. Les deux dernières semaines avaient été éprouvantes pour lui, ce qui l'avait réellement énervé. Sa formidable maîtrise de lui-même semblait avoir disparu, et il n'arrivait pas à chasser le souvenir de Jude qui semblait s'infiltrer par toutes les fêlures de sa carapace. Il n'arrivait plus à rester concentré pendant les réunions et devait s'empêcher de penser à elle tout le temps. Son odeur, la texture de sa peau flottaient en permanence dans son cerveau, sans qu'il réussisse à les en déloger. Entendre la voix de Jude fit remonter en lui la rage qu'il ressentait à l'idée de perdre le contrôle.

— À quoi dois-je cet honneur ? demanda-t-il froidement.

— Écoute, j'imagine que tu es surpris de m'entendre, mais…

— Comment as-tu eu ce numéro ?

— Ça n'a pas d'importance. Cesar, il est arrivé quelque chose…

Cesar sentit l'urgence dans sa voix et il se leva, prêt à réagir ou à encaisser.

— Que se passe-t-il ? Où es-tu ?

— Je… Je suis à l'hôpital.

Il était inutile de tenter d'expliquer ce genre de choses au téléphone. À la minute où Freddy lui avait demandé d'appeler son frère, elle avait su qu'il faudrait qu'elle le revoie pour lui parler en face.

— Est-ce… Est-ce que tu pourrais venir ? Je t'expliquerai tout quand je te verrai. Navrée de te prendre au dépourvu…

— Le nom ?

— Pardon ?

— Le nom de l'hôpital ? Lequel est-ce ?

Il gribouilla la réponse de Jude sur un bout de papier qu'il fourra dans sa poche. Plusieurs réunions étaient prévues dans l'après-midi et il était censé partir à l'étranger le soir même. Mais il n'en avait cure.

— Dis-moi de quoi il s'agit, tenta-t-il dans un effort pour reprendre le contrôle de la situation. Je suis un homme occupé.

— Je sais et je suis désolée, mais je ne veux pas en parler au téléphone. C'est important.

— Bien. Je serai là dans une demi-heure.

Un sourire naquit sur les lèvres de Jude.

— Comment ? En volant ?

— Absolument.

Cesar calculait déjà le temps qu'il mettrait à rejoindre son hélicoptère privé.

— Où dois-je te rejoindre exactement ?

— Je serai à la cafétéria de l'hôpital.

Elle l'entendit raccrocher. Cesar avait posé peu de questions et n'avait pas semblé trop curieux, ce qui arrangeait Jude. Il devait bien se douter que Freddy était mêlé à tout cela et devait sans doute craindre le pire ; au moins, ce qu'elle lui dirait apparaîtrait comme un soulagement.

Après avoir tenté sans succès d'obtenir des nouvelles d'Imogen à l'accueil, et alors qu'elle finissait son deuxième café, elle sentit l'inquiétude peser désagréablement sur ses épaules. Elle n'arrivait pas à penser à autre chose qu'à la venue imminente de Cesar et jetait des coups d'œil nerveux vers l'entrée de la cafétéria. Si la nouvelle de l'existence d'Imogen et de son enfant déplaisait à Cesar, elle serait en première ligne…

Quelques minutes plus tard, une ombre vint s'interposer entre elle et la lumière du soleil. Elle leva les yeux lentement et leurs yeux se rencontrèrent. Sa veste de costume sur le bras, il était magnifique. Elle ne bougea pas, lui adressant un sourire timide.

— Est-ce que tu veux un café ? demanda-t-elle.

— Ce que je veux, répondit-il, c'est savoir ce que je fais ici.

Il tira la chaise vers lui et s'assit en face d'elle. Il avait passé le voyage dans un état d'anxiété anormal et était soulagé de la voir saine et sauve, ce qui, d'ailleurs, l'énervait encore plus. Elle avait les yeux cernés et lui sembla décoiffée. À cause de l'angoisse ?

— C'est une longue histoire, Cesar…

— C'est de mon frère dont il s'agit ? Dis-moi.

— Freddy… Freddy va bien.

— Et toi ?

Il n'avait pas réussi à contrôler la question impulsive.

— Je vais bien, merci d'avoir demandé. Je n'ai rien à voir là-dedans.

— Alors bon sang, que se passe-t-il ?

— Je vais te le dire ! Si tu pouvais juste me laisser le temps…

— Je n'ai ni le temps ni l'inclinaison naturelle à la patience.

— Il s'agit de ton frère, Cesar.

— Tu m'as dit qu'il allait bien.

En décrochant à son appel, il avait supposé que c'était elle qui était en danger. Mais en regardant autour de lui dans cette cafétéria pleine de gens inquiets, il comprenait qu'il y avait autre chose. En un éclair lui vint la pensée qu'il n'avait jamais pris le temps de resserrer les liens entre lui et Fernando, et qu'il avait peut-être laissé passer sa chance. Mais non. Ce ne pouvait être cela. Jude avait dit qu'il allait bien.

— Il va bien. Plus ou moins.

— Bon sang, va droit au but, Jude !

— Ce n'est pas si simple !

Comment réussir à expliquer la situation de Freddy et d'Imogen en quelques phrases ? Elle avait vaguement pensé à ce qu'elle dirait, mais rien ne lui revenait, et elle regrettait maintenant de ne pas tout avoir couché sur le papier. Elle se serait contentée d'attendre sa réaction.

— Tu te rappelles avoir demandé pourquoi Freddy semblait si pressé sur ces questions d'investissement de ta part ? Et comme il était heureux que tu soutiennes le projet ?

— Continue.

Il ne s'attendait pas à pareil début, mais avait l'habitude d'être désarçonné en sa présence.

— Eh bien, il y avait une raison.

Elle le regarda avec une certaine appréhension. Il avait l'air d'un inconnu, froid et distant.

Étant donné l'endroit où ils étaient, une seule conclusion logique s'imposait.

— Il a des problèmes d'argent et il ne m'en a pas parlé ? Je savais qu'il aimait le jeu, mais je n'imaginais pas que c'était à ce point.

Cesar jura à voix basse. Il avait toujours gardé l'œil sur la vie de son frère, pour son bien, mais s'il y avait réellement un problème et que Fernando n'avait pas osé lui en parler, de peur des conséquences, alors la faute lui revenait entièrement.

— Il n'a pas pu rembourser et c'est pour ça qu'il est ici ? Un geste désespéré ?

— Freddy n'a pas joué depuis des mois, Cesar. Non, disons…

— La drogue ? C'est pour ça que je suis assis ici ? Il a fait une overdose ?

Il se passa nerveusement la main dans les cheveux et l'espace d'un instant, Jude sentit son cœur fondre à la vue de cet homme puissant et pourtant totalement désarmé. Elle tendit le bras et lui saisit la main. Un lien fragile se créa entre eux, vite brisé.

— Cesar, arrête, lui dit-elle fermement. Tu imagines tout et n'importe quoi. Freddy n'a pas de problème d'addiction, ni au jeu ni à la drogue. C'est plutôt tout le contraire : il n'a jamais été aussi concentré et lucide de toute sa vie. Il y a une raison pour laquelle il a changé.

— Crache le morceau, Jude.

— Il est amoureux.

— Amoureux ? Et il est à l'hôpital pour quoi, un cœur brisé ? Qui est-ce ?

Il avait froncé les sourcils en la regardant et Jude lui rendit son regard, outrée par l'insulte de sa question silencieuse.

— Pas moi, si c'est ce que tu penses ! Tu crois vraiment que j'aurais pu… Qu'on aurait pu, si…

Elle se reprit. Elle était là pour Freddy.

— Il est amoureux, et ce depuis longtemps, d'une jeune femme qui s'appelle Imogen.

— C'est impossible, trancha Cesar d'une voix impatiente. Ce nom ne me dit rien.

— Ne sois pas aussi prétentieux ! lâcha Jude, agacée. Tu vis dans une bulle et tu penses tout connaître et tout contrôler, mais c'est faux.

Cesar lui décocha un regard perplexe. Primo, son frère allait bien. Secundo, Jude allait bien. Et tertio, l'espace d'une seconde, l'histoire de Fernando amoureux l'avait rendu jaloux, lorsqu'il avait cru Jude impliquée.

— J'ai du mal à voir où tu veux en venir, Jude. Bon, mon frère est amoureux. Ça lui est déjà arrivé et ça le reprendra.

— Ça ne lui est jamais arrivé et ça ne lui reprendra pas. Tu ne veux pas savoir pourquoi tu es là ?

Cesar rougit légèrement. Le soulagement de voir Jude hors de cause l'avait détourné du but de leur rencontre.

— Tu m'as dit pourquoi je suis là. Son nom est Imogen.

— Et on l'a conduite ce matin à l'hôpital pour donner naissance à leur enfant, qui est né prématuré.

Un silence assourdissant accueillit cette dernière phrase. Pour une fois, Cesar était abasourdi.

— Tu plaisantes ? dit-il au bout d'un moment qui parut à Jude une éternité.

— Est-ce que j'ai l'air de plaisanter ? Freddy m'a appelée ce matin à bout de nerfs. Il est ici depuis plusieurs heures et il est mort d'inquiétude. C'est lui qui m'a demandé de te mettre au courant à sa place.

— Pourquoi ai-je été écarté ? demanda-t-il plus vivement qu'il ne l'aurait voulu.

— Cesar, parle un peu moins fort… C'est un hôpital ici.

— Peut-on aller ailleurs ?

— Non, il n'y a rien à côté et je veux rester pour avoir des nouvelles d'Imogen. C'est ma meilleure amie. Tu m'avais demandé comment j'avais rencontré ton frère. Maintenant tu sais.

— Vous m'avez menti tous les deux, toi et Fernando.

— Ce n'était pas un mensonge…

Jude savait que Cesar n'aimait pas qu'on lui mente : elle-même considérait son silence comme une simple omission mais malheureusement, il aurait sans doute du mal à percevoir la nuance.

— Je dois aller voir mon frère.

— Le moment est mal choisi pour une dispute. À vrai dire, je ne le permettrai pas.

— Tu ne le permettras pas ?

Le ton de sa voix aurait pu stopper un char d'assaut. Mais Jude n'allait pas laisser Cesar passer sa colère sur son frère. L'heure n'était pas au jugement. Et même si dans le monde de cet homme d'affaires, on était habitué à parler sans détours, il n'en serait pas de même aujourd'hui.

— Exactement. Je ne te laisserai pas affronter ce pauvre Freddy avec…

— Tu m'as mal compris. Je ne compte pas agresser mon frère…

— Et heureusement, le coupa-t-elle avec vicacité. Freddy est inquiet pour la femme qu'il aime, et la situation est déjà assez grave pour que tu ne viennes pas l'empirer.

Cesar en était muet de stupéfaction. C'était bien la première fois de sa vie adulte qu'on lui interdisait quelque chose. Il ne demandait pas la permission de parler à Fernando, c'était sa volonté, point ! Et pourtant Jude lui avait interdit d'aller voir son frère, et elle le fixait avec le regard d'une institutrice remettant à sa place un élève récalcitrant.

— Je pense que nous devrions parler, continua-t-elle sans se démonter devant son expression outrée. Je peux t'expliquer pourquoi Freddy t'a caché tout ça…

— Tout comme toi. Tu n'as rien dit. Alors que nous étions chez toi, à faire l'amour.

Jude se sentit rougir. Elle n'avait nul besoin qu'on lui rappelle ce moment. Son cerveau s'en chargeait très bien tout seul. Et ses nuits étaient agitées en conséquence… Depuis quand n'avait-elle eu une vraie nuit de repos ?

— Tu avais raison, acquiesça-t-elle, trouvons un autre endroit où parler.

Elle avait besoin d'intimité pour une discussion de cette importance.

— Tu as peur que je m'emporte ? Que je disjoncte ?

— Je sais que tu ne feras pas ça.

Elle se leva avant d'ajouter :

— Je vais monter voir Freddy et le prévenir que je ne serai pas là pendant la prochaine heure. Je te retrouverai ici.

Cesar savait que rien ne l'empêchait de monter avec elle, mais il se contenta de hocher la tête. Il avait besoin de temps pour réfléchir, de toute façon. Il y avait cette histoire de mensonge, et plus important, le fait que son frère était maintenant père et lui avait caché une bonne partie de sa vie à cause de l'étrange relation qu'il entretenait avec lui.

Cesar se passa la main sur le visage. La journée allait être longue.

Il déverrouilla son téléphone et appela sa secrétaire, légèrement amusé de sa surprise quand il annonça que tous ses rendez-vous étaient à annuler jusqu'à nouvel ordre. C'était bien la première fois qu'il prononçait cette phrase. Après quelques banalités concernant son travail, il éteignit son téléphone et leva les yeux sur Jude qui revenait. Elle était splendide, sa frange de cheveux courts accentuant son regard décidé.

— J'ai parlé à Freddy, annonça-t-elle avec un sourire. La mère et l'enfant vont bien pour l'instant. Ils vont les garder le bébé et sa maman à l'hôpital pendant quelques semaines, peut-être plus, mais les médecins sont confiants et Imogen a le sourire. J'ai dit à Freddy que nous allions prendre un café en ville.

Elle n'ajouta pas que Freddy avait demandé à parler à son frère : elle voulait se charger de Cesar elle-même, pour désamorcer toute possibilité de violence. Ensuite, il serait temps de lui dire que son frère voulait le voir.

— Je suis garée au parking, ajouta-t-elle en se retournant.

Il ne fallait surtout pas qu'elle s'avoue qu'elle aimait l'idée de garder Cesar pour elle seule. Si elle avait été parfaitement honnête avec elle-même, elle l'aurait reconnu. Même si elle pouvait se douter que la conversation allait être difficile, sa simple présence lui suffisait, étrangement.

— Je ne t'ai pas demandé, dit-elle alors qu'ils sortaient de l'hôpital. Comment es-tu venu aussi vite ?

— En hélicoptère.

— Oh… Eh bien, je suis désolée de t'avoir arraché à tes responsabilités…

— Je le sais, tu t'es déjà excusée. C'est ça, ta voiture ?

Sa voiture… C'était au moins un sujet qui permettait d'alléger un peu la tension. La situation était tellement délicate… Il était préférable de rebondir sur l'étonnement qu'il n'avait pas dissimulé en voyant son véhicule.

— Oui. Pourquoi, c'est un problème ? demanda-t-elle en déverrouillant les portes de la vieille Land Rover.

C'était pour elle une voiture simplement fonctionnelle qui possédait grosso modo un moteur, une courroie, quatre sièges et rien d'autre. Et si ça ne lui plaisait pas…

— J'ai beaucoup de problèmes, répondit-il dans un souci d'apaisement, mais crois-moi, ta voiture ne figure pas sur la liste de mes tracas.

6.

Ils avaient effectué la route sans dire un mot. Cesar semblait perdu dans ses pensées, le regard vers la fenêtre. Jude ne disait rien, contente de ne pas avoir à débiter des banalités dans le seul but d'entretenir une conversation.

— Ils n'ont pas encore décidé du nom de l'enfant, finit-elle par dire pour briser le silence. Freddy pense à Maria, en hommage à ta mère où à Florence, pour faire plaisir à celle d'Imogen.

— Comment est-elle, cette Imogen ? s'enquit Cesar.

— Je ne peux pas te la décrire en deux phrases. Nous en parlerons tranquillement en prenant un café.

— J'ai besoin de quelque chose de plus fort qu'un café.

Jude hocha la tête. Il était presque 17 h 30. Elle avisa un bar restaurant qui servait toute la journée. L'endroit semblait spacieux, confortable et moderne. À cette heure-ci, il était vide.

— Bon, commença Cesar dès que la serveuse leur eut apporté l'eau minérale de Jude et son whisky. Parle-moi d'Imogen. Si Fernando a gardé le secret sur elle, ça ne doit pas être le genre de femme qu'on présente à sa famille.

Il eut un sourire cynique avant d'ajouter :

— Personne ne garde une relation secrète à moins qu'il n'en ait honte.

— Freddy n'a pas honte d'Imogen ! Il n'a aucune raison d'avoir honte. C'est une femme formidable, et j'en sais quelque chose. J'ai grandi à ses côtés.

— Quelle ironie d'entendre chanter les louanges d'une femme qui m'était encore inconnue hier… Soudainement, la voilà sortie de sa boîte et tu me dis qu'on ne trouve pas meilleure personne sur terre. Je me demande bien pourquoi on m'a caché cette perle si longtemps.

— À cause de l'argent que tu as investi, répondit Jude avec une parfaite franchise.

— Tiens donc… Alors, mon frère et toi avez comploté pour me la cacher jusqu'à ce que j'aie signé les papiers, c'est ça ?

— Nous n'avons pas comploté, Cesar.

— Ça m'en a bien l'air, pourtant. Je ne vois pas quelle meilleure description je pourrais trouver de vos manigances.

— Tu ne vas pas m'aider, n'est-ce pas ? soupira Jude.

— Qu'est-ce que tu t'imaginais ?

Jude prit son verre et le fit tourner quelques instants dans sa main.

— Voilà pourquoi Freddy pensait qu'on ne pouvait rien te dire. Je comprends mieux, à présent.

— Je n'ai jamais essayé de ruiner la vie amoureuse de mon frère, répondit Cesar en haussant les épaules. Il est libre de faire ce qu'il veut.

— Tant que ses relations restent passagères. Il m'a dit que son « rôle », ce qu'on attendait de lui, c'était d'épouser une femme aux revenus suffisants pour être indépendante.

— Je n'ai jamais tenu de tels propos, fit Cesar en prenant une gorgée de whisky.

— Mais c'était sous-entendu. Cesar, ça ne sert à rien de faire semblant, tout le monde sait que tu protèges l'argent de ta famille. Tu m'as pratiquement accusée de vouloir mettre la main sur votre fortune, lorsque nous nous sommes rencontrés. Imogen ne vient pas d'une famille riche comme la tienne. C'est pour ça que Freddy t'a caché leur relation.

— Il aurait dû me dire tout ceci lui-même, d'homme à

homme. Il voulait l'argent, et il t'a envoyée à moi au lieu de régler les choses en personne.

— Il savait que tu risquais d'utiliser le levier du fonds fiduciaire pour peser sur sa relation avec Imogen. C'est celui qui a l'argent qui tire les ficelles…

— Oublions les revenus de cette femme, ou plutôt son absence de revenus ! Il doit bien y avoir une autre raison pour laquelle il ne m'en a jamais parlé.

Cesar voulait connaître toute l'histoire avant de décider comment agir. La nouvelle l'avait secoué, mais il fallait qu'il garde la tête froide.

— Freddy pensait que tu la verrais comme une croqueuse de diamants, à cause de son apparence.

Cesar se positionna confortablement sur sa chaise et avala le reste de son whisky d'un trait.

— Laisse-moi deviner, persifla-t-il. Blonde ? De grands yeux bleus ? Le corps sculpté mais plantureuse ?

— Quelque chose comme ça, murmura Jude.

Elle prit une grande inspiration avant d'ajouter :

— Elle travaillait dans une boîte de nuit. C'est là où ils se sont rencontrés.

— Dans une boîte de nuit ? Et qu'est-ce qu'elle pouvait bien y faire, avec ses cheveux blonds, ses yeux bleus et son corps sexy ? La comptabilité ? La réception ? Le vestiaire, peut-être ?

— Pas exactement. Elle… elle s'occupait de l'animation, en quelque sorte.

— En quelque sorte ?

Jude comprit qu'il ne la laisserait pas s'en tirer avec des approximations.

— Bon, si tu veux tout savoir, elle était strip-teaseuse. Mais rien de très… cru.

— Non, bien sûr, loin de moi cette idée ! fit Cesar avec une ironie froide. Ce devait être une strip-teaseuse qui ne se déshabillait pas.

Une image déplaisante vint à l'esprit de Cesar. Que Fernando sorte avec une strip-teaseuse, pourquoi pas, mais quelles étaient ses motivations à elle ? Combien de temps s'était-il passé avant qu'elle n'oublie « accidentellement » sa pilule et tombe enceinte ?

Jude l'observait avec attention.

— Je devine le tour que prennent tes réflexions, Cesar, et je peux te dire que tu as tort. Ils sont fous amoureux l'un de l'autre. Imogen est une des personnes les plus gentilles que j'aie jamais rencontrées. Nous sommes amies d'enfance et ce n'est pas une voleuse. L'argent ne représente rien pour elle.

— Admettons. Mais à présent, ils ont un enfant. Et ce qu'elle ne voulait peut-être pas pour elle, elle le voudra pour lui. J'imagine qu'elle était derrière l'idée de l'investissement du fonds dans le club.

— Pas du tout. C'était l'idée de Freddy. Il veut faire quelque chose de sa vie.

— Très bien. Pourquoi dans ce cas n'est-il pas venu travailler dans l'entreprise familiale ?

— Tu sais ce que ton frère pense du travail de bureau. Il a toujours détesté s'asseoir derrière un ordinateur et assister à des réunions. Et il était sur le point de tout te dire pour l'enfant.

— J'en suis sûr. Juste après avoir obtenu le contrôle de sa part. Sais-tu combien ce garçon vaut en dollars, bon sang ? fit Cesar entre ses dents.

— Beaucoup…

— Et s'il associe cette femme, combien vaudra-t-elle, bientôt, elle ?

Cette femme ? Elle ? Cesar ne pouvait-il faire preuve d'un minimum d'humanité ?

— Son nom est Imogen, lui rappela Jude en tentant de maîtriser la colère qu'elle sentait monter en elle.

Cesar haussa les épaules. Elle pouvait bien s'appeler comme elle voulait, c'était le cadet de ses soucis !

— Est-ce qu'il compte l'épouser ?

— Bien sûr que oui !

— Bon sang ! protesta-t-il, il aurait dû venir me voir avant de se retrouver dans une situation pareille.

— Il n'y a pas de « situation », Cesar. Il a entamé une relation de son plein gré et il en est heureux ! Cela ne veut rien dire pour toi ?

Elle le regarda longuement, pleine d'amertume, et finit par lâcher :

— J'imagine que non. Tu as oublié ce que c'était d'être amoureux, de faire des projets ensemble. Pourtant, tu as vécu cela, toi aussi…

— Ne compare pas cette… Imogen à la femme que j'ai épousée, s'indigna Cesar. Marisol était aimée de toute la famille. Il n'y avait aucun doute, aucune méfiance vis-à-vis de ses intentions. Elle était transparente comme le cristal, contrairement à…

— Et tu as été très chanceux de trouver l'union parfaite, le coupa Jude. Tu pensais pouvoir imposer tes critères à Freddy dans le choix de son épouse ? Sa situation financière ? La couleur de ses cheveux ?

Cesar haussa les épaules.

— Ne sois pas ridicule.

— Je ne suis pas ridicule ! Tu agis exactement de la manière qu'il redoutait.

— En me souciant de son bien-être ?

— En ne lui laissant aucune chance de faire ses propres choix ! Ce n'est plus un enfant, Cesar ! Et tu as aimé cette idée de club de jazz. Freddy me l'a dit. Le projet est bien ficelé et il y a beaucoup travaillé. Tu crois qu'un enfant en aurait été capable ?

— Où veux-tu en venir, Jude ?

— Laisse-lui le bénéfice du doute.

Jude savait pourquoi elle le défiait. D'abord, Imogen était de la famille, pour elle. Il aurait été préférable que Cesar et Freddy se parlent d'homme à homme, elle ne pouvait en disconvenir. Mais Freddy avait reculé, déjà débordé par le travail qu'exigeait le montage de son projet. Il avait eu tort, certainement, mais elle ne pouvait s'empêcher de le comprendre quand elle voyait la formidable personnalité de celui qu'il aurait eu à affronter. Elle-même ne pouvait mettre de côté ses propres sentiments malmenés par l'irruption de Cesar dans sa vie. Cet homme était comme un ouragan qui balayait tout sur son passage et du coup, Jude se retrouvait aux côtés de Freddy, tentant de résister à la tornade…

— Est-ce que tu l'as seulement traité en adulte une seule fois, Cesar ? reprit-elle.

Les dents serrées, il répliqua :

— Je comprends pourquoi il t'a envoyée faire le sale boulot. Tu es aussi tenace qu'un pitbull !

Jude sentit des larmes incontrôlées perler à ses paupières. Il avait parlé froidement, avec mépris. Où étaient ses mouchoirs quand elle en avait besoin ? Où était donc passée sa maîtrise d'elle-même ?

Elle baissa la tête. Lorsque le tissu blanc du mouchoir de Cesar apparut dans son champ de vision, elle refusa de le prendre et le mouchoir disparut, bientôt remplacé par son pouce, au coin de ses yeux. Jude sentit sa respiration se bloquer. Les prunelles de Cesar étaient si sombres qu'on aurait pu s'y noyer comme dans un lac sans fond.

— Je m'excuse pour cette dernière remarque, dit-il à voix basse, comme à contrecœur. J'ai eu tort.

Cesar n'avait pas rompu le contact avec elle, incapable de retirer la main qu'il avait posée sur sa joue. Il en voulait déjà plus. Il voulait incliner la tête et capturer ses lèvres, sentir sa langue contre la sienne. Il voulait passer sa main sous ses vêtements inutiles et sentir un sein dressé, en caresser sa pointe pour la préparer à sa bouche… Il lui fallut un effort herculéen pour revenir à la raison.

— Tu peux garder le mouchoir, dit-il en le posant devant Jude.

Jude sentait encore le contact de sa peau contre la sienne, comme s'il l'avait marquée au fer rouge.

— Merci…

Cesar se renversa sur sa chaise et la regarda. Pendant une seconde, il avait été désarçonné, envahi par les pulsions farouches qu'elle déclenchait en lui, mais il était capable de se reprendre. Il n'était pas né de la dernière pluie…

— J'admets que l'idée du club de Fernando n'est pas mauvaise. L'affaire peut marcher, s'il est capable de tenir la distance et d'y consacrer le travail nécessaire. Cela ne m'empêche pas de me méfier de cette femme.

— Tu arrêteras de te méfier dès que tu l'auras rencontrée, lui répondit Jude qui sentait qu'il avait baissé sa garde. Ce qui arrivera bientôt, je l'espère.

Elle se leva avant de conclure :

— D'ailleurs, nous devrions y retourner pour prendre des nouvelles. Freddy ne m'a pas appelée, j'espère que c'est bon signe.

Pris dans le trafic, il leur fallut une bonne heure pour retourner à l'hôpital. Trouver une place de parking fut cauchemardesque, mais lorsque Jude posa les yeux sur Freddy, elle comprit qu'Imogen avait survécu au pire. Elle comprit aussi qu'il redoutait la première et inévitable entrevue avec Cesar… Elle avait au moins la satisfaction de se dire qu'elle avait tout fait pour faciliter ce délicat moment. Soulagée de voir Imogen avec un peu de rose aux joues, elle prit longuement son amie dans ses bras. Derrière la vitre qui abritait la couveuse, l'enfant reposait, minuscule avec sa touffe de cheveux noirs. Elle le contempla d'un regard embué d'émotion avant de quitter la chambre et de laisser ses amis en famille.

Que pouvaient bien se dire les deux frères, se demanda-t-elle sur la route qui la ramenait au cottage ? Cesar semblait fermé comme une huître. Pour lui, tout était noir ou blanc, il semblait n'avoir aucune idée des zones grises qui constituaient la vie de la plupart des gens. Il avait un tel contrôle sur son existence qu'il lui était difficile d'imaginer qu'il puisse en être autrement pour les autres.

Pourquoi donc se sentait-elle aussi attirée par un tel bloc de granit ? À cause de cette intransigeance même, de la poigne de fer dont il gérait ses affaires et celles des autres ? À cause du morceau de glace qui lui tenait lieu de cœur ? Ou bien… parce qu'elle l'aimait ?

Il n'y avait pas eu de coup de tonnerre pour saluer cette prise de conscience, pas de feu d'artifice. L'idée s'était logée en elle simplement, confirmant ce que son cœur semblait lui crier depuis longtemps. Cesar comblait chacune de ses attentes et il n'y avait aucun moyen de lutter. Sur le papier, c'était la dernière personne qui lui convenait, mais l'amour était un jeu sans logique ni raison…

En le revoyant, cet après-midi, elle avait senti que son monde basculait. De retour chez elle, elle se demandait s'il finirait un jour par se remettre à l'endroit. Même aux moments où il l'agaçait le plus, Cesar trouvait le moyen de la faire fondre. Et lorsqu'il l'avait touchée…

Il l'avait traitée de pitbull, pourtant. L'avait fait pleurer. Les mots tournaient dans sa tête lorsqu'elle entendit trois coups frappés à sa porte. Cela ne pouvait être que Freddy. Elle se précipita pour ouvrir et faillit chanceler en apercevant Cesar. Pendant quelques secondes, elle se demanda même si son cerveau ne lui jouait pas un tour.

— J'ai pensé que tu voudrais savoir ce qui s'était dit à l'hôpital.

— Bien sûr.

— Alors, je peux entrer ?

— Comment es-tu venu jusqu'ici ?

— J'ai emprunté la voiture de Fernando. Il va passer la nuit là-bas.

Elle sentit son cœur battre la chamade et se demanda si elle n'allait pas mentir, lui dire qu'il arrivait au mauvais moment, qu'elle allait justement partir, mais où ? Avec son T-shirt trop grand et son jean effrangé, elle n'était pas habillée pour aller où que ce soit… Au bout du compte, un mensonge aussi piteux révélerait trop à Cesar de son état d'esprit. Jude se ravisa donc et demanda :

— Tout va toujours bien pour Imogen et le bébé ? Tu veux quelque chose à boire ? Thé, café ?

Elle sentit qu'il la suivait jusque dans la cuisine. Elle avait évité le salon : trop de souvenirs. Inutile de les raviver…

— Imogen continue à se remettre. Le bébé s'en sort du mieux possible. Son poids semble plus ou moins normal… pour un prématuré. Je prendrai un café.

Dos à lui, elle l'entendit tirer une chaise et s'asseoir. Elle tenta d'en savoir un peu plus sur ce qui s'était passé :

— Et du côté de Freddy ?

— Toujours aussi secret…

Jude se raidit, mais elle ne se retourna pas, préférant continuer à préparer leur café comme si de rien n'était.

— Je pensais que tu étais venu me dire que tu avais changé d'avis, que tu avais entendu mes arguments. Si j'avais su que tu venais simplement me répéter les mêmes choses que tout à l'heure…

— Je t'ai écoutée, la coupa-t-il.

— Et ?

— Je lui ai fait part de ma déception à propos de ses cachotteries.

Il leva une main apaisante avant qu'elle ne l'interrompe.

— Ne t'inquiète pas. Je ne suis pas le genre de monstre que tu crois voir en moi. J'ai bien compris que le moment était délicat pour Fernando. J'ai gardé mon calme.

Il avait l'air épuisé par l'effort !

— Naturellement, je lui ai dit que je devrai réfléchir à la mise à disposition de son argent, poursuivit-il.

— Génial ! En gros, tu lui as dit haut et clair que tu ne faisais pas confiance à la femme qu'il aime et qu'il veut épouser.

— En gros, je lui ai dit que j'étais prêt à mettre de l'argent dans son projet, une partie en tout cas.

— Et Imogen ? Est-ce que tu l'as seulement rencontrée ?

— J'ai préféré la laisser reprendre ses forces.

— Et tu vas rentrer à Londres, maintenant ? Ou bien tu comptes rester quelque temps pour soutenir Freddy moralement ?

Cesar hésita. Le sobre compte rendu qu'il venait de donner de leur entrevue avait laissé de côté l'empathie inattendue qu'il avait ressentie envers son frère et la profonde attention qu'il avait portée aux efforts de Jude pour lui faire voir les choses sous un autre angle. Un mois auparavant, il aurait traité la question comme un problème comptable, rayant purement et simplement son frère de la liste des bénéficiaires. Cependant, quelque chose en lui semblait avoir changé. Il se posait des questions. Quand, par exemple, son frère avait-il commencé à le craindre ? Comment en étaient-ils arrivés au point où il fallait se cacher un événement aussi primordial que la venue d'un enfant ?

Cesar avait entendu les accusations portées par Jude et elles l'avaient fait réfléchir, même si dans un premier temps elles l'avaient indigné. Suite à ces réflexions, il s'était montré clément vis-à-vis de Fernando. Ils s'étaient même embrassés en se séparant. Avant de quitter l'hôpital, Cesar était passé voir l'enfant, restant longuement devant la vitre de la couveuse : comment un être aussi petit pouvait-il être aussi bien formé ? Pour l'instant, en ce qui concernait Imogen, il réservait son jugement. Il fallait qu'il la rencontre, mais il se préparait à l'idée de leur concéder le bénéfice du doute, à tous.

Ceci étant, il était toujours en colère contre Jude et cette colère agissait comme un poison en lui. Elle lui avait caché la vérité. Elle s'était donnée à lui tout en gardant secret tout ce qu'elle savait sur son frère, au risque de dissimuler une vérité susceptible de porter atteinte à l'empire Caretti ! Jude lui répondrait probablement qu'il ne s'agissait que de loyauté envers son frère. Son expérience avec les croqueuses de diamants lui avait appris à mettre un nom sur ce genre de dissimulation : c'était une trahison délibérée.

Soudain, la vérité crue s'imposa à lui : elle l'avait laissé tomber, rejetant la nuit qu'ils avaient passée ensemble comme on chassait un insecte importun.

— Je vais peut-être rester un peu, répondit-il, le regard froid. Après tout, il va bien falloir que je me fasse une idée au sujet d'Imogen…

— Je t'ai dit…

— Je sais ce que tu as dit, mais étonnamment, j'ai du mal à croire un seul des mots qui sortent de ta bouche.

— Ce n'est pas juste !

— Non ? Tu n'as aucune idée de ce que c'est que l'honnêteté, n'est-ce pas ?

— Je te l'ai dit ! Je t'ai expliqué pourquoi j'ai fait… ce que j'ai fait.

Cesar savait que la conversation ne menait nulle part. Il savait aussi qu'il se montrait injuste envers elle et il ne comprenait pas pourquoi il n'arrivait pas à laisser tomber. Il n'aurait pas dû venir. Une nouvelle confrontation ne servait à rien, et pourtant, il était monté dans la voiture de son frère et avait conduit jusque chez elle. Toute raison l'avait abandonné.

— Essaye de voir les choses de mon point de vue, répondit-il, glacial. Toi et cette femme êtes amies depuis l'enfance. Ça fausse ta vision.

Il fit tourner son café dans sa tasse, conscient de la pente glissante sur laquelle il s'était engagé. Mais il ne pouvait regarder Jude sans enrager : il la désirait encore, après tout ça. Il ne s'était jamais senti aussi dépossédé de ses moyens et la sensation était extrêmement déplaisante. Jude lui avait jeté un sort et il fallait qu'il se libère de son emprise. Il termina son café d'un trait et se leva pour partir.

Il savait qu'elle le suivrait, et il l'entendit lui emboîter le pas.

— Tu me dis qu'il faut que je te croie, dit-il en se retournant, que cette femme est l'innocence incarnée, dénuée de toute mauvaise intention…

Elle le contemplait d'un air féroce, comme prête à mordre. La partie était serrée. Il reprit :

— Le fait qu'elle ait rencontré mon frère en boîte de nuit, un lieu où son travail consiste à enlever ses vêtements…

— Elle ne se déshabille pas ! Enfin, pas complètement…

— Et alors ? Tu vois très bien ce que je veux dire.

— Je pense que tu devrais partir…

— Je pars, mais pas avant d'avoir fini ce que j'ai à dire.

— Je me disais bien que tu n'étais pas venu parler de la pluie et du beau temps, répondit Jude, amère. Cela n'était pourtant pas si compliqué d'aller voir Freddy et d'être heureux pour lui, non ?

Elle avait été stupide de penser qu'il avait pu, un peu plus tôt au café, lui tamponner le coin des yeux dans un mouvement de tendresse.

— Ne te méprends pas. Je serai fou de joie si je savais que mon frère s'embarquait pour une vie de félicité aux côtés d'une femme qui l'aime pour ce qu'il est, et non pour son compte en banque. Et crois-moi quand je te dis que je serai totalement impartial dans l'appréciation de sa personne…

— Aussi impartial qu'un dictateur, murmura Jude à mi-voix.

— Pense ce que tu voudras, je ne peux m'empêcher de me dire que je suis le jouet d'une sorte de conspiration…

Jude leva les yeux au ciel.

— Une conspiration ? Mais de quoi parles-tu, Cesar ?

— Comment savoir si Imogen et toi n'avez pas organisé la rencontre entre elle et Fernando ? Vous connaissiez son nom, et même sans connaître le montant de sa fortune, il n'est pas difficile de voir qu'il a de l'argent. En soirée, on peut décrypter mon frère à livre ouvert, rien qu'à voir la façon dont il dépense. Il vous aurait fallu quelques secondes à peine sur Internet pour mesurer l'intérêt de se lier à lui…

— Je n'arrive pas à croire que tu me dises cela, Cesar, fit Jude d'une voix blanche.

Il restait implacable cependant, le visage fermé.

— Pourquoi ? Pourquoi n'arrives-tu pas à y croire ?

— Parce que tu devrais savoir que je ne suis pas ce genre de personne. On a déjà parlé de tout cela !

— Effectivement, mais réfléchis-y objectivement… Qu'est-ce que je sais vraiment de toi ? Est-ce que je te connais si bien que ça ?

Jude se sentit défaillir. Est-ce qu'il pensait tout ce qu'il disait ? Après ce qu'ils avaient partagé, comment n'était-il pas convaincu qu'elle était incapable d'une telle horreur ? Elle n'allait pas se justifier. Certainement pas. Et pourtant, l'idée de le voir passer la porte, convaincu du bien-fondé de ses accusations, lui donnait envie de pleurer.

— Si c'est vraiment ce que tu penses de moi, Cesar, alors qu'est-ce que je peux dire ?

Ce n'était pas ce qu'il voulait entendre. À la vérité, il ne savait pas ce qu'il voulait entendre.

— Juste… Je ne vois pas bien ce que tu pourrais me dire…

— Tu accordes une telle importance à l'argent ! Tu n'arrives pas à comprendre qu'en définitive, tout cela ne compte pas vraiment. Bien sûr, ça te permet de t'entourer d'hélicoptères privés et de voitures de collection, mais toutes ces choses n'ont aucune réelle valeur, Cesar.

— Tu t'en tiens toujours au discours désintéressé, Jude ? J'aurais pu te croire au début, mais à la lumière des récents événements, tu m'excuseras si j'ai un peu de mal à le faire.

— Pourquoi devrais-je t'excuser ? Tu penses le pire de moi. Tu crois que tout ce que je fais est motivé par l'argent.

— Tout le monde a un prix.

— Comment peut-on dire une chose pareille ?

— Vraiment ? Et moi qui pensais être simplement pragmatique.

Il la regarda, un sourire froid sur les lèvres et reprit :

— Quel dommage…

— Quoi donc ?

— Que tu ne sois pas d'accord. Parce que si tout le monde a un prix, certains sont prêts à payer le prix fort pour avoir ce qu'ils veulent, et tu sais que je suis habitué à avoir ce que je veux. Je peux être un amant généreux. C'était bon entre nous, non ?

Il s'approcha d'elle et passa la paume de sa main sur sa joue.

Jude s'immobilisa. L'espace d'un instant, elle ne sentit que sa peau contre la sienne et ce fut merveilleux, rappel amer qu'elle avait vendu son âme au diable… Elle aurait voulu lui prendre le bras, l'entraîner vers son lit…

Elle se dégagea pourtant, le souffle court, et vint saisir la poignée de la porte, ouvrant à la volée, tremblante.

— Combien de temps comptes-tu rester ? demanda-t-elle une dernière fois.

— Pourquoi, tu veux prendre des mesures d'éloignement à mon encontre ?

— Ce serait justifié, non ?

Cesar haussa les épaules.

— J'imagine que oui, de ton point de vue…

Il avait dit ce qu'il était venu dire. Et plus encore. Peut-être même était-il allé trop loin. Il avait un goût amer dans la bouche.

— Simplement…

Elle avait levé les yeux vers lui, le regard clair et droit, malgré le trouble évident qu'il avait provoqué en elle. Elle murmura :

— Ne laisse pas ton opinion de moi obscurcir le jugement

que tu porteras sur Imogen. Ou ta décision pour l'argent du club.

— On se bat encore, alors ? Brave petit soldat, mais la cause est indigne de tant de dévouement...

— J'espère encore qu'il y a une part de toi que je peux atteindre, rétorqua Jude, et qui ne soit pas sali par l'argent.

Cesar se sentit rougir de colère. Il n'aimait pas le portrait que Jude avait peint de lui, cependant, il pouvait difficilement lui en vouloir. Mieux valait ne pas s'attarder là-dessus. Un petit hochement de tête en guise de salut, il sortit dans la rue et rejoignit la voiture que lui prêtait son frère.

Depuis le porche, Jude regarda Cesar faire demi-tour et s'éloigner. Il n'avait pas mis dix secondes à manœuvrer, comme s'il tenait à filer le plus vite possible.

En fermant la porte, Jude se sentait vidée. La journée avait mal commencé, avec l'appel de Freddy, et les choses n'avaient fait qu'empirer, dès l'apparition de Cesar. Elle était secouée. Il lui fallait un bon bain chaud, mais que faire, une fois dans l'eau mousseuse ? Regarder le plafond et penser à lui ? Réfléchir à ce qu'il avait dit ? Il ne pouvait réellement penser toutes les horreurs qu'il avait proférées ce soir.

Il rencontrerait Imogen et finirait bien par comprendre qu'il avait eu tort. Il s'était emporté, et c'était certainement une réaction à l'incroyable nouvelle que Jude lui avait apprise. Mais il s'était fâché contre elle, aussi, et cela faisait mal parce que si elle ne devait jamais le revoir, il l'aurait quittée sur une impression fausse.

Les jours prochains, Cesar ne ferait plus partie de son quotidien, n'aurait aucun rôle à jouer dans sa vie. Il avait été cruel, aveugle et froid et si Jude essayait de se concentrer sur ce qui restait de bon en lui, le seul souvenir qui gardait toute sa force était l'empreinte de sa peau contre la sienne.

7.

Une dizaine de jours plus tard, Imogen et le bébé sortaient de l'hôpital. La petite Maria prenait déjà du poids et Freddy, quand il ne s'épanchait pas sur la beauté de sa fille, menait à bien le projet du club de jazz, travaillant d'arrache-pied, aidé par l'argent que Cesar y avait injecté.

— Il me surveille, avait confié Freddy à Jude. Et je ne peux pas lui en vouloir, après tout, j'ai passé la plus grande partie de ma vie d'adulte à dépenser mon argent à tort et à travers, alors il va faire un peu attention.

Quels que soient les sentiments de Jude à l'égard de Cesar, elle était très heureuse pour Freddy. Pour une raison inconnue, Cesar avait lâché du lest vis-à-vis de son frère. Il le laissait gérer l'ouverture de son club. Et cela faisait un bien fou à Freddy.

Aujourd'hui, c'était le grand jour. Plus tôt qu'on ne l'aurait attendu, mais c'était arrivé. Un simple passage au bureau d'enregistrement des mariages était prévu, à Londres, suivi d'un cocktail élégant dans un restaurant de grand standing, privatisé pour l'occasion. Imogen avait dit à Jude qu'ils attendraient quelques mois pour la lune de miel, le temps de s'assurer que tout allait bien pour le bébé, mais radieuse comme elle était avec sa fille dans les bras, cela ne semblait pas l'ennuyer le moins du monde. Elle ne portait pas non plus de jugement sur son futur beau-frère. Il était charmant, selon elle, et elle n'arrivait pas à comprendre pourquoi on faisait tant d'histoires à son propos.

Jude avait dû se retenir de faire remarquer que les requins n'attaquaient pas tout le temps, mais que lorsqu'ils le faisaient, leur blessure était mortelle. Elle savait de quoi elle parlait.

Tout est bien qui finit bien. La famille était réunie et tout le monde sortait gagnant de l'affaire. Tout le monde sauf elle, bien sûr.

Jude contempla son reflet dans le miroir. Elle ressemblait à quelqu'un qui sort d'une mauvaise grippe, les yeux cernés, les joues creuses, une expression perdue sur le visage.

Dans moins de deux heures, elle se tiendrait devant l'élu qui officierait au mariage, et elle reverrait Cesar, pour la première fois depuis trois semaines. Elle avait choisi sa tenue avec soin. C'était une robe de soie couleur jade, qui descendait jusqu'aux genoux et sculptait son corps. Un achat raisonnable, finalement. Elle y avait même ajouté un manteau plutôt chic, un achat qui l'avait étonnée elle-même. Alors que son taxi arrivait, elle s'était dit qu'elle avait besoin de courage pour affronter Cesar, et qu'une belle apparence renforcerait son moral. Elle ne pouvait espérer se perdre dans la foule. Elle devait le rencontrer, et lui parler. Devant le petit objet de plastique posé sur la table de chevet, elle ressentit le même frisson de peur qui l'avait glacée lorsqu'elle l'avait acheté.

L'idée d'une grossesse ne l'avait jamais traversée. Elle ne savait pas exactement quand elle s'était rendu compte qu'elle avait du retard, mais en avait attribué la cause au stress qui affectait souvent son corps.

Elle y croyait encore lorsqu'elle avait vu se former le signe positif, ces deux petites lignes bleues en croix qui lui révélaient que sa vie venait de basculer. Depuis lors, Jude vivait dans l'inquiétude.

Elle s'était souvenue de la dernière conversation qu'elle avait eue avec Cesar, lorsqu'il l'avait accusée de conspirer avec Imogen pour piéger Freddy et profiter de son argent. Elle s'était répété que sa réaction excessive était à mettre sur le compte de sa déception vis-à-vis d'elle, ou de l'atmosphère tendue du moment. Enfin, s'il avait réagi comme cela, que se passerait-il quand elle lui dirait qu'elle était enceinte ?

Lorsqu'ils avaient fait l'amour, elle lui avait dit qu'elle se protégeait, sans prendre le temps d'expliquer qu'elle faisait simplement confiance à un calcul qui la mettait d'ordinaire à l'abri quelques jours dans le mois. Il avait dû penser qu'elle prenait la pilule, même si elle lui avait dit qu'elle n'avait eu aucun rapport depuis longtemps.

Cesar ne cherchait pas à s'engager, ce qui excluait de manière assez nette une grossesse non désirée. Lorsqu'on en venait à ses rapports avec les femmes, Cesar n'attendait rien de plus que du sexe.

Le taxi prit un temps infini à arriver, coincé dans les bouchons des abords de la ville, lui laissant le temps d'imaginer les pires scénarios. Elle regrettait presque de ne pas avoir simplement pris rendez-vous avec lui, dans son bureau, ou de ne pas l'avoir prévenu d'un simple appel. Jude avait choisi le jour du mariage pour lui parler car elle savait qu'il serait forcé d'y être, et de lui répondre. Ils trouveraient un endroit tranquille, lorsque la fête serait finie. Même si aucun endroit n'était approprié pour ce genre de nouvelles…

Le mariage ayant lieu en petit comité, seules vingt-cinq personnes avaient reçu leur carton d'invitation. Quelques cousins d'Espagne, la famille proche, et les meilleurs amis. Imogen et Freddy pensaient rendre visite au reste de la famille lorsque Maria serait un peu plus grande et pourrait voyager sans problème.

Le taxi se gara enfin devant le bâtiment où devait se tenir la cérémonie. Jude prit une grande inspiration avant de monter les quelques marches qui menaient à l'entrée. Elle aperçut Cesar qui faisait la conversation à Imogen sur le pas de la grande porte, mais à part un rapide regard dans sa direction, il retourna très vite à ses affaires. Il avait fait la paix avec son frère et accepté Imogen, mais elle ne décelait aucun signe d'apaisement entre eux deux.

Elle rejoignit Imogen en souriant à la petite Maria qui babillait dans ses bras.

— Je viens à peine de la nourrir, lui confia Imogen. Mais elle a encore faim… Elle mange comme… comme Freddy !

Imogen eut un petit rire avant de reporter son attention sur Jude.

— Est-ce que tu es sûre que tout va bien ? Tu as l'air un peu fatiguée, Jude.

— Je travaille dur, répondit-elle avec un petit sourire. Tu sais comment c'est…

Elle n'avait pas soufflé un mot de ce qui s'était passé entre elle et Cesar. Heureusement, Imogen n'avait pas eu le temps de poser beaucoup de questions.

— Il va falloir que nous sortions toi et moi, lança Imogen. Le temps que les choses se calment un peu de mon côté. C'est fou comme une toute petite chose de quatre kilos peut bouleverser vos habitudes ! En ce moment, je me fais l'effet d'un zombie.

Pendant l'heure qui suivit, elle se concentra sur la cérémonie qui fut courte mais pleine d'émotion. Les nouveaux mariés étaient radieux. Même un cynique comme Cesar pouvait comprendre qu'il s'agissait là d'un véritable amour.

Ceci dit, Jude n'allait pas tenter de vérifier par elle-même ce qu'il pouvait bien ressentir. Elle garda les yeux fixés sur les mariés, mais quand ils allèrent signer le registre des témoins, elle sentit le regard de Cesar dans son dos. Elle n'était pas sûre du moment où elle pourrait le prendre à part et lâchement, retardait leur confrontation le plus possible.

Au restaurant, une fois le cocktail lancé, elle s'aperçut que ses yeux dérivaient vers Cesar, et qu'elle le trouvait insupportablement beau… Il prononça quelques mots en l'honneur des mariés à l'heure des toasts, sans jamais évoquer la méfiance qu'il ressentait vis-à-vis d'Imogen, ni son passé peu glorieux. Il était bon acteur, pensa Jude avec une moue dégoûtée. Il charmait la petite assemblée de la même manière qu'il l'avait charmée elle, brisant la carapace qu'elle avait réussi à se construire pour s'y tenir au chaud, à l'écart de tout sentiment. La carapace de Cesar, elle, était en acier trempé.

Il était presque 17 heures lorsque les dernières assiettes disparurent des tables. Elle n'avait pas adressé plus de quelques mots à Cesar, mais lorsqu'il regarda sa montre, signe qu'il allait bientôt se lever, elle posa la main sur son bras.

Il la fixa, surpris, mit son manteau et sortit.

Elle passa avec appréhension la langue sur ses lèvres sèches et le suivit hors du restaurant.

— Cesar… Comment vas-tu ?

— Comme tu peux le voir, on ne peut mieux. Tu voulais quelque chose ?

— Tu n'es pas encore fâché contre moi, si ?

— Pourquoi donc le serais-je ?

Ses yeux sombres la rencontrèrent et il lâcha :

— Tu te surestimes, Jude.

Bien sûr, il s'était attendu à la voir, mais le moment n'en était pas plus facile pour autant. Elle avait l'air fragile, plus que dans son souvenir, ce qui lui fit penser à la vulnérabilité qu'elle avait montrée dans ses bras. Il ne voulait pas penser à cela et il se força à se concentrer sur ce qu'elle lui avait caché. Ce visage honnête et sans malice l'avait trompé, mais Cesar était un homme qui apprenait de ses erreurs. Il la toisa d'un regard glacial.

— Je… Cesar, je… Il faut qu'on parle.

— Vraiment ?

Il regarda sa montre une nouvelle fois, comme pour montrer qu'il avait bien plus important sur son agenda.

Il ne passait évidemment pas ses samedis soirs seuls,

songea Jude, au désespoir. L'image d'une autre femme dans ses bras était plus qu'elle n'en pouvait supporter.

— Je sais que tu as sans doute… mieux à faire, commença-t-elle alors qu'il faisait signe à son chauffeur, garé non loin de là.

Cesar se préparait en fait à manger seul, au restaurant italien proche de chez lui avant de passer la soirée devant son ordinateur, à répondre aux e-mails et à lire des rapports. Son chauffeur arrêta la voiture devant eux, mais au lieu d'y monter, Cesar s'y adossa.

— En ce qui me concerne, je crois que nous nous sommes dit tout ce qu'il y avait à se dire.

— Pas vraiment.

— Non ?

La voiture allait devoir partir, pour ne pas gêner les autres invités. Mais il restait immobile, contemplant Jude.

— Peut-être pourrions-nous aller boire un café quelque part ? proposa-t-elle en repensant aux deux tasses qu'elle avait déjà prises avant de partir.

La caféine était mauvaise pour le bébé, elle le savait.

— Donne-moi une seule raison d'accepter ?

Jude posa sa main sur la portière de la voiture.

— Parce que je veux te parler, et parce que tu me dois au moins ça.

Cesar eut un rire incrédule.

— Tu peux répéter ?

— Tu auras beau faire de ton mieux pour me rayer de ta vie, nous devrons nous revoir de temps à autre, et il faudra bien parvenir à des relations apaisées. On ne peut pas continuer à s'ignorer. Freddy et Imogen vont se poser des questions, sinon.

C'était la seule chose qu'elle avait pensé à dire sur le moment, incapable de lui révéler toute la vérité d'un coup, sur le trottoir du restaurant.

— Alors monte, lança Cesar avec impatience. On est en train de créer un bouchon.

Elle se pencha pour entrer dans la Bentley et se décala pour qu'il puisse la rejoindre sur la banquette arrière. Jude n'arrivait pas à savoir s'il l'avait fait monter parce qu'elle avait réussi à le convaincre ou parce qu'il en avait assez d'attendre à côté de la voiture.

— Je… J'ai vu que vous vous étiez réconciliés, toi et Freddy, commença-t-elle avec hésitation.

— On ne m'a pas vraiment laissé le choix.

Cesar se pencha vers son chauffeur et lui donna le nom d'un célèbre café, avant de se retourner vers elle.

— Mis devant le fait accompli, je pouvais soit priver Fernando de son investissement et de la chance de faire ses preuves, soit lui donner l'indépendance qu'il voulait.

Il haussa les épaules avec un demi-sourire.

— S'il a été assez adulte pour mettre une femme enceinte, et de manière préméditée à ce que j'ai cru comprendre, alors il faudra bien qu'il soit assez adulte pour gérer ses finances et élever une famille.

Tout se passait entre eux de façon très civilisée, mais les yeux de Cesar restaient froids.

— Et… À propos d'Imogen ? Est-ce que tu as revu ton opinion ?

— C'est tout ce dont tu voulais me parler ?

Jude détourna le regard avec difficulté. Sa proximité, l'intimé qu'ils partageaient sur la banquette arrière de cette voiture, tout cela l'affectait comme une drogue.

— Je pensais que tu serais moins généreux.

Cesar se haïssait de l'admettre, mais c'était aussi ce qu'il avait pensé. Il avait vu son frère pétri d'inquiétude à l'hôpital, puis son regard lorsque, plus tard, il était auprès de sa femme et Cesar avait compris que certaines choses n'étaient pas aussi limpides qu'elles paraissaient. De plus, même dans sa condition, Imogen avait réussi à lui parler seule et à insister pour signer un contrat de mariage fondé sur la séparation des biens. Elle avait aussi, à sa grande surprise, calculé la part du fonds qu'il faudrait à Freddy pour mener son projet à bien, et leurs résultats coïncidaient.

— Je compte suivre son projet de très près, répondit-il simplement. Au moins jusqu'à ce que le club commence à tourner.

— Freddy dit que tu ne connais pas grand-chose à la manière de gérer un club, lança-t-elle avec un petit sourire.

Cesar ne put qu'acquiescer.

— C'est vrai. Fernando a trouvé le seul terrain d'expertise où je ne sois pas à mon aise. Je suis sûr que ça l'a ravi.

— Qui peut lui en vouloir ? Ça ne doit pas être facile de vivre dans ton ombre.

— Je prendrai ça comme un compliment.

— C'en est un, confirma Jude. Je ne pensais pas t'entendre un jour révéler ton ignorance sur un sujet, ce qui veut probablement dire que tu es plus complexe encore que je ne le pensais…

— Pardon ?

La voiture se gara devant un café, épargnant à Jude le besoin de s'expliquer sur sa dernière phrase. Ses nerfs recommençaient à la travailler, mais elle se forçait à garder son calme. Cesar était un habitué des lieux et on les plaça à la meilleure table, à l'écart de la salle, là où le murmure diffus des clients ne gênait pas.

— Les gâteaux sont délicieux ici, déclara Cesar en lui tendant la carte.

— Je suis incapable d'avaler la moindre bouchée.

— Vraiment ? Je ne t'ai pas vue grignoter quoi que ce soit la réception.

Il l'avait donc épiée ?

— Je pense que je prendrai juste un… un jus d'orange.

Elle referma le menu et garda les yeux fixés sur la couverture, en quête d'inspiration.

Après avoir commandé un café et une fois qu'ils furent servis, Cesar se cala au fond de sa chaise et la regarda.

— Alors ? Est-ce qu'on va réussir à se comporter comme des adultes civilisés ?

— Pensais-tu ce que tu disais, quand tu m'as soupçonnée d'avoir comploté avec Imogen pour mettre la main sur le fonds de Freddy ?

— C'est de cela que tu voulais me parler, Jude ? Tu voulais laver ton honneur ?

— Entre autres, murmura-t-elle.

— Quoi d'autre ? insista Cesar.

— Pourquoi ne réponds-tu pas à ma question ?

Cesar l'étudia. Elle avait raison lorsqu'elle parlait d'adopter un meilleur comportement l'un envers l'autre. Ils allaient être amenés à se revoir, quoi qu'il arrive. Au baptême de la petite, pour commencer. Il fallait arrêter les hostilités.

— Je confesse avoir peut-être dit une ou deux choses qui dépassaient ma pensée.

— Une ou deux choses ?

— Tu y as beaucoup réfléchi ? demanda-t-il, détaché.

Il pensait à elle, perdant le sommeil à se repasser leur conversation en boucle, désespéré dans l'attente de son appel.

— Je n'aimais simplement pas le fait que tu sois parti avec une dernière impression de moi si fausse.

Il fallait qu'elle le lui dise. Qu'elle lui parle de la grossesse. Mais elle faisait durer l'attente, incapable de se décider.

— Très bien, j'ai appris à connaître ton amie et je mentirais si je disais pouvoir vous imaginer en train d'élaborer un plan. Satisfaite ? Je n'ai pas l'habitude d'avoir tort, mais concernant ce que j'ai dit, il est possible que je me sois emporté. N'oublie pas ton rôle dans ce qu'on m'a caché.

— C'était l'idée de Freddy, nota-t-elle en jouant avec son verre.

— Freddy avait une bonne raison.

— Moi aussi. J'étais loyale.

— Nous étions amants. Ta loyauté aurait dû me revenir.

— Quoi d'autre ?

Cesar leva les yeux, surpris.

— Comment ça, quoi d'autre ?

— Tu as parlé d'une ou deux choses qui avaient dépassé le fond de ta pensée. Quelle est l'autre chose ?

Il prit le temps de finir son café.

— J'étais furieux que tu m'aies trahi. Je le suis toujours. Mais quoi qu'il en soit, j'ai compris que tu n'étais pas une croqueuse de diamants. J'en suis certain, maintenant. Et ayant appris à te connaître, je ne pense pas que tu sois capable d'avoir ce genre d'idées. Voilà. Considère ça comme un terreau favorable à une relation cordiale et polie, dans le futur.

— Une relation polie…

— Absolument. Pourquoi ? Tu t'attendais à plus ?

Un feu roulait dans ses veines, lui faisant apprécier cette rencontre inattendue. Il aimait la compagnie de Jude, plus qu'il n'aurait voulu l'admettre. Mais il n'allait pas la laisser reprendre une place dans sa vie. Il lui avait offert une chance de s'impliquer et elle l'avait gâchée. Elle l'avait trahi. Il était d'ailleurs assez gratifiant de savoir qu'elle était prête à revenir vers lui. Une image lui traversa l'esprit : son petit frère et Imogen coupant leur gâteau de mariage, se souriant l'un à l'autre. Il la regardait tendrement, et la mariée lui rendait son regard.

— Non. Pourquoi en voudrais-je plus ?

Elle semblait embarrassée.

— Je ne sais pas. Sache qu'il n'y a rien d'autre.

Il leva la main pour demander l'addition. Elle le regarda, et il crut voir passer une ombre d'angoisse sur son visage.

— Écoute. C'est difficile à dire, mais il faut que tu saches quelque chose.

Cesar se raidit, inquiet de l'urgence dans sa voix. Les doigts de Jude jouaient nerveusement avec la nappe et elle arrêta à l'instant où il le remarqua.

— Quoi ? Je n'ai pas toute ma soirée.

— Je sais.

Cesar avait probablement rendez-vous avec une blonde tout en jambes dans un hôtel de luxe.

— Est-ce que tu te souviens, au cottage ? Quand... Nous avons fait l'amour ?

Pris par surprise, Cesar fronça les sourcils.

— Bien sûr que je m'en souviens. Je croyais qu'on devait faire comme si ça n'était jamais arrivé.

— C'est ce que j'ai dit à l'époque, c'est sûr...

— Est-ce que tu as compris depuis que la mémoire est moins sélective que tu le souhaites ?

— Dans ce cas précis, il m'est impossible d'oublier.

— Donc, tu ne veux rien d'autre que des conversations légères en famille à l'avenir, mais tu n'arrives pas à m'oublier, c'est ça ? J'ai un peu de mal à suivre...

— C'est assez compliqué... Je ne sais vraiment comment te le dire, mais... je suis enceinte.

Cesar s'immobilisa. Le silence entre eux était à couper au couteau.

— Tu plaisantes ? finit-il par articuler, la voix rauque.

— Je ne plaisanterais jamais avec ce genre de choses.

— Est-ce que tu es sûre de toi ?

— J'ai acheté un test il y a deux jours. Enfin j'en ai acheté trois. Fiables à 100%...

— C'est impossible. Chez toi... Tu as dit que tu te protégeais.

— Je sais. Du moins est-ce ce que je croyais. J'avais calculé la date de mes règles et je pensais vraiment...

Cesar était en état de choc. Lorsqu'elle lui avait dit qu'elle avait besoin de parler, il ne savait pas à quoi s'attendre. Était-ce pour cela qu'elle avait à tout prix voulu savoir s'il la prenait pour une croqueuse de diamants ?

— Était-ce délibéré ?

Il avait fallu qu'il demande puisque rien ne devait être

pris pour argent comptant, mais il sut la réponse en levant les yeux vers son visage.

— Bien sûr que non ! lança-t-elle, indignée. Tu ne crois pas que j'étais aussi choquée que toi en l'apprenant ?

Elle essuya rageusement ses yeux mouillés de larmes et serra les poings.

— Très bien. Je te crois.

Jude sentit une vague de soulagement la submerger. De tous les scénarios qu'elle avait envisagés, beaucoup impliquaient Cesar refusant de la croire et la traitant de manipulatrice. La réalité était tout aussi problématique, néanmoins : Cesar et elle n'étaient plus intimes. Il s'était servi d'elle comme un jouet. Maintenant qu'elle était enceinte, rien n'allait changer entre eux, et il faudrait pourtant réussir à trouver un arrangement pour faire face à la situation.

Lorsqu'elle rêvait d'avenir, dans sa jeunesse, l'homme qui lui faisait un enfant était toujours profondément amoureux d'elle. Mais la réalité, encore une fois, était différente des rêves. Aujourd'hui, il fallait l'affronter.

— Je ne suis pas venue ici pour te demander quoi que ce soit, dit-elle calmement. Je suis quelqu'un de pragmatique.

Elle lui sourit et reprit :

— Il y a eu quelques étincelles entre nous, mais rien de très concret, alors… Il va falloir qu'on parle de ce qui se passera à la naissance du bébé.

— Comment ça, ce qu'il se passera ?

— Les… les visites, les gardes alternées… Je sais que c'est tôt, mais il faut bien en discuter… C'est compliqué, mais…

— Compliqué ? C'est le moins qu'on puisse dire.

— Enfin, je devrais peut-être te laisser quelques jours de réflexion, le temps que tu réalises…

— Réaliser ? Jude, j'ai très bien compris.

Il se passa nerveusement la main dans les cheveux et la regarda. Elle portait *son* enfant. Il n'avait jamais vraiment pensé à fonder une famille, peu compatible avec son mode de vie.

— Rien ne va changer pour toi, l'assura Jude, c'est ma faute…

— Mais sur quelle planète vis-tu, Jude ? Que ça te plaise ou non, je suis responsable à 50 %.

— Mais c'est moi qui n'ai pas fait assez attention.

— Cela ne sert à rien de chercher un coupable. Partons et poursuivons cette conversation dans un endroit plus tranquille.

Il se leva et attrapa la note.

— Mon appartement est au coin de la rue.

8.

Ils marchaient en silence. Jude aurait voulu disparaître dans son manteau. Cesar semblait perdu dans ses pensées. Elle songea un instant à son rendez-vous raté. La pauvre blonde devait attendre à la table d'un restaurant chic, à regarder sa montre et à se désespérer. Jude n'était pas désolée pour elle.

— Nous y sommes.

Elle leva les yeux vers l'impressionnante bâtisse victorienne. Des voitures de luxe étaient garées de chaque côté de la rue, et même dans l'obscurité on devinait que l'on était dans l'un des quartiers les plus huppés de Londres. À l'intérieur, le hall d'entrée était imposant, tout en dorures et colonnes. Elle suivit Cesar jusqu'à l'ascenseur, et ils parvinrent à son appartement qui occupait les deux derniers étages de la demeure. En sortant derrière lui, Jude regarda autour d'elle, oubliant un instant le motif de leur venue.

Les planchers étaient d'une couleur blond pâle. Elle apercevait une cuisine ouverte immense et plusieurs autres pièces qui invitaient à la curiosité. Les chambres et salles de bains devaient être à l'étage, en haut de l'escalier en colimaçon. Le lieu était incroyablement propre et bien rangé, et aurait pu faire la couverture d'un magazine de décoration. Et plusieurs œuvres de peinture moderne ornaient les murs.

— Bel endroit, observa-t-elle poliment.

Il la mena vers le salon : deux canapés en cuir couleur crème les attendaient, sur lesquels elle hésita à s'asseoir.

— Ils ne vont pas te mordre, lâcha Cesar en y prenant place pour l'inviter à faire de même.

L'air frais de la nuit l'avait aidé à se remettre du choc initial. Il ne voulait pas penser à l'avenir et aux changements qui s'imposeraient bientôt, mais se concentrer sur le sujet principal : il allait être père.

— Je vais me faire un café, reprit-il. Tu en veux un ?

— Non merci, je crois que j'en ai bu assez pour une semaine.

Elle le regarda se déplacer jusqu'à la machine et revenir bientôt, une tasse fumante entre ses mains.

Si elle n'avait pas encore bien saisi à quel point elle allait perturber sa vie, contempler son appartement lui en faisait saisir la pleine mesure. L'endroit était à l'image de Cesar : parfaitement ordonné, or le désordre accompagnait toujours la venue d'un nouveau-né…

— Je suis désolée. Je ne veux pas déranger ta vie, tu sais. Non, laisse-moi finir…

Il allait parler, mais se ravisa.

— Je peux m'occuper de cet enfant seule, poursuivit Jude, et tu pourras venir le voir quand tu le voudras, ou quand tu en auras le temps…

— Venir le voir quand j'aurai le temps ? On parle d'un enfant, Jude ! *Mon* enfant.

Il prit une gorgée de café et jeta sur elle un regard furibond avant de reprendre :

— Crois-moi, mes droits parentaux iront bien au-delà d'une visite occasionnelle. Pour commencer, il va falloir parler d'argent. Peut-être que tu peux te débrouiller seule, mais jamais je ne laisserais mon enfant souffrir d'un manque de moyens. Ton avenir et celui de l'enfant seront assurés, je t'en donne ma parole.

Il laissa passer plusieurs secondes, et elle finit par dire :

— Un manque de moyens ? Cesar, j'ai un travail. Je sais que tu ne considères pas mon salaire comme suffisant, mais tu n'as pas la même vision que tout le monde sur le sujet… Ce n'est pas ça, la vie, conclut-elle en désignant leur environnement.

Autour d'elle, les tableaux coûtaient plusieurs années de salaire chacun.

— Je suis d'accord, mais c'est la mienne, et c'est une vie dont profitera mon fils.

— Qu'est-ce que tu essayes de me dire ?

Il y avait quelque chose à laquelle elle n'avait pas pensé. Qu'arriverait-il s'il décidait de lui prendre l'enfant ? S'il se battait pour en obtenir la garde ?

— Tu ne me prendras pas mon enfant, finit-elle par articuler, prête à se battre s'il le fallait.

— Bien sûr que non, jamais je ne ferais une chose pareille ! s'exclama Cesar, choqué. Pour quel genre d'homme me prends-tu ? Cet enfant aura besoin de sa mère et de son père ! C'est de ça que je veux te parler.

Jude hocha la tête, soulagée.

— Alors voilà : je suis prêt à m'engager pour votre sécurité financière, mais cet enfant aura besoin de plus que cela. Tu l'as dit des dizaines de fois, il ne s'agit pas que d'argent…

— Bien sûr que non.

— Avoir ses deux parents avec soi est primordial. Je ne m'imagine pas du tout allant te voir dans le Kent chaque semaine pour passer trois malheureuses heures avec mon enfant. Je compte être là. Ici. Avec toi. Et notre enfant. Nous allons vivre ensemble. Mariés.

Il fallut quelques secondes à Jude pour digérer l'information.

— Tu… Tu es en train de me dire que tu veux te marier ? Avec moi ?

Elle laissa échapper un rire incrédule.

— C'est la chose la plus ridicule que j'aie jamais entendue.

Cesar se raidit.

— Je ne laisserai pas mon fils naître hors des liens du mariage.

— *Hors des liens du…* ? Cesar, nous sommes au XXIe siècle ! Grossesse et mariage ne vont pas nécessairement de pair. Et puis, c'est un peu hypocrite de dire ça alors que tu as accepté la situation de ton frère.

— On s'éloigne du sujet.

Cesar se leva et commença à faire les cent pas avant de s'arrêter devant elle et de s'asseoir sur le sofa, à ses côtés.

— J'imagine que tu es d'accord avec moi sur le fait qu'il vaut mieux être deux plutôt qu'un, pour élever un enfant.

— Oui, dans un monde idéal, Cesar, mais ce n'est pas ce qui se vit au quotidien.

Dans un monde idéal, rien n'aurait fait plus plaisir à Jude que d'entendre Cesar la demander en mariage…

— Pourquoi veux-tu m'épouser ? reprit-elle.

— Ça n'est pas évident ?

Il fronça les sourcils. Cesar tentait de faire ce qui semblait juste et honorable, et elle lui avait ri au nez.

— Cesar, tu ne peux pas m'épouser seulement pour donner ton nom à notre enfant et penser que tout ira bien. On se connaît à peine ! Serais-tu assis à côté de moi, ce soir, si rien de tout cela n'était arrivé ?

— Je ne vois pas le rapport.

— Moi, si ! Est-ce que tu avais déjà pensé à te remarier ? À fonder une famille ? Je sais que non !

— Les choses ont changé. Je n'ai jamais eu à réfléchir en ces termes, auparavant.

— Tu n'as pas à me passer la bague au doigt parce que les choses ont changé, Cesar.

Jude se rendait folle, à devoir prêcher le contraire de ce que désirait son cœur. Elle aimait Cesar et rien ne lui aurait fait plus plaisir que de se réveiller à ses côtés chaque matin. Il fallait du temps pour construire une relation, peut-être pourrait-il trouver le bonheur avec elle, au fil du temps ? Mais si cela échouait ?

Cesar était épris de liberté. Combien de temps faudrait-il avant qu'il ne se sente emprisonné à ses côtés ?

— Je sais que tu penses faire ce qui est juste, murmura-t-elle, le cœur en lambeaux, mais je dois te répondre non.

— Ce n'est pas simplement l'enfant, répondit-il d'une voix rauque. Je te veux, toi, Jude…

— Et si moi, je ne te veux pas ?

— Est-ce que tu en es sûre ?

Il fit passer ses doigts dans sa chevelure et l'attira à lui, déchaînant toute la passion qu'elle avait contenue trop longtemps en elle. Tremblante, Jude écrasa ses lèvres contre les siennes. Cesar la prit dans ses bras et la souleva de terre pour l'emporter jusqu'à la chambre. Il l'allongea sur le lit et alors qu'elle essayait de se relever, elle le vit enlever ses vêtements devant elle. Sa bouche s'assécha.

Il la désirait, et elle en avait la preuve concrète. Même si cela n'avait rien à voir avec de l'amour, c'était si puissant qu'elle laissa échapper un gémissement étouffé. Il lui retira sa robe et ses bas à la hâte, les jetant par terre à côté de ses propres vêtements. Après avoir passé ses doigts sur le tissu de son soutien-gorge, il l'en débarrassa et vint taquiner un téton de son pouce, appréciant de voir se dresser le petit bout rose sous ses caresses. Elle sentait une chaleur dévorante envahir ses cuisses et sa féminité. Lentement, il baissa la tête et commença à semer des baisers le long de son ventre, puis plus bas, écartant ses jambes pour la rendre folle de désir sous l'effet de sa langue. Jude se cambrait, incapable de contrôler son corps. Il l'avait à sa merci. C'était ce qui l'avait hantée chaque nuit, la rendant folle… Sa langue contre son corps, la sensation de ses mains plaquées sur ses fesses, possessives, réclamant leur dû.

Elle s'entendit crier son nom lorsqu'il la pénétra lentement, sûr de lui, avant d'accélérer ses poussées, la plaquant à chaque fois un peu plus contre son bassin. Quand la vague la submergea, elle avait déjà perdu toute volonté. Lorsqu'elle recouvra ses esprits, ce fut comme retrouver le port après la tempête.

— On va bien ensemble, murmura Cesar en s'allongeant à côté d'elle. Tu as beau refuser de m'épouser, sache que la passion est la base d'un mariage solide, or nous sommes tous deux dévorés par cette passion, Jude.

— Je le sais… Mais ça ne veut pas dire que je vais t'épouser pour les mauvaises raisons, conclut-elle.

Alors qu'elle allait se lever, il la força à se retourner pour lui faire face.

— On ne va pas rejouer ce jeu stupide. Prétendre que rien n'est arrivé, comme la dernière fois. Il va falloir que tu admettes que nous aimons faire l'amour ensemble.

— Je n'ai jamais dit le contraire ! Je dis juste que c'est une erreur de nous marier !

— Vraiment ? Ce n'est pas ce que ton corps disait quand je le touchais, Jude.

— Ce n'est pas assez, Cesar. Il faut que je m'en aille. Je t'ai dit ce que j'avais à te dire, il n'y a pas de raison de se revoir avant que les choses ne deviennent plus… sérieuses.

Jude se leva rapidement et fouilla le tas de vêtements à la recherche des siens, honteuse d'être aussi exposée face à lui. Elle lui jeta un regard en biais et vit qu'il la regardait.

— Tu as besoin que quelqu'un s'occupe de toi, Jude.

— Je suis enceinte, pas mourante !

— Et habiter en pleine campagne serait assez difficile pour moi.

— Ce n'est pas une situation simple, je te l'accorde.

Enfin rhabillée, elle alla ramasser ses chaussures, tandis qu'il enfilait son pantalon à la hâte. Qu'elle était loin, la douce stabilité de son mariage avec Marisol !

— Tu ne peux pas repartir seule, Jude.

— Je fais ce que je veux !

— Je ne compte pas m'effacer du tableau jusqu'à ce que tu décides qu'il est temps de me rappeler !

— Je ne te demande pas de disparaître, Cesar, mais dans les prochains mois, cette grossesse sera devenue de la routine pour moi. Il n'y a pas de quoi s'inquiéter.

— Il va falloir que je prévienne ma famille, y compris la branche espagnole, très à cheval sur les principes… Qu'est-ce que je suis supposé leur dire ? Que je vais avoir un enfant, mais que la mère ne veut pas entendre parler de moi ?

— Alors c'est de cela que tu t'inquiètes ? Des convenances ? De ne surtout pas sortir des sentiers battus ?

— Il n'y a rien de mal à suivre les sentiers battus !

Cesar était furieux. Jude n'aurait jamais à se préoccuper de questions d'argent, pourrait se consacrer entièrement à son enfant : combien d'hommes auraient réagi comme lui face à une grossesse surprise ? Il proposait le mariage et avait trouvé une solution à leur problème en un rien de temps, mais cela ne semblait pas la satisfaire. De son point de vue, vivre ensemble était de la pure folie.

— Où loges-tu ?

Il avait enfilé ses chaussures sans même mettre ses chaussettes, pour ne pas perdre de temps alors qu'elle filait vers la porte. Elle lui donna le nom d'un hôtel qui ne lui disait rien. Ce n'était probablement pas un endroit où la mère de son futur enfant devrait dormir et il le lui fit remarquer, impassible devant le regard noir qu'elle lui jetait en retour.

Il ne voyait aucun mal à se marier pour les convenances. Ils éviteraient le déshonneur d'avoir un enfant illégitime et poursuivraient leur relation jusqu'à ce qu'ils se fatiguent l'un de l'autre. Alors elle pourrait tout de même rester chez lui, et profiter de sa fortune cependant qu'il resterait discret sur ses aventures. Il lui témoignerait le respect dû à la mère de son enfant, sans bien sûr l'aimer comme femme et comme épouse. Cela, il ne pouvait s'y engager.

— Bon, je t'y conduis moi-même, à cet hôtel, mais je reste convaincu que tu pourrais trouver mieux. Je n'ai qu'à passer un coup de téléphone pour te réserver la meilleure chambre de Londres.

— Je ne veux pas la meilleure chambre de Londres.

— Mais bon sang, pourquoi est-ce que tu dois être aussi têtue ?

Elle était arrivée à la porte de l'appartement et il mourait d'envie de la reprendre dans ses bras et de la basculer sur le lit. Sous les draps, il pourrait la garder près de lui. Car là, elle acceptait enfin de cesser de le contredire… Sa vie semblait partir dans toutes les directions lorsqu'elle n'était pas à ses côtés. La voir au mariage, un peu plus tôt, l'avait désarçonné. Comment réussirait-il à travailler en la sachant enceinte de son enfant, et seule ?

— Je suis têtue, moi ? Honnêtement, Cesar, je te retourne le compliment. Tu es l'homme le plus têtu que je connaisse ! Tu n'acceptes jamais qu'on te refuse quoi que ce soit !

— J'essaye de rester raisonnable, Jude, il faut arriver à un compromis…

— J'ai fait un compromis, Cesar. Je t'ai annoncé la nouvelle, non ? J'aurais très bien pu te laisser en dehors de tout cela. J'aurais pu disparaître et mettre ce bébé au monde sans que tu n'en saches jamais rien.

— Cela ne te ressemblerait pas, Jude, tu es trop honnête pour ça. Et puis disparaître, d'accord, mais pour aller où ? Ne penses-tu pas que Fernando et Imogen auraient fini par te poser des questions en voyant ton ventre s'arrondir ?

— Tu te souviens de ce que je viens de dire à propos de ton entêtement ?

Il s'immobilisa alors qu'ils descendaient vers sa voiture et elle sourit de le voir pris en défaut. Mais il reprit vite son assurance.

— Crois-moi, Jude, ce n'est que le début.

Cesar échafaudait déjà un plan pour la suite. Elle ne voulait pas l'épouser, pas encore, mais elle allait forcément le revoir. Il n'allait pas disparaître en attendant le coup de fil qui le préviendrait de la naissance de son enfant.

— Très bien, finit-il par dire dans la pénombre de la voiture, une fois que le chauffeur les eut installés. Pour l'heure, j'accepte que tu montres des réserves concernant mon offre. Même si je ne comprends pas pourquoi tu gaspilles tant d'énergie à négocier.

Avec toute la tension emmagasinée ces derniers jours, Jude se laissa aller à un moment de faiblesse.

— C'est vrai que je suis enceinte, et le stress est forcément mauvais pour l'enfant…

Elle vit Cesar hocher la tête, les yeux fixés sur la route. Après tout, sans doute se faisait-il peu à peu à l'idée de cette grossesse, à l'idée d'avoir bientôt un enfant. Et peut-être commençait-il à apprécier ce que l'avenir lui réservait… Même s'il n'était pas forcément réjoui du choix de la mère.

— Exactement, dit-il, et je pense que tu devrais lâcher du lest. Je fais des efforts vers toi, et tu devrais faire de même. J'ai une proposition.

— Est-ce qu'elle va générer du stress ?

— Non. À vrai dire…

Cesar la regarda et elle crut déceler de la tendresse dans ses yeux.

— À vrai dire, peut-être même le contraire. Cela va te simplifier la vie, et je pourrai au moins dormir en paix. Je veux te savoir proche de moi. Je suis de la vieille école, il faudra que tu t'y fasses.

Jude soupira, mais il continuait sur sa lancée :

— La mère de mon enfant ne peut pas habiter au milieu de nulle part, et refuser tous mes efforts pour l'aider, simplement parce qu'elle est trop fière.

Ils arrivaient à l'hôtel de Jude, qui, même inconnu de Cesar, semblait tout à fait convenable. À côté de lui, Jude le regardait :

— Alors ?

— Eh bien, tu…

Tu vas déménager. Il avait failli le dire tout net, mais ç'aurait été agiter un drapeau rouge devant un taureau furieux. Il fallait se montrer diplomate.

— Je pense que ce serait une excellente idée de te voir déménager pour habiter un peu plus près de chez moi. Je sais que tu as ton travail, mais tu es en free-lance, non ? Finalement, tu pourrais habiter où tu veux…

— Oui, mais…

— C'est bien ce que je me disais. Tu pourrais louer le cottage pour des vacances, par exemple. Les gens adorent les petites maisons de campagne pour passer le week-end, même si j'ai toujours du mal à comprendre pourquoi. Quant à moi, j'achèterai un endroit où je peux me rendre plus facilement sans avoir à prendre l'hélicoptère de la société. Et il y a des endroits magnifiques autour de Londres, à portée de train…

Jude allait lui répondre que son cottage était très accessible, qu'elle l'avait aménagé à partir de rien et qu'elle en éprouvait une réelle fierté, mais elle ne put que dire :

— Tu ne peux pas m'acheter une maison, Cesar…

— Et pourquoi pas ?

La Bentley venait de se garer devant l'hôtel.

— Les gens ne font pas ce genre de choses.

— Je pensais qu'il était établi que je ne faisais pas les choses comme la plupart des gens… Quel genre de maisons aimes-tu ?

Jude n'avait aucune intention d'accepter une offre aussi invraisemblable, mais elle ne put s'empêcher de repenser à la demeure de Cesar, tout en planchers luxueux et en œuvres d'art hors de prix.

— Rien qui ne ressemble à chez toi, répondit-elle.

Il lui lança un sourire inattendu et moqueur.

— Qu'est-ce qui ne va pas dans mon appartement ?

— Je n'aime pas trop le cuir. C'est trop froid en hiver

et ça colle à la peau en été. Et ces meubles modernes… Et puis ces tableaux, ça n'a pas de sens.

— Rien d'autre ?

— Ça ne te manque pas d'avoir un jardin ? Un carré d'herbe où s'asseoir en été, avec un verre de vin ?

— Non. Qu'est-ce que tu n'aimes pas d'autre ?

— Désolée… Je ne veux pas avoir l'air de remettre tes goûts en cause, mais…

C'était un peu tard pour des excuses, mais Cesar avait l'air ouvert à la critique et elle ne put s'empêcher d'ajouter, dans un élan de franchise :

— On ne dirait pas qu'il est habité…

Elle se demanda à quoi ressemblait la maison qu'il avait partagée avec sa première femme. Y avait-elle apporté sa touche ? Avait-elle mis des fleurs ? Acheté des livres de cuisine qui dormaient aujourd'hui, inutilisés, au fond d'un carton ?

— À quoi ressemblait ta maison en Espagne, quand tu étais marié ?

Cesar fronça les sourcils. Il n'y avait jamais vraiment repensé. Tout souvenir associé à Marisol avait été isolé dans une partie compartimentée de son cerveau.

— Elle était… assez grande.

Il aurait fallu qu'ils sortent de la voiture et qu'il la raccompagne jusqu'aux marches de l'hôtel, mais il se sentait bien, si proche d'elle dans l'habitacle obscur de la voiture… Ces moments étaient importants, tenta-t-il de se convaincre. Jude n'était plus une simple passade. Elle était devenue bien plus importante que cela. C'était son devoir de rester auprès d'elle, de parler, d'observer les expressions fugaces qui se peignaient sur son visage, trahissant chacune de ses émotions les plus secrètes.

— Mais encore ?

— Je ne me souviens plus du nombre de pièces. Il y en avait… beaucoup. Beaucoup de marbre, aussi. C'était un cadeau de ses parents.

— Cadeau utile, sourit Jude. Même si je préfère personnellement ce qui est modeste mais confortable…

— Je sais, maugréa Cesar.

— Enfin, je… Je crois que je vais y aller. Je suis épuisée.

Elle étouffa un bâillement et se souvint de ce qu'il avait dit à propos de leur nécessaire proximité, dorénavant. Elle ne voulait pas rouvrir le débat, et il était assez tentant de se laisser bercer d'illusions, ne serait-ce qu'un instant. Il lui avait dit qu'il voulait l'épouser, qu'il la voulait proche de lui. Elle avait bien le droit de rêver un peu, après tout… S'imaginer avec lui, dans leur maison… Pourquoi pas ? Demain, elle prendrait son courage à deux mains et l'appellerait pour lui dire qu'il n'était pas question d'acheter une maison pour elle, mais pour ce soir, elle s'accordait une part de rêve.

Trois jours plus tard, elle cherchait encore à joindre Cesar, et toujours en vain. Il avait disparu pour conclure une affaire importante, aux dires de sa secrétaire. Il n'était pas non plus joignable sur son portable : cela fit comprendre à Jude qu'il était temps de redescendre sur terre. Toutes les promesses de Cesar n'étaient que des belles paroles… Comme d'habitude, il ne pensait qu'à son travail qui passait avant tout le reste.

Jude chipotait dans son bol de céréales, ressassant les événements récents, lorsqu'on sonna à sa porte.

Elle alla ouvrir et le découvrit, stupéfaite.

— Qu'est-ce que tu fais ici ? J'essaye de te joindre depuis trois jours !

— J'avais une affaire pressante à conclure, je ne pouvais pas être dérangé. Il va falloir que tu ailles te changer, prends une tenue confortable.

— Pourquoi ? Je ne vais nulle part.

— Pas besoin de monter sur tes grands chevaux. J'ai simplement quelque chose à te montrer.

9.

— C'était ça, ton affaire pressante ?

Ils venaient de finir le tour de la maison… Depuis que Cesar avait évoqué la possibilité de la loger quelque part, Jude ne songeait qu'à refuser catégoriquement cette solution. Elle avait en vain cherché à le joindre pour le lui dire.

À moins d'une heure de Londres, ils avaient rejoint un petit hameau. Durant tout le trajet, Cesar avait catégoriquement refusé de lui expliquer la raison de leur déplacement, entretenant une conversation légère et usant de faux-fuyants. Maintenant, ils étaient arrivés.

Cesar avait prêté une grande attention à ce qu'elle lui avait dit de sa maison idéale : celle-ci n'avait rien d'ostensible, rien de moderne, même s'il suffisait d'un coup d'œil pour voir que tout y était de qualité. La cuisine campagnarde en chêne ainsi que le lit immense de la chambre étaient splendides, et avaient dû coûter une fortune.

— Voilà ce sur quoi je travaillais, confirma-t-il en plantant ses yeux sombres dans ceux de Jude.

Il avait dû agir vite, mais ses moyens l'avaient naturellement aidé à trouver la maison qui convenait dans un village à distance idéale de son lieu de travail et de son appartement.

— Promène-toi et prends le temps de tout regarder avant de dire quoi que ce soit, lui avait demandé Cesar en voyant la protestation se peindre sur son visage. Si tu n'aimes pas ce lieu, je respecterai ton choix.

Il avait misé sur le fait que la maison ferait le travail de persuasion pour lui. Sans être certain de sa réussite, il savait qu'il avait ses chances. Jude avait réagi avec un étonnement d'enfant devant le petit jardin et son verger de pommiers et de pruniers, s'était arrêtée pour contempler les vieilles pierres de la maison, la belle cheminée ornée de carrelage, dont la date était gravée sur le manteau… Visiblement, elle goûtait la chaleur de la vieille maison d'époque victorienne. Cesar sentait son triomphe prendre forme.

— Alors, demanda-t-il d'un air innocent quand ils eurent bouclé la visite, qu'est-ce que tu en penses ? Elle te plaît ?

— Comment ne pas l'aimer…

Ils étaient revenus à la cuisine, assis l'un en face de l'autre à la grande table en pin massif où était disposé un grand vase de fleurs sauvages.

— C'est à une distance idéale du centre de Londres. Et ce n'est pas très loin de chez toi non plus. Tu pourrais sans problème retourner là-bas pour le travail, voir tes amis…

Jude voyait la tentation danser devant ses yeux. Cesar ne l'aimait pas, mais il prenait soin d'elle parce qu'elle portait son enfant. Bien sûr, elle ne l'épouserait jamais, mais il était plutôt réconfortant de songer qu'il serait toujours là en cas de problème.

— Je peux acheter la maison aujourd'hui, reprit-il d'une voix enjôleuse. Les propriétaires sont prêts à la vendre avec les meubles. Tu pourrais être installée à la fin de la semaine…

Il lui laissa le temps de s'imaginer ici, ne voulant pas la braquer en la pressant.

— Mais on n'a même pas pris le temps d'en parler ! objecta Jude. Je n'arrive pas à croire que tu puisses trouver une maison et supposer que je vais y vivre sans même me consulter !

— Est-ce que tu aurais été d'accord pour chercher la maison avec moi, dans ton état ? C'est beaucoup de fatigue…

— Peut-être pas, mais ça n'a rien à voir.

— Si, ç'a tout à voir. Tu m'aurais mis des bâtons dans les

roues et m'aurais rendu la vie impossible. J'ai pris la décision de m'en occuper seul pour trouver le meilleur endroit, et le plus vite possible. Je fais cela tout le temps dans le cadre de mes affaires…

— Mais je ne suis pas une de tes employées, Cesar ! Tu ne peux pas te conduire en patron et me donner des ordres.

— Je n'ai jamais acheté de maison à l'un de mes employés, si ça peut te rassurer. Maintenant que tu as vu l'endroit, dis-moi ce qui ne te plaît pas.

— Ce n'est pas à propos de la maison, bien sûr que je l'adore, je te l'ai dit.

— Tu aimes la maison, et le lieu est parfait. Donc, tu veux juste exercer ton droit au refus de manière totalement arbitraire. Tu portes mon enfant, et en conséquence, tu fais ce que tu veux, c'est ça ?

— Bien sûr que non…

— Alors donne-moi une raison concrète de ne pas prendre cette habitation, Jude, et épargne-moi les grands discours

— J'ai un tas de choses chez moi…

— Ce sera réglé en un rien de temps.

— Mais déménager, ce n'est pas rien ! Et puis je ne peux pas te laisser l'acheter pour moi…

— Est-ce que tu me laisserais l'acheter pour mon enfant ?

Cesar haussa les épaules, tant les questions d'argent lui étaient abstraites, et conclut :

— Si tu préfères, la maison restera à mon nom jusqu'à la majorité de notre enfant, date où elle lui reviendra. Ça n'a aucune importance de toute façon.

Jude entendit l'argument et elle se sentit perdre du terrain. En plus de cela, l'amour qu'elle portait envers et contre tout à cet homme ne l'aidait pas à penser de manière raisonnable. Il faisait tout ça pour elle, et pour l'enfant.

— Eh bien…

En entendant ces deux petits mots, Cesar sut qu'il avait

gagné. Elle allait venir vivre ici. Son propre soulagement le surprit.

— Je n'aime pas trop l'idée d'accepter cela, se sentit-elle obligée d'ajouter. Mais je peux peut-être faire un compromis, et nous en reparlerons à la naissance de l'enfant.

— Tout ce que tu veux.

Quinze jours plus tard, Jude amenait ses derniers dessins dans la maison. Le déménagement s'achevait. Il lui était de plus en plus difficile de s'accrocher à l'image d'un Cesar arrogant et uniquement tourné vers ses affaires, prêt à la laisser tomber dès qu'il se lasserait d'elle. Il avait entamé une opération séduction, l'appelant au téléphone, l'aidant à mettre en location de son ancienne maison, contrôlant le déménagement de manière que rien ne soit laissé au hasard et qu'elle ait le moins de tracas possible. Elle en venait à se demander s'il avait encore du temps pour ses affaires, mais lorsqu'elle y avait fait référence, il avait eu un geste rapide de la main, comme pour évacuer un sujet sans importance. Jude finit par ne plus se poser de questions, acceptant sa présence et gardant pour elle le plaisir qu'elle ressentait en sa compagnie.

Ils ne se touchaient jamais, pourtant. Il l'accueillait à chaque fois d'une bise légère sur la joue, et ils se séparaient de la même manière. Cela donnait l'impression à Jude d'être un objet inanimé, quelque chose à protéger, mais pas à chérir. Cesar avait dépassé le stade de l'attirance physique, et même si elle l'avait prévu, elle ne pensait pas que cela arriverait si vite et elle se sentait affreusement vide en y pensant.

Une semaine après son installation, elle se laissa aller à l'idée de tester ses limites. Cesar l'avait appelée un peu plus tôt pour la prévenir qu'il l'emmenait dîner, ce qui impliquait invariablement une réservation dans un restaurant hors de prix. Mais elle décida de jouer une autre carte.

Il se présenta à son porche à 19 heures précises. Il avait quitté son travail tôt pour un vendredi, jour où il restait souvent au bureau jusqu'à une heure avancée. De plus, Cesar avait même pris le temps de se changer, passant un jean noir et une veste légère très élégante qui mettait ses muscles en valeur.

— J'ai décidé de cuisiner quelque chose, dit Jude en guise de préambule.

Elle l'entraîna dans la cuisine à sa suite.

— D'où ces délicieuses odeurs… Mais pourquoi t'être donné tout ce mal ? On pouvait sortir…

— Tu ne te fatigues jamais de dîner dehors ?

— C'est un mode de vie auquel on se fait… Tu as vu mon frère, récemment ? dit-il tout à trac, changeant radicalement de conversation. Il commence à ressembler à un homme marié !

C'était ainsi qu'il se comportait, dorénavant, badinant sur tout, sautant d'un sujet à l'autre, mais sans jamais montrer la passion qui le caractérisait lors de leurs premières rencontres. Pendant le dîner, il parla de Freddy et de son club de jazz qui allait ouvrir dans trois mois. Les perspectives étaient encourageantes et l'investissement se révélait judicieux, sans doute profitable à court terme. Jude en était ravie, mais s'il croyait qu'elle allait lui tresser des couronnes de laurier pour avoir cru en son frère, il se trompait. Elle déclara à brûle-pourpoint.

— Est-ce que tu trouves que je commence à grossir ?

Elle se tourna pour qu'il puisse inspecter son profil et la petite bosse qui commençait à déformer son ventre, ainsi que ses seins, bien plus gros qu'auparavant. Son petit haut noir les mettait admirablement en valeur, sachant qu'elle ne portait pas de soutien-gorge, n'ayant pas encore eu le temps d'en acheter un à sa nouvelle taille. Cesar détailla l'ensemble avec un petit raclement de gorge. Ces dernières semaines, il avait pris du temps pour elle, se conduisant de la meilleure des façons, un vrai gentleman, ce qui n'était pas son habitude avec les femmes. Pourtant le souvenir de sa nuit avec Jude le hantait, son corps le hantait et voilà qu'elle lui présentait ses seins ronds et gonflés…

Mais elle ne voulait pas de lui. Ou tout du moins pas encore assez, et il n'allait pas tout compromettre à ce stade. Il voulait que son esprit soit aussi attiré par lui que son corps, pour qu'elle ne le rejette plus jamais au prétexte que leur liaison risquait d'être passagère.

— Une femme enceinte n'est pas grosse, répondit-il de la manière la plus neutre possible.

Il savait qu'elle ne portait pas de soutien-gorge, s'en était rendu compte à la minute où elle avait ouvert la porte. Ses tétons aussi devaient être gonflés par la grossesse. Il essayait de ne pas détailler de manière trop évidente ce qui était offert à sa vue.

— Eh bien, je me sens grosse, continua Jude, en passant une main sur son estomac. J'étais si mince avant et maintenant tout est gros, partout… Pas seulement mon estomac.

Cesar jeta un regard à ses seins.

— On pouvait s'y attendre.

Il avait parlé sans avoir à s'éclaircir la gorge, ce qui était surprenant.

— Il va falloir investir dans des tenues plus larges, poursuivit-il. Il existe des magasins spécialisés dans les vêtements de grossesse. Choisis ce que tu préfères, sans regarder le prix. Inutile de dire que tout sera pour moi.

Jude soupira avec un mélange de frustration et de résignation. Elle avait essayé et avait échoué : si elle arrachait ses vêtements pour se mettre nue devant lui, il lui dirait probablement de veiller à ne pas attraper froid. Avait-il remarqué qu'elle ne portait rien en dessous de son haut ?

— Est-ce que tu as utilisé la carte bleue que je t'ai donnée ? reprenait Cesar, se réfugiant derrière la sécurité d'une conversation sur les comptes.

Si elle savait l'effet qu'elle était en train d'avoir sur lui, elle fuirait à l'autre bout de la maison.

— Ta carte ? Bien sûr que non ! s'exclama Jude.

La maison était pourvue d'un lave-vaisselle, mais elle aimait la faire à la main et commença à s'y employer avec vigueur.

— Je continue à travailler, poursuivit-elle. Dans un mois je toucherai en plus le loyer du cottage, alors mes finances se portent à merveille. Je n'ai pas encore besoin de puiser dans la vaste fortune des Caretti !

— Tu me jettes ça au visage comme si c'était une insulte que de te le proposer…

Jude aimait l'idée de se disputer avec lui, dans l'espoir que ce genre de conversation réveillerait la passion dont Cesar manquait si terriblement ces derniers temps. Mais étrangement, la grossesse la calmait, et elle choisit de profiter de sa soirée qui fut très agréable. À 23 heures, Cesar se leva pour prendre congé et la prévenir qu'il serait absent plusieurs jours à partir du lundi. Adossé à l'encadrement de la porte, il lui demanda si tout irait bien pour elle.

— Bien sûr que tout ira bien, répondit Jude. Je ne cesse de te répéter que je n'ai pas besoin qu'on me surveille comme une mère poule.

— Merci ! Je me sens très viril quand tu dis cela.

— Je n'ai pas à te dire que tu es viril, gronda Jude. Tu sais que tu l'es.

— Oh oui, je le sais.

Il avança sa main pour venir la poser sur le ventre de Jude, caressant légèrement la peau sous le tissu de sa jupe. Jude sentit des étincelles courir le long de sa colonne vertébrale et se demanda comment Cesar réagirait si elle saisissait sa main pour la faire remonter sous son T-shirt.

— J'ai acheté un de ces bouquins de grossesse, lâcha-t-il avant de fourrer les mains dans ses poches.

Jude éclata de rire.

— Tu as acheté un manuel de grossesse ? Tu ne me l'avais jamais dit ! C'est ta lecture de chevet ? Moi qui pensais que tu te couchais avec des tonnes de rapports et ton ordinateur portable !

— Je l'ai lu en diagonale, répondit Cesar à contrecœur. D'ailleurs je te le déconseille : ces livres sont pleins d'histoires affreuses.

Elle se mit à rire en l'imaginant plongé dans pareille lecture et rétorqua :

— Ces histoires-là n'impressionnent que les femmelettes.

— Je croyais que j'étais viril ?

Elle sourit à son trait d'humour et il reprit :

— Ça va entre nous, Jude, non ? Admets-le. On peut parler, rire ensemble, on s'apprécie… Dis-moi pourquoi tu trouves cela si difficile de t'engager. C'était moi qui étais censé avoir peur de ce genre de choses.

— Ne gâche pas la soirée, Cesar…

Il ne l'aimait pas, ça suffisait à justifier son refus. Et en outre, à ce qu'elle avait pu constater, il ne semblait même plus physiquement attiré par elle. Il pouvait parler d'engagement, mais à la fin des fins, on en revenait à un mariage arrangé. Il ne fallait surtout pas oublier la main de fer sous le gant de velours. Devant elle, Cesar contenait son impatience avec difficulté.

— Non, bien sûr, ce serait dommage, finit-il par répondre avec une courtoisie délibérée. Tu sais que je dois aller à New York quelques jours pour signer un contrat. Tu as tous mes numéros, Jude. Appelle-moi, d'accord ?

Jude n'en avait pas l'intention, craignant de développer une dépendance à sa voix et à son charme amical. Et à vrai dire, elle attendait avec impatience d'avoir un peu de temps pour elle. Elle pourrait se consacrer à son travail, à quelques projets en attente… Il faudrait aussi rendre visite à Freddy et Imogen pour se souvenir de ce à quoi devait ressembler une union saine, entre deux personnes amoureuses. Rien de ce qu'elle partageait avec Cesar…

En tout état de cause, elle aurait suffisamment à faire pour ne pas pleurer sur son absence.

Jude aurait été bien incapable de prévoir ce qui arriverait le jeudi suivant, l'impensable, la seule chose que Cesar et elle n'avaient pas inclus dans l'équation. Quelques gouttes de sang seulement, mais lorsqu'elle les vit, elle sentit le sol s'effondrer sous ses pieds.

Dehors, la journée était splendide. Elle avait passé un agréable moment au travail, avec un jeune couple qui avait apprécié ses dessins. Dans la voiture, au retour, elle avait conclu, le cœur léger, qu'un esprit occupé était le meilleur des remèdes au problème que posait Cesar.

Mais quand elle comprit ce qui se passait, elle sentit une vague de panique l'envahir, puis la prendre entièrement. Devait-elle rester où elle était et attendre que le saignement cesse ? Elle essaya de se souvenir de ce qu'elle avait lu à ce sujet, mais elle ne se rappelait rien. Elle était terrifiée, paniquée à l'idée de perdre le bébé.

Et elle ne voulait pas appeler Cesar.

Lorsqu'elle eut enfin le courage de composer le numéro de son médecin, les mots s'entrechoquaient dans sa bouche. Il n'y avait probablement pas d'inquiétude à avoir, la rassura-t-il en vain au téléphone, mais pour être sûre, mieux valait se rendre à l'hôpital. Il les appellerait pour prévenir de son arrivée.

Après les couloirs, les blouses blanches et quelques spécialistes croisés à côté des infirmières, Jude appela Imogen pour la tenir au courant, gardant un ton léger, répétant sans y croire les paroles rassurantes du docteur.

— Pas besoin de prévenir Cesar, déclara-t-elle. Il vient à peine de rentrer de New York, il est sans doute fatigué et très occupé.

Tous les scénarios qu'elle avait imaginés dans sa tête,

même les plus sinistres, ne reposaient que sur l'existence préalable d'un enfant. Elle n'avait encore jamais pensé à un futur sans l'enfant de Cesar. Elle était jeune et sa grossesse se déroulait bien. Comment aurait-elle pu se soucier de quoi que ce soit ?

Sans l'enfant, Cesar n'aurait rien à faire à ses côtés. Il n'aurait plus de devoir envers elle. Ni d'obligation à se montrer charmant et attentif.

À la maternité, on l'avait fait allonger sur un lit pour attendre l'échographie. Au bout de dix minutes, ses draps étaient déjà mouillés de sueur. Elle passa un premier examen, entendant à peine les paroles encourageantes des médecins, et on la fit attendre à nouveau. Elle aurait aimé que Cesar soit avec elle. Mais comment envisager sa réaction à l'annonce d'une mauvaise nouvelle ? Lorsqu'on l'étendit sur la couchette dans la salle d'échographie, son cœur battait la chamade. Mais elle fut vite captivée par tous les détails de la forme qui bougeait sur l'écran. Tout allait bien, lui dit-on d'une voix calme et apaisante. Il lui fallait simplement du repos.

Mais au fond d'elle-même, Jude savait que rien n'allait, au contraire. Même si le bébé était sauf, grâce au ciel. Cet incident sonnait comme un avertissement. Elle avait été entraînée dans une histoire qui la dépassait, s'était laissé bercer de belles paroles, fascinée qu'elle était par le charme de Cesar. Les médecins qui lui disaient que tout allait bien ne connaissaient rien de sa situation personnelle. Et puis, ne lui avaient-ils pas ordonné de garder le lit quelque temps, demeurant très vagues lorsqu'elle les interrogeait sur le pire des cas possible ? Elle devait prendre beaucoup de repos, ne cessaient-ils de répéter.

Il faudrait qu'elle voie Cesar, lorsqu'on la laisserait sortir. Qu'elle lui fasse savoir qu'elle avait enfin ôté ses lunettes rose bonbon et compris la réalité. Un homme comme lui, riche, puissant et éminemment sexy ne pouvait passer l'intégralité de ses nuits au travail, d'autant moins qu'il n'était plus attiré par elle. Les soupçons s'insinuaient en Jude, enserrant son cœur telle une branche de lierre.

On lui avait conseillé de passer la nuit ici, de manière à ce que les médecins puissent mesurer ses constantes. Le saignement avait cessé et son niveau de panique baissait en conséquence. Elle ne s'aperçut même pas qu'elle s'endormait.

Un bruit de pas dans la chambre et le raclement d'une chaise qu'on tirait la sortirent de sa torpeur. Jude savait de qui il s'agissait sans même avoir besoin d'ouvrir les yeux.

— Comment as-tu su que j'étais ici ? demanda-t-elle en le regardant.

Il était bien plus proche d'elle qu'elle ne le croyait, son visage à quelques centimètres du sien.

— C'est Imogen qui m'a prévenu. Bon sang, pourquoi ne m'as-tu pas appelé ?

— Je n'en voyais pas la nécessité.

Cesar refréna son envie de briser la chaise. Il avait déjà consulté les médecins et savait que tout était normal, mis à part un niveau de fatigue relativement élevé qui la contraindrait au repos pour les semaines à venir. Il lui était impensable de crier et il se contenta donc de répéter entre ses dents :

— Tu n'en voyais pas la nécessité…

— Non. Et Imogen n'aurait pas dû t'appeler. Je lui avais d'ailleurs demandé de ne pas le faire. Je ne voulais pas te voir te précipiter à mon chevet, alors que tu as probablement mieux à faire après ton voyage à New York. C'était juste une petite frayeur, rien de plus.

— Je pense avoir le droit d'être tenu au courant de ce genre de frayeurs.

Quelques jours auparavant, elle aurait pu croire qu'il faisait attention à elle, qu'il lui montrait de la tendresse. La pensée lui aurait procuré une douce chaleur, elle aurait pu lui sourire et lui confier ses craintes. Elle aurait même pu lui avouer qu'elle était contente de le voir. Il l'aurait ramenée à la maison et aurait parlé de sa voix grave et rassurante, la convaincant qu'elle était bien plus qu'un simple incubateur à bébé. Mais elle savait que cela aurait été une illusion.

— J'espère que ce sera la dernière, répondit-elle simplement, et elle le vit froncer les sourcils.

— Qu'y a-t-il, Jude ?

— Qu'est-ce que tu veux dire ?

— Lorsque je t'ai quittée, tu étais de bonne humeur, heureuse. Est-ce l'inquiétude qui te mine ? Les médecins ont dit que tout allait bien. Ils ne veulent pas te voir t'angoisser.

Parce que le stress affecterait l'enfant. Il se moquait bien de sa santé !

— Bien sûr. Ce ne serait pas bon, acquiesça-t-elle cependant.

— Il faut que tu te reposes. Plus d'heures supplémentaires ou ce genre de choses. Dorénavant, tu suis les conseils des médecins. Je vais te trouver une aide à domicile. Quelqu'un qui puisse cuisiner, s'occuper de la maison, te décharger de toute fatigue. Si tu es en bonne santé, le bébé sera en bonne santé, c'est aussi simple que ça.

C'était aussi simple que ça. Ça l'avait toujours été.

— Et n'essaye pas de me dire que tu peux te débrouiller seule, reprit-il, devançant ses objections.

— Je n'allais rien te dire de ce genre. Je ne suis pas stupide, Cesar. Je sais que je vais avoir besoin d'aide pour la maison et je vais lever le pied question travail.

Elle se souvenait du visage terrifié de Freddy lorsqu'on avait admis Imogen à l'hôpital. Il était mort d'inquiétude, fou d'amour et de souci. L'inquiétude de Cesar, elle, ne concernait que la santé de son enfant.

— Je suis fatiguée, déclara-t-elle abruptement. La journée a été longue et il faut que je dorme.

— Tu auras besoin de vêtements de rechange, pour sortir.

Jude n'y avait pas pensé, et elle haussa les épaules en guise d'assentiment.

— Dis-moi ce qu'il te faut et je te l'apporterai.

— Tu n'as pas à t'en faire, Cesar, ton chauffeur peut s'en occuper.

Elle émit un bâillement pour signifier la fin de la conversation.

— Ne sois pas absurde, Jude.

Cesar ne tenait pas à voir son chauffeur fouiller dans les sous-vêtements de Jude, c'était plus qu'inacceptable.

— J'irai te chercher ce dont tu as besoin et je ferai en sorte qu'une gouvernante soit là lorsque tu rentreras. Je vais demander à ma secrétaire de régler cela.

Il sortit son téléphone et Jude l'entendit donner quelques directives rapides. Des consignes qui seraient suivies avec l'efficacité propre au salaire important que touchait la secrétaire, payée pour obéir.

Cesar avait essayé différentes techniques avec elle, songea Jude, des ordres directs aux sourires et à la sollicitude tendre et inquiète. Elle aussi avait été payée pour lui obéir, en quelque sorte. Elle habitait dans une maison qu'il avait choisie et un quartier qui lui convenait, pour des raisons qui l'arrangeaient, lui. Le mariage mis à part, il lui avait imposé tout ce qu'il désirait et elle n'avait montré aucune résistance. Mais la frayeur qu'elle s'était causée aujourd'hui lui avait amèrement rappelé ce qu'elle était aux yeux de celui qu'elle ne pouvait s'empêcher d'aimer : un ventre. Il fallait qu'elle se réveille, et vite, avant d'être incapable de faire marche arrière.

10.

J'ai bien réfléchi...

Jude était de retour dans sa nouvelle maison et Cesar ne tarderait pas à l'y rejoindre.

Une gouvernante avait été trouvée en un temps record et elle avait préparé la demeure en vue du retour de Jude. Elle n'était pas là pour le moment, Jude l'ayant envoyée faire quelques courses pour les prochains repas. Ainsi, lorsque Cesar arriverait, il n'y aurait qu'elle dans la maison. Elle avait tout prévu…

Elle se regarda dans le miroir de sa chambre et répéta le petit discours qu'elle avait préparé. Tout d'abord, elle allait s'assurer que la maison était bel et bien au nom de Cesar. La demande des documents qui le prouvaient lui permettrait d'établir la tonalité de la conversation qui allait suivre.

Mettre tout de suite les choses au point par rapport à l'acte de propriété l'aiderait à garder son sang-froid quand elle aborderait les sujets plus délicats, par exemple celui des limites qu'il fallait établir entre eux deux. Avec un peu de chance, elle ne se laisserait pas submerger par l'émotion… Bien sûr, Cesar prétendrait qu'aucune limite n'avait été franchie, qu'ils entretenaient une relation adulte et parfaitement amicale, et que cela serait très utile lorsqu'il s'agirait de s'occuper à deux de leur enfant. Elle avait déjà prévu la réponse à cet argument.

Dîner dehors ensemble, par exemple, c'était hors limite. Elle ne voulait pas être à sa merci, à devoir lui accorder ce qu'il voudrait bien prendre d'elle sans pouvoir protester puisque c'était lui qui contrôlait sa vie. Elle comptait soulever le problème de leurs futurs partenaires : que se passerait-il lorsque l'un ou l'autre trouverait quelqu'un avec qui partager sa vie ? En fait, elle voulait faire comprendre à Cesar qu'elle n'envisageait pas qu'il soit pour toujours le seul homme dans sa vie…

Tout en se maquillant, elle se demanda à quoi pourrait bien ressembler ce personnage actuellement fictif, qui allait débarquer un beau matin dans son existence et avec qui elle aurait envie de vivre une autre histoire. Mais le reconnaîtrait-elle seulement alors que Cesar était devenu une obsession pour elle ? L'homme aurait beau avoir tous les atours du prince charmant, personne n'arrivait à la cheville de Cesar. En comparaison, les autres représentants de la gent masculine paraissaient bien fades. Cesar avait fait irruption dans sa vie, avait tout bousculé et elle, telle l'héroïne d'un sombre roman victorien, elle s'était pâmée et lui avait accordé tout son amour.

Dans la glace, elle se fit une petite grimace mi-figue, mi-raisin et rejoignit le salon. Du sofa où elle s'allongea, elle avait vue sur le jardin baigné de soleil. C'était très apaisant.

Elle entendit la porte d'entrée et sut que c'était Cesar avant même qu'il n'ait posé le pied au salon. Il apparut, superbe et sexy en pantalon de lin crème assorti d'un polo de rugbyman, qui, lui avait-il expliqué un jour, lui rappelait le bon temps de l'université, quand il était capitaine de l'équipe de rugby.

À le voir si beau, elle ressentit l'habituel petit serrement de cœur.

— Ah, dit-il avec un sourire d'approbation, tu t'es allongée. Bien, tu suis les ordres du médecin.

Il s'assit sur une chaise face à elle et croisa les jambes.

Elle lui avait dit de passer à 16 heures et depuis midi, il n'avait pas arrêté de regarder sa montre. Quand il s'en était rendu compte, cela l'avait agacé. D'ailleurs, pourquoi lui fixait-elle une heure précise alors que d'habitude, elle était toujours contente de le voir, quel que soit le moment de sa visite ?

— Comment te sens-tu ? reprit-il avec sollicitude.

— Ça va, merci.

Et c'était tout ? Elle se montrait polie, mais d'une politesse froide, presque affectée. Ou était-ce son imagination qui lui jouait des tours ? se demanda Cesar.

— Et la gouvernante ? Tu en es contente ? Où est-elle, d'ailleurs ?

— Annie me semble parfaite. Je l'ai envoyée faire des courses parce que... enfin, je pense sincèrement qu'il nous faut avoir une conversation sérieuse.

Cesar n'eut aucun mal à reconnaître le ton que Jude employait. Il en avait usé lui-même plus d'une fois, généralement pour signifier à ses compagnes du moment la fin de leur relation... Dans ce cas, il leur offrait un superbe dîner dans un grand restaurant et puis, au dessert, en employant cette même intonation, il leur proposait d'avoir avec lui une petite conversation...

— Vas-y, dit-il d'un ton neutre.

Jude remarqua que le sourire avait quitté son visage, remplacé par cette expression fermée qui l'avait si souvent glacée par le passé.

— Eh bien, j'ai pas mal réfléchi, Cesar. Quand j'ai envisagé le pire pour... pour le bébé, j'ai compris qu'il fallait que nous mettions au clair certains détails de nos vies.

Elle s'éclaircit la gorge, attendant une réaction qui ne vint pas. Au bout d'un moment, Cesar se contenta de demander :

— Quel genre de détails ?

— La maison, pour commencer...

— Elle est à mon nom, comme tu me l'as demandé.

— Bien, dit-elle en baissant les yeux sous son regard sombre, dont l'éclair perspicace la faisait buter sur les mots pourtant si bien répétés devant son miroir. Mais il ne faudra pas omettre de me montrer les papiers…

Allait-elle seulement réussir à garder ce ton raisonnable tout au long de leur échange ?

— Comme tu voudras. Ce n'est pas difficile. Cependant, tu pourrais me faire confiance, remarqua froidement Cesar. C'est tout ?

Jude se racla la gorge. S'il avait des réserves par rapport à cette simple demande, qu'en serait-il du reste ?

— Eh bien… non, à vrai dire, ce n'est pas tout… Il faut que nous discutions de l'avenir : que se passera-t-il si nous rencontrons quelqu'un ?

Elle avait parlé d'un seul trait, craignant de ne pas pouvoir reprendre si elle s'arrêtait.

— Es-tu en train de me dire qu'il y a quelqu'un dans ta vie ? jeta Cesar, contenant difficilement sa fureur.

Ses yeux étaient comme deux pics de glace.

— Bien sûr que non ! Regarde-moi, Cesar, je suis enceinte !

Bien sûr qu'il n'y avait personne d'autre ! Pourquoi n'avait-il pu s'empêcher de poser cette ridicule question ?

— Mais cela peut arriver, reprenait Jude. Un jour. À moi comme à toi.

Elle avait vaguement espéré qu'il l'assurerait du contraire, mais il gardait les dents serrées, ce qui était normal de la part de quelqu'un qui ne voulait pas s'engager sur ses relations futures. Il lui avait offert le mariage, lui avait garanti la sécurité financière, tout comme si elle n'était qu'une employée digne d'une augmentation après une période probatoire satisfaisante. Il n'avait jamais parlé de fidélité… Elle donna voix à une question qu'elle n'avait jamais osé se poser :

— Cesar, pourquoi m'as-tu demandée en mariage ?

— Ah, non ! Pas encore cette discussion !

— Je sais que tu es du genre traditionnel et que tu n'aimes pas l'idée que le bébé naisse ailleurs qu'au sein d'une famille constituée. Mais n'est-ce pas aussi pour empêcher qu'un autre homme puisse élever ton enfant ?

— Jamais pareille idée ne m'est venue à l'esprit ! s'indigna Cesar.

Mais il ne put s'empêcher de rougir, de fureur ou d'autre chose ? L'idée ne l'avait-elle jamais effleuré ? Peut-être, de façon inconsciente… Était-ce pour cela qu'il se sentait beaucoup mieux depuis qu'il avait persuadé Jude d'habiter plus près de Londres ? Afin de pouvoir garder l'œil sur elle ? Il n'aimait pas l'idée d'être possessif. D'ailleurs, il ne l'était pas. Enfin, pas avec ses conquêtes précédentes qui pouvaient bien faire ce qu'elles voulaient de leur temps quand il n'était pas avec elles. En fait, il était persuadé qu'elles ne se risqueraient pas à aller voir ailleurs, l'enjeu pour elles étant trop grand… Et avec Marisol ? Avec elle, oui, il s'était senti protecteur. Elle était si douce, si vulnérable… Elle avait besoin de protection, la réclamait inconsciemment. Mais s'était-il montré possessif ?

— Où veux-tu en venir ? reprit-il d'un ton dur. N'ai-je pas acquiescé à toutes tes demandes ?

Qu'est-ce qui lui prenait, à divaguer ainsi sur l'avenir ? Qu'est-ce qui avait changé en elle ?

Jude vit ses aristocratiques pommettes se colorer et comprit avec un terrible sentiment d'impuissance qu'elle avait visé juste. Il voulait l'attacher à lui, lui rendre impossible toute vie personnelle car il ne supporterait pas l'ingérence d'un autre homme dans la vie de son enfant. C'étaient ses règles qu'il voulait imposer, à l'exclusion de toutes les autres.

— C'est très simple, Cesar : je cherche à fixer quelques règles de base et si je ne l'ai pas fait plus tôt, c'est que je n'avais pas compris l'enjeu. La peur de perdre le bébé m'a fait comprendre certaines choses. Et depuis, je ne considère plus rien comme acquis.

— Est-ce que le médecin t'a dit quelque chose que je ne

saurais pas ? demanda Cesar, les sourcils froncés. Si c'est le cas, il va m'entendre !

— Non, tu es au courant de tout, rassure-toi. Cela n'a rien à voir avec la santé du bébé, fit Jude, détournant les yeux pour ne pas voir l'expression de Cesar se fermer. C'est pour moi que je veux clarifier la situation. Pour nous, en fait.

— Alors si nous sommes les deux seuls en cause, il va falloir que tu t'expliques, Jude. Jusqu'à présent, tout se passait bien et brusquement, tu vois tout en noir.

— C'est vrai que nous nous entendons bien, mais il ne faut pas oublier que nous ne sommes pas de simples amis. Nous sommes deux personnes qui avons commis l'erreur de coucher ensemble sans songer aux éventuelles conséquences. Soyons réalistes, Cesar, nous n'aurions pas eu cette discussion si je n'attendais pas cet enfant. J'apprécie énormément tout ce que tu as fait pour moi et…

— Vas-tu arrêter de me traiter comme si tu parlais à un étranger ? cria Cesar avec colère.

— Et toi, vas-tu arrêter de hurler quand tu t'adresses à moi sous mon propre toit ?

— Sauf que ce n'est pas ton propre toit…

Un silence électrique s'ensuivit. Toute couleur s'était retirée du visage de Jude quand elle reprit la parole :

— C'est donc ainsi que ça marche avec toi, Cesar… C'est ta maison, donc on doit y appliquer tes règles ? Je dois filer doux sous prétexte que tu as payé ces quatre murs ? Mais rappelle-toi d'une chose : je n'avais rien demandé et j'étais très bien chez moi…

— Oh ! arrêtons ! Cette discussion est ridicule, gronda Cesar.

— Pas du tout. Et maintenant, réponds à cette question : comment te sentirais-tu si je rencontrais quelqu'un et que je veuille qu'il partage ma vie ? Un homme qui serait inévitablement en contact avec notre enfant ? Qui aurait sans doute une influence sur lui ? Est-ce que tu l'accepterais sans rechigner ? Ou est-ce qu'il faudra que je me conforme à tes volontés tant que je resterai sous ton toit ?

Cesar aurait bien aimé lui répondre qu'elle pouvait toujours faire ce qu'elle voulait, tant que son enfant restait en dehors de ses aventures, mais il en était incapable : la simple image de Jude dans les bras d'un autre le rendait fou de rage.

— Ton silence est éloquent, reprit Jude, tu n'as pas même besoin de mettre de mots dessus... Donc, tu penses pouvoir vivre une vie de célibataire tout en me gardant à la maison, payée pour effectuer mes devoirs de mère ?

— *Vivre une vie de célibataire* ?

Il écarquillait les yeux en la regardant, comme si elle était à deux doigts de sombrer dans la folie. Et Jude s'aperçut que son petit discours calme et soigneusement préparé avait vécu. À présent, elle se sentait au bord des larmes.

— Oui, insista-t-elle d'une voix étranglée. Par exemple, que s'est-il passé pendant ton voyage à New York ? Tu es allé te coucher bien sagement tous les soirs à 20 heures, tout seul ?

Elle avait presque honte de lui demander des comptes mais tant pis, il fallait crever l'abcès.

— D'ailleurs, tu peux bien faire ce que tu veux, reprit-elle très vite, tâchant tant bien que mal de sauvegarder un peu de sa dignité. Je mentionnais cela simplement pour démontrer la validité de mes arguments. Si tu es libre de tes actes, alors je veux pouvoir mener ma vie comme je l'entends.

— Bien, fit Cesar d'une voix sèche. Tu es donc en train de me dire que si j'avais passé mes trois nuits new-yorkaises dans le lit d'un ancien flirt super sexy, cela ne te dérangerait nullement ?

— Parce que c'est ce qui s'est produit ?

— Au risque de froisser tous tes préjugés, non. Il ne s'est rien passé du tout.

— Cela ne veut pas dire que ça n'arrivera jamais, s'obstina

Jude, dissimulant de son mieux l'extrême soulagement qui l'avait envahie à la réponse de Cesar.

Elle savait pourtant qu'un jour, la réponse à cette même question serait positive et que ce jour-là, elle souffrirait mille morts. Car ce qu'elle ressentait pour lui aujourd'hui, elle le ressentirait encore dans le futur et jamais son infidélité ne la laisserait indifférente.

— Admettons que cela arrive : tu n'essaierais pas de m'en dissuader ?

— Et comment le ferais-je ? Cela ne servirait à rien, d'ailleurs. Tu es un homme libre. Même si nous nous mariions, tu garderais ta liberté et rien de ce que je pourrais faire n'y changerait quoi que ce soit.

Cesar songea qu'il avait été cet homme libre qu'elle décrivait, qui mettait fin à une relation par crainte de voir sa liberté menacée. Mais est-ce qu'un homme libre perdait le goût du travail parce que son esprit était absorbé par une femme entêtée, agaçante et qui n'avait aucun sens des limites à mettre à une conversation ? Est-ce qu'un homme libre comptait les heures qui le séparaient du moment où il retrouverait cette femme aux cheveux bien trop courts ? Depuis quand n'était-il plus un homme libre, en fait ?

Et voilà qu'à présent, elle enchaînait en lui parlant de Marisol, prétendant qu'il n'aimerait jamais qu'elle ! Cela avait pu être vrai à une époque, mais Marisol appartenait au passé et il coupa Jude en pleine tirade.

— C'est vrai, admit-il en posant les coudes sur ses genoux et en se passant la main dans les cheveux, un geste qui était devenu si familier à Jude qu'elle sentit sa gorge se serrer. J'ai aimé Marisol, mais nous nous sommes connus trop peu de temps pour connaître nos défauts respectifs. Je l'ai mise sur un piédestal tout de suite, et pendant bien des années après sa mort…

Jude se retint de poser la main sur sa belle bouche, pour l'empêcher d'aller plus loin et de lui faire mal avec ce qu'elle savait déjà : que Marisol était incomparable et que personne ne pourrait jamais rivaliser avec elle dans le cœur de Cesar.

— Elle était… soumise et douce, reprit-il.

— Tout ce que je ne suis pas, dit-elle amèrement.

Cesar hocha la tête, confirmant ce que Jude soupçonnait de leurs différences.

— Vous êtes tellement différentes l'une de l'autre… que je me demande si elle et moi étions véritablement assortis.

Jude releva la tête et plongea son regard dans les yeux de Cesar. Il semblait sérieux et une sensation étrange l'envahit, comme un tournis. Il lui semblait se tenir au bord d'un abîme dont le vide l'attirait…

— J'ai toujours cru qu'une épouse douce et soumise était ce qu'il me fallait, reprenait Cesar, jusqu'au jour où j'ai rencontré une entêtée, toujours prête à discuter chacune de mes paroles et qui a le culot de s'opposer à moi sur à peu près tout…

Jude retenait son souffle. Avait-elle soudain des problèmes d'audition ? Mais non, Cesar parlait avec calme et il semblait étrangement vulnérable, ce qu'il n'était pas d'habitude. Elle aurait voulu tendre la main vers lui et caresser son visage, mais elle avait trop peur de dissiper le charme…

— Quand j'ai quitté ton cottage, continuait Cesar, j'ai vraiment cru que je pourrais reprendre ma vie comme si rien ne s'était passé. J'étais habitué aux conquêtes d'un soir. Bien entendu, mon ego avait un peu souffert que tu ne cherches pas à me garder, mais je me disais que tout était pour le mieux. Pourtant, il y avait un hic : je n'arrêtais pas de penser à toi…

— C'est vrai ?

Cesar hocha la tête avec un sourire penaud.

— Je m'étais mise hors de ta portée, dit doucement Jude. Les hommes n'aiment pas qu'on les lâche… Tu voulais plus de sexe avec moi.

Cesar quitta sa chaise et vint s'asseoir à son côté sur le

sofa. La chaleur de son corps lui avait tant manqué qu'elle se pressa contre lui. Il était vibrant, si merveilleusement vivant qu'il lui transmettait cette pulsion de vie. Sans lui, elle n'était qu'une ombre, sans forme ni contour…

— Le sexe… Ça comptait, bien sûr car je te désirais chaque fois que je pensais à toi, mais sans ta présence, je me sentais surtout… incomplet. Je crois que ce que j'essaie de dire, c'est que je t'aime. Je ne peux même pas t'imaginer avec un autre homme et cela n'a rien à voir avec le fait de protéger mon enfant d'une influence extérieure. Cela est dû à un sentiment bien moins noble, j'en ai peur. Je crois qu'il s'agit de jalousie…

— Tu es… jaloux ! s'exclama Jude avec un sourire ravi.

Elle lui prit la main et enlaça ses doigts.

— Je crois que c'est cela aussi, être amoureux.

— Je t'aime aussi, crois-moi… Depuis le premier jour !

— Dans ce cas, pourquoi ne fais-tu pas de moi un homme honnête en m'épousant, répondit-il avec un sourire.

— Je le veux de toutes mes forces ! J'attendais que tu prononces les mots qu'il faut et tu viens de le faire. Je t'épouserai quand tu voudras, dès demain si tu le souhaites !

Il leur fallut six semaines pour organiser une petite cérémonie très simple, avec la famille et les amis proches. Cesar avait voulu attendre que Jude soit bien remise et le médecin avait donné son aval, à condition qu'entre-temps, Jude fasse une pause dans son travail, ce qu'elle avait accepté. Comme pour Imogen et Freddy, il n'y avait pas de lune de miel en vue pour l'instant, et comme Imogen, Jude s'en moquait éperdument. Du moment qu'elle était aux côtés de Cesar, ici ou aux antipodes, tout allait bien.

Ils partageaient à présent la maison victorienne achetée par Cesar et Jude ne reconnaissait plus le fou de travail qui ne passait même pas ses week-ends chez lui. À présent, Cesar rentrait chaque soir et parlait même de déménager encore plus loin de Londres. Pour un homme qui considérait à une époque le Kent comme le bout du monde, il avait fait des progrès considérables.

Après une grossesse sans autre souci, Jude mit au monde une petite Olivia Caretti, par un après-midi clair et ensoleillé. Comme pour compenser le souci que l'on s'était fait pour elle, la petite naquit calmement, sans même que sa mère doive avoir recours à une péridurale.

Tout comme sa cousine, elle avait une touffe de cheveux noirs, de grands yeux bruns, et un tempérament très accommodant. Elle acceptait avec des gazouillis ravis toutes les attentions dont elle était l'objet et souriait à qui se penchait sur son berceau. Elle fut baptisée quelques semaines après sa naissance. Imogen fut sa marraine et Freddy fut nommé parrain, à la condition expresse qu'il accepte de ne l'emmener dans son club de jazz qu'à partir de sa majorité... Le club en question prospérait, fréquenté par les meilleurs musiciens et en passe de devenir le plus coté de la région.

La vie n'aurait pas pu être plus belle et maintenant que Noël approchait, Jude et Cesar bouillaient d'impatience à l'idée d'acheter leur premier sapin...

— Le premier d'une longue série, précisa Cesar la veille de leur achat, alors qu'ils reposaient, blottis l'un contre l'autre après avoir fait passionnément l'amour. Et bientôt, j'espère que tu me donneras une bonne raison de déménager pour une maison plus grande...

— Quelle bonne raison ? demanda Jude d'un air innocent. Olivia n'a pas besoin de plus de place.

La petite dormait comme un ange dans sa belle chambre, à côté de celle de ses parents. Mais Jude savait bien de quoi Cesar voulait parler et depuis quelques heures, elle attendait le bon moment de lui dire ce qu'elle avait à lui révéler...

— À quoi croyez-vous que je pense, madame Caretti ?

— Eh bien, c'est curieux que tu y penses parce que cette bonne raison pourrait bien se présenter d'ici… disons, huit mois et demi. J'ai fait un test ce matin et il semblerait que ta virilité soit toujours aussi active, monsieur Caretti…

L'époux d'un scandale, de Jackie Ashenden - N°4514

Le scandale est une seconde nature chez Castor Xenakis. Habitué à défrayer la chronique, il ne s'étonne de rien – ou presque. Le soir où l'innocente Glory pénètre dans son manoir sans y avoir été invitée pour s'offrir à lui, il tombe des nues ! Si la belle l'attire assurément, il n'est pas question pour lui de profiter de la naïveté de cette jeune femme visiblement désespérée. Mais rien ne lui interdit de faire une contre-proposition à sa visiteuse : qu'elle joue auprès de lui le rôle d'épouse...

Les noces d'Elena, de Therese Beharrie - N°4515

Héritière d'une puissante famille, Elena s'apprête à épouser par devoir un homme qu'elle n'aime pas. Mais avant cela elle s'autorise un voyage en Italie pour interviewer le businessman de l'année. Seul problème ? Micah Williams se révèle bien différent du terrible magnat auquel elle s'attendait, au point qu'Elena finit par succomber à son charme. Et, quand Micah lui propose un mariage de convenance qui la rendrait libre, elle est soudain très tentée d'accepter...

Corps-à-corps envoûtant, de Cara Colter - N°4516

Voilà deux ans que Sophie n'avait pas mis les pieds sur l'île de Havenhurst, et c'est avec émotion qu'elle y retrouve sa meilleure amie, la princesse Maddie. Hélas, son séjour au palais implique qu'elle soit protégée par Lancaster, un garde du corps qu'elle ne connaît que trop bien. À deux reprises, elle s'est jetée à son cou... avant d'être éconduite. L'homme, aussi sexy qu'imperturbable, l'attire bien malgré elle. Se pourrait-il que leur tête-à-tête prolongé aboutisse cette fois enfin à la romance dont elle rêve en secret ?

Un trésor inestimable, de Pippa Roscoe - N°4517

SÉRIE : *PRÉCIEUX HÉRITAGE* - 3/3

Lorsque Summer Soames débarque à Athènes, c'est avec l'intention de résoudre le mystère des bijoux disparus de sa famille. Au lieu de quoi, la voilà qui tombe sous le charme du splendide Theron Thiakos... Grisée par la liaison qu'ils entament, Summer perd la raison en même temps qu'elle perd ses objectifs de vue. Le retour à la réalité est donc brutal, le jour où son amant la chasse brutalement de sa vie. Comment, cinq mois après l'avoir abandonnée, Theron ose-t-il se présenter à sa porte ? Aurait-il découvert son précieux secret ?

La conquête d'un play-boy, de Joss Wood - N°4518

SÉRIE : *SCANDALE EN AFRIQUE* - 2/3

Devenue la tutrice d'une adorable fillette âgée de trois ans, Bay est résolue à lui assurer un avenir confortable. Et pour cela elle doit d'abord trouver un emploi ! Son entretien avec Digby Tempest-Vane, qui recherche une décoratrice d'intérieur pour l'un de ses prestigieux hôtels du Cap, pourrait être sa chance ! Seulement, sa rencontre avec le milliardaire ne se passe pas exactement comme prévu. Subjuguée par le sulfureux play-boy, Bay est assaillie de pensées interdites, alors même qu'elle se doit de rester professionnelle…

Les vœux du désir, de Clare Connelly - N°4519

« C'est vous que je dois épouser », déclare Olivia à Luca Giovanardi. Jamais elle n'aurait cru pouvoir se montrer si audacieuse, mais le temps presse. Si elle veut toucher son héritage, elle est obligée de convoler avant ses vingt-cinq ans avec Luca. Certes, tous deux sont de parfaits étrangers l'un pour l'autre, mais ils auraient tout à y gagner. Olivia conserverait Hughenwood House, le domaine de sa famille, tandis que Luca verrait sa réputation de play-boy enfin restaurée. Reste à le convaincre de jouer avec elle cette comédie de façade, sans lui révéler la troublante passion qu'il éveille en elle…

La fierté de Nik Cozakis, de Lynne Graham - N°4520

Olympia est au pied du mur : sa mère est gravement malade et a besoin de soins médicaux onéreux qu'elle n'a pas les moyens de lui payer. Malheureusement, son unique solution est de solliciter l'aide de Nik Cozakis, le puissant et impitoyable homme d'affaires qu'elle aurait dû épouser dix ans plus tôt si un scandaleux malentendu n'avait entaché sa réputation. Nik, humilié et fou de rage, l'avait alors rejetée avec le plus grand mépris. Olympia tente donc le tout pour le tout en se tournant vers lui. Et, à sa grande surprise, Nik accepte de la soutenir, mais à une condition : qu'Olympia lui donne un héritier…